네임미스 *Name Miss*

김윤하 퓨전 판타지 장편 소설
FUSION FANTASTIC STORY

네임미스 1

김윤하 퓨전 판타지 장편 소설

초판 1쇄 찍은 날 § 2007년 7월 20일
초판 1쇄 펴낸 날 § 2007년 7월 30일

지은이 § 김윤하
펴낸이 § 서경석

편집장 § 문혜영
편집책임 § 김동화
편집 § 최하나 · 문정흠

펴낸곳 § 도서출판 청어람
등록번호 § 제1081-1-89호
등록일자 § 1999. 5. 31
어람번호 § 제1-0855호

주소 § 경기도 부천시 원미구 심곡1동 350-1 남성B/D 3F (우) 420-011
전화 § 032-656-4452 팩스 § 032-656-4453
http://www.chungeoram.com
E-mail § eoram99@chollian.net

ISBN 978-89-251-0813-1 04810
ISBN 978-89-251-0812-4 (세트)

1

김윤하 퓨전 판타지 장편 소설
FUSION FANTASTIC STORY

Name Miss

네임미스

도서출판

청어람

Contents

Part 1

도적

아틀란티스. 세계에서 손꼽는 게임 중 하나로, 화려한 스킬과 현실 같은 감각을 느낄 수 있는 게임이다.

재미있었다. 다른 유저들과 파티해서 사냥하는 것도, 길드에 가입해서 공성전을 하는 것도, 내 고유 스킬로 지도를 얻어 던전을 탐험하는 것도 재밌었다.

…불과 한 달 전만 해도, 무척이나!

"젠장!"

이를 빠드득, 갈았다.

빌어먹을, 어떻게 그럴 수가 있냐고!

억울했다. 한 달이 지났는 데도 억울했다. 가뜩이나 억울한데 가입해 있던 길드에서 내린 추방과 수배령으로 전 길드원에게 P.K를 당할 뻔했다.

새로운 게임을 시작할 거다. 시작해서, 시작해서…

반드시 고레벨이 돼서 그딴 일 따윈 당하지 않을 테다!

"하아, 죽겠네."

나는 한숨을 쉬며 커다란 나무 뒤로 몸을 숨겼다. 위협적인 울음이 뒤에서 들려왔지만 무시하고 인벤토리를 열어 옅은 분홍빛의 포션을 꺼냈다.

별로 쓰고 싶지는 않지만 이 상태로 다시 싸우는 것은 무리니까 어쩔 수 없지. 딸기 맛이 나는 포션을 대충 입에 물고 한 손으로 허리춤에 매어뒀던 독병을 꺼냈다. 재주 좋게 한 손으로만 독병을 딴 나는 그 독을 단검에 발랐고, 단검은 녹색 빛을 띠면서 독에 물들었다는 표시를 나타냈다.

그 와중에 물고 있던 다 먹은 포션 병을 뱉어버리고는 뒤쪽을 향해 슬그머니 고개를 뺐다.

계속 늑대 울음소리가 들리는 것을 보니 파티원들이 아직 전멸되지 않은 것 같다. 다행이긴 하지만 내 얼굴은 오히려 찡그려졌다. 그 파티원들이 이렇게까지 상황을 몰고 갔기 때문이다.

혼자서 여우를 잡는 것보다 파티로 늑대를 잡는 것이 빠르기 때문에 오랜만에 맺은 파티.

초반에는 늑대들이 나오는 서쪽 숲 주변만 어슬렁거리면서 잡았고, 그때까지는 문제가 없었다. 하지만 계속 조금씩 나오는 늑대들을 잡는 것이 싫증이 났는지 서쪽 숲 깊이 들어가자는 거다.

당연히 반대했지만 파티원들은 내 말을 무시하고 더 깊은 곳으로 들어갔고, 결국 십여 마리의 늑대 떼를 한꺼번에 만나 버렸다. 순간의 재빠른 판단으로 그 늑대들이 보이자마자 튄 나는 간신히 가벼운 상처만 입은 채로 전투 현장에서 멀리 떨어질 수 있었다.

그렇게 생각할 때 들려오는 희미하지만 확실한 비명 소리.

그 비명 소리가 내 파티원 중 한 명의 소리라는 것을 눈치 챈 나는 가볍게 묵념했다.

'쯧, 그러게 내가 더 들어가면 위험하다고 했잖아. 자업자득이라고.'

고개를 절레절레 흔든 나는 고민했다.

이대로 그냥 가버릴까, 아니면 가서 도와줄까? 음, 도와줘 봤자 죽는 것은 확실하니 그냥 가도 상관없겠지? 마음속에 있는 양심이 조금 찔리기는 했지만 어차피 게임인 데다가 잘못은 저쪽이 했고, 오늘 만난 사이에 무슨 의리가 있겠나?

조금 미안하기는 했지만 그냥 가버리기로 했다.

크르르르!

…들려오는 이 소리만 아니라면.

황급히 소리가 난 쪽으로 고개를 돌리자 무려 세 마리의 늑대가 이를 드러내면서 날 노려보고 있었다. 젠장, 그러고 보니 아직 내가 있는 곳은 서쪽 숲의 깊숙한 지점. 저쪽에 나타난 늑대 무리 말고도 다른 무리가 있어도 하등 이상할 것이 없었다.

"…은신이라도 하고 있을걸."

짙은 아쉬움이 배인 소리가 절로 흘러나왔다. 은신이라도 하고 있었다면 늑대들이 지나칠 수도 있었는데. 뭐, 늑대의 후각 때문에 발각될 가능성이 높긴 하지만. 늑대들은 내가 기대어 있는 나무를 중심으로 중앙, 왼쪽, 오른쪽 방향에서 천천히 다가오고 있었다. 도망치고 싶은 마음이야 굴뚝같지만, 지금 내 능력으로는 숲에서 늑대보다 더 빨리 달릴 자신이 없었다.

그냥 넘어가 줬으면 하지만 늑대들이 그럴 리는 없다. 나는 그런 참혹한 현실에 슬픔을 참으며 최대한 발악하기로 마음먹었다. 죽게 될 것이 분명하니까 반드시 한 녀석이라도 죽여서 페널티를 줄여야 한다. 결심한 나는 굳은 표정으로 다가오는 늑대들을 향해 독이 묻은 단검을 꺼냈다. 아까 평소처럼 단검에 독을 바른 것이 다행스러웠다. 현재 내 재정 상태로는 상당히 비싼 편인 독을 사용한 것이어서 마음 아프기는 하지만 일단 바르고 사냥하는 편이 일반적으로 단검만 달랑 들고 하는 것보단 훨씬 나으니까.

카르르르릉!

내가 단검을 세운 것이 싸움의 시작이라고 정해놓은 것처럼 단검을 세우자마자 중앙의 늑대가 나를 향해 뛰어올랐다. 그 모습에 황급히 뒤로 물러나 피한 나는 다시 몸을 돌려 늑대에게 단검을 휘둘렀다. 하지만 단검은 그 늑대의 길지 않은 회색 털을 더 짧게 이발해 주는 선에서 그치고 말았다. 인상을 쓴 나는 재차 공격하려고 했지만, 그전에 왼쪽의 늑대가 뛰어나오면서 내 팔을 물었다. 그 고통에 눈물이 찔끔 날 정도지만 애써 정신을 차리며 다른 한 손에 들린 단검으로 팔을 물고 있는 늑대의 두개골을 있는 힘껏 내리쬤었다.

그러자 늑대가 팔에서 툭 떨어졌다.

'급소를 공격해서 즉사한 건가? 운이 좋군.'

일단 한 녀석을 해치웠음에 속으로 안도하던 나는 순간 느껴지는 통증에 다시 인상을 일그러뜨려야 했다. 오른쪽 다리를 한 늑대가 물어뜯은 것이다. 흐르는 피의 양이 체력이 뭉텅뭉텅 깎였다는 것을 눈으로 보여주고 있었다. 그러나 아직 한 녀석이 더 남아 있었다. 체력이 너무 떨어진 탓에 휘청거리는 몸을 간신히 가누려는데 그 남은 녀석이 높이 뛰어오르는 것이 보였다. 그리고 목덜미에 깊은 고통이 느껴졌고, 세상이 까맣게 변하는 것을 인식했다.

—사망하셨습니다. 사망 페널티로 인해 24시간 동안 접속하실 수 없습니다.

"제길!"

나는 땀에 젖은 머리칼이 얼굴에 달라붙는 것을 느끼며 고글을 머리에서 뺐다. 결국 죽어버렸다. 뭐, 죽을 것은 알고 있었지만 진짜로 죽으니 상당히 찜찜한 것은 물론이고 욕까지 나왔다. 더불어 거기까지 가자고 주장한 그 파티원들에게 원망이 쏟아졌다.

레벨 업 바로 직전이었는데 죽어버리다니……

캐릭터가 죽으면 하루 동안 접속하지 못하는 것은 둘째 치더라도 레벨이 1~3 사이로 떨어져 버린다. 아이템도 랜덤으로 떨어지지만 현재까진 별로 중요한 아이템이 없음으로 레벨이 우선이다. 레벨을 복구하려면 그 생고생을 다시 해야 하는데……

한숨이 나오려는 것을 참고 괜히 땀에 젖어 달라붙은 머리카락을 거칠게 터는 것으로 떼어버렸다.

'젠장, 샤워나 좀 해야지.'

그렇게 생각하며 침대에서 몸을 일으켰다. 그러다가 속이 허전한 것을 느끼고 뭐라도 먹어야겠다는 생각에 일단 거실로 나왔다. 거실을 지나야 주방으로 갈 수 있으니까. 그렇게 나온 나는 거실에 보이는 풍경에 참았던 한숨이 나와 버렸다.

난장판.

과자 봉지는 이리저리 굴러다니고 과자 부스러기는 지뢰마냥 뿌려져 있다. 나는 이렇게 만든 주범을 찾기 위해 시선을 소파로 향했다. 소파에는 한 여자 아이가 치마를 입었음에도 불구하고 다리를 높이 꼬고 누워서 TV를 보고 있었고, 그런 자세를 취한 채 태연하게 무언가를 부스럭거리며 입에 집어넣고 있었다.

나는 질린 얼굴로 그 여자 아이, 즉 내 동생을 보며 고개를 흔들었다.

'저러고도 자신을 여자라고 주장하고 싶은 건가?

특별히 남녀 차별을 하는 편은 아니지만, 치마를 입고 저런 자세를 취하는 것은 제발 부탁이니 참아줬으면 하는 마음인데 말이지. 내 동생은 그런 나를 발견하고 손을 흔들었다.

"게임 잘했어?"

"…아니, 별로. 죽어버렸거든."

"쌤통이네."

꼭 저렇게 사람 성질을 긁어야 맘이 편한 건가? 절로 인상이 써지는 얼굴을 애써 편 채로 그녀에게 말했다.

"그보다 그 자세 좀 어떻게 하지?"

"신경 꺼."

"……."

'너는 10대 후반의 건장한 남자가 신경을 끌 수 있다고 보냐?'라고 투덜거려 봤자 하도 익숙해서 별 감흥도 없다. 어쨌든 신경을 끄고 내 갈 길을 가려던 나는 문득 저 녀석이 지금 이 시간에 이곳에 있어서는 안 된다는 것을 깨달았다.

"근데 이 시간에 네가 왜 여기에 있어? 오후 1신데."

"학교, 어제 방학했다고 했잖아."

그러고 보니 그랬던 것도 같다. 중학생이어서 나랑 방학 날짜가 3일 차이가 났으니까. 오늘이 29일이었나? 이해한 나는 성의없이 고개를 끄덕이며 주방으로 향했다. 하긴, 저 녀석이 여기 있는 건 별로 상관할 바 아니지. 자기 할 일은 잘하는 녀석이니까. 그렇게 생각하면서 주방에 들어가 한참 동안 냉장고를 뒤적거리던 나는 좌절했다.

'어째서 먹을 것이 하나도 없는 거냐!'

우울한 얼굴로 다시 거실로 나왔다가 아까부터 그녀가 부스럭거리며 먹고 있는 것이 눈에 들어왔다.

"너, 뭐 먹냐?"

"엄마가 오빠랑 같이 먹으라고 한 거."

나는 깨끗하게 비워진 접시를 보며 다시 물었다.

"…내 눈에는 안 보이는데?"

"내가 방금 먹은 게 마지막이었거든."

재를 한 대 쳐, 말아? 슬쩍 노려보았지만 그녀는 깨끗이 무시하며 TV 화면을 응시할 뿐이었다. 그에 나도 그냥 미련을 접고 그녀의 옆에 털썩 앉았다. 그러자 그제야 그녀가 고개를 돌려 날 쳐다보더니 인상을 찡그렸다.

"땀 냄새 나."

"…곧 샤워할 거야."

"하려면 당장 하던지. 냄새 나. 무지."

…그렇게 직접적으로 말 안 해도 잘 알거든? 나도 더러운 것은 질색이었기에 뭐라고 대꾸하는 대신 몸을 일으켰다. 그런 나를 무심한 눈으로 보던 그녀는 도저히 이해 못하겠다는 듯이 다시 입을 열었다.

"왜 그렇게 게임해? 그냥 전처럼 쉬엄쉬엄하지. 제한 시간만 지키면서 할 필요까지 있어?"

음, 확실히 지금 하고 있는 아쉬드르 전에 하던 게임인 '아틀란티스'는 그냥 적당히 했다. 하루에 4~5시간쯤… 지금과는 달리 학교를 다녔기 때문이기도 하지만, 그 정도만 해도 충분히 즐길 수 있었기 때문이다. 난 잠시 입을 다물고 있다 살짝 인상을 찡그리며 말했다.

"너도 알잖아. 내가 아틀란티스를 왜 그만뒀는지."

"그거야… 오빠 탓도 아니잖아?"

확실히 내 탓은 아니었다. 내가 '그때' 한 일이라고는 그저 몬스터를 잡고 나온 지도를 해석하고, 꽤나 좋은 던전이라는 것을 밝혀낸 다음 친했던 이들과 파티를 해서 간 것뿐이니까. 그런데 그 녀석들은……. 나는 그때를 생각하며 잠시 이를 갈다가 순간 화가 나 틱틱거리는 말투로 말했다.

"시끄러워. 어쨌든 이번에는 그런 일이 없도록, 지존까지는 아니어도 최상위 고레벨이 될 거라고. 그게 목표야. 흥, 사나이의 자존심은 이렇게 죽지 않는다! 아틀란티스야 따라 잡기 힘드니 어쩔 수 없지만, 아쉬드르에서는 강해질 거라고!"

"…그럼 좀 유명한 게임을 하던가. 그런 사람도 몇 명 없는 게임에서 고렙이 되지 말고."

'사나이의 자존심' 이란 말에 그야말로 같잖다는 듯한 표정으로 날 보던 그녀를 못 본 척 무시한 나는 돌연 씩, 웃으며 그녀의 눈앞에서 손가락을 까딱였다.

"넌 뭘 몰라서 그런 말을 하는 거야. 이 게임을 하고 나서 바로 느꼈다고. 아, 이 게임 대박 나겠구나! 라고 말이지."

"얼씨구."

기가 찬 듯 코웃음을 친 그녀는 눈앞에 있는 내 손을 거슬린다는 듯 찰싹, 쳐서 밀치고는 입을 열었다.

"대박이 나든 쪽박이 나든 그때 가서 후회하든 내 알 바 아니지. 어쨌든 냄새 나니까 씻어."

…젠장, 물어본 건 자기면서. 그녀의 말에 나는 입을 삐죽이며 샤워실로 향했다.

방 안에 되돌아온 나는 힘을 쭈욱 빼고 침대에 누웠다. 샤워를 해서 그런지 머리는 상쾌했지만 배가 고파서 힘이 빠졌다. 나가서 사 먹을까도 생각해 봤지만 내가 지금 한 푼도 없다는 것을 깨닫곤 다시 한 번 고개를 숙일 뿐이었다.

아쉬드르 고글을 사려고 용돈을 탈탈 털고 용돈 몇 년치를 가불받은 것 때문에 앞으로 직접 아르바이트를 하지 않는 이상은 돈 한 푼 없이 살아야 했다.

게임이라도 할 수 있으면 좋겠는데 아쉬드르 페널티 때문에 하지도 못하고. 한동안 하릴없이 어정쩡하게 누워 있는데 컴퓨터가 눈에 띄었다.

'…컴퓨터나 해야겠군.'

그렇게 생각한 나는 몸을 일으켜서 컴퓨터를 켰다. 순식간에 뜨는 모니터를 보며 별 생각 없이 검색창에 검색어를 쳤다.

아쉬드르.

그와 동시에 수많은 글이 모습을 드러냈… 으면 얼마나 좋을까. 달랑 아쉬드르 홈페이지가 올라온 것이 전부고, 나머지는 몇십 개 정도의 간단한 기사가 올라온 것 외에는 없었다. 그 기사도 단순히 '이런 게임이 나왔네요' 정도의 기사 니……

'아직도 썰렁하군.'

이미 꽤나 많은 수의 가상현실 게임이 등장했기 때문에 광고도 안 한 채 슬그머니 등장한 아쉬드르는 눈에 띄지 않았다. 나도 내가 보는 게임 전문 잡지 이스터의 귀퉁이에 올라왔던 '아쉬드르 등장' 이라는 문구를 보지 못했다면 몰랐으리라.

그 귀퉁이에 올라온 문구를 보고 호기심에 3일 체험판을 주문했고, 바로 아쉬드르에 빠져서 부모님께 부탁해 몇 가지 조건과 함께 간신히 아쉬드르 전용 고글을 손에 넣을 수 있었다.

'아쉬드르는 왜 선전을 하지 않는 걸까……'

지금 조금씩이긴 해도 아쉬드르의 유저가 늘고 있기는 하지만 다른 유명한 게임들에 비해선 어림도 없었다. 아쉬드르. 광고만 하면 순식간에 인기 있을 만한 게임인데.

이러다간 그녀 말대로 쪽박을 치게 될지도 모르겠다. 일단 재미는 확실하지만 사람들이 그걸 알아야 하든지 말든지 하지. …정말 쪽박 치면 곤란한데. 도대체 왜 선전을 안 하는 거야? 투덜거리며 고민했지만, 그렇다고 답이 나오지는 않았다. 결국 간단히 '사정이 있겠지' 라고 단순한 결론을 내린 나는 아쉬드르 공식 홈페이지를 클릭했다.

홈페이지에는 달랑 '게시판' 이란 이름의 메뉴만 쓸쓸하게 존재하고 있었다. 가이드, 고객 상담 같은 것도 없이 오직 게시판만 달랑 하나.

그나마 그 게시판의 모든 글도 유저들이 올린 것이고, 회사 자체에서 올린 것은 하나도 없었다. 신비주의라고 생각해도 말이 되지 않았다.

신비주의도 신비주의 나름이지, 그 어떠한 말도 없이 달랑 까만 화면에 게시판만 하나 만들어서 올려놓은 것이 '공식 홈페이지' 라니…… 고개를 절레절레 흔든 나는 그 게시판을 아쉬운 마음으로 클릭했다.

유저들이 올려서 신뢰성은 없지만, 어차피 시간 때우기 용이니까.

하릴없이 그렇게 게시판 이곳저곳을 클릭하다가 방금 올라온 글인 듯 조회 수가 얼마 되지 않는 글 하나가 눈에 띄었다. 그것뿐이라면 별 상관 않겠지만 글의 제목이 흥미를 끌었다.

[**최강 몬스터! /작성자:탱탱한/ 비너스.**]

"최강 몬스터… 라……"
현재 최강 몬스터는 늑대 우두머리. 늑대 우두머리의 추정 레벨은 약 18~22 사이. 무척이나 약해 보이고 별 볼일 없는 몬스터라고 할지 모르지만, 어쨌든 현재 아쉬드르 최강 몬스터가 맞다.

뻔히 아는 사실을 이렇게 올려놓을 리는 없을 텐데. 그렇다는 건 신 몬스터 출현인가?

'흐음, 낚는 것은 아니겠지……'

잠시 머리를 긁적이다가 글을 클릭했다. 그다지 믿을 만하지는 않지만 사실일지도 모르고, 클릭한다 하여 나에게 해가 될 일은 없으니까. 기분이야 좀 나쁘겠지만. 글을 클릭하자 의외로 긴 글이 나타났다.

평소 알던 친구들과 파티를 맺어 동쪽 숲으로 가고 있었다. 동쪽 숲에는 속도가 빠른 여우들이 출현하는 곳으로 주로 궁수들이 잡는다. 파티에 궁수 2명, 전사 1명, 신관 1명, 마법사 1명이었기에 쉽게 잡으면서 전진했다.

그렇게 사냥에 깊게 빠져들다 보니 어느새 깊숙이 들어와 버렸다. 하지만 별 걱정은 하지 않았다. 보통 여기까지는 사냥을 하기 때문이다. 그런데 내가 한 말 때문에 더욱 깊숙이 들어가 버렸다.

그 말은 사정상 밝힐 수 없고, 어쨌든 그렇게 더 걸어갔다. 그런데 문득 더 이상 여우들이 나오지 않는다는 것을 깨달았다.

간간이 모습을 드러내던 여우가 갑자기 전혀 그 모습을 드러내지 않는 것이다. 그에 스산한 기분이 들었지만 그런 기분을 애써 떨치고 걸어나갔다. 그러한 정적으로 파티원 전부가 예민해져 있던 상황에서 수풀에서 갑자기 부스럭거리는 소리가 났다.

긴장하고 있던 궁수는 반사적으로 화살을 발사했다. 여기까지는 별문제가 없었다.

그런데 화살이 수풀에 기묘하게 박혀 있었다. 보통 여우에게 박혔다면 그 화살은 보이지 않아야 정상이다. 화살이 여우의 몸에 완전히 박히기 때문이다. 그에 의아함을 느끼는 중 갑자기 큰 덩치가 수풀에서 매섭게 튀어나왔다.

그리고 그 큰 덩치는 나오자마자 궁수를 들이받았고, 궁수는 바로 팅겨지면서 나무에 부딪쳐 삽시간에 회색으로 물들었다.

그에 놀라서 그 큰 덩치를 바라본 우리는 크게 경악했다. 바로 곰! 곰이었다.

그 모습에 놀라서 몸이 굳은 사이 다시 곰이 큼지막한 앞발을 들어서 전사를 후려쳤다. 그에 전사는 힘없이 날아가 처박혔고, 마찬가지로 회색으로 물들었다. 어마어마한 힘이었다.

궁수가 부들부들 떨면서 화살을 날리자 그 순간 재빨리 신관이 궁수를 큐어해 줬다.

곰은 날아오는 화살을 맞았지만 별로 큰 타격을 입지 않고, 오히려 화가 치솟은 듯 입으로 궁수의 어깨를 물어뜯고 신관에게 라이트 훅을 날렸다.

순식간에 둘이 회색으로 변했다. 미친. 이 모두가 당하는 데 1분, 아니, 30초? 아니다. 그보다 훨씬 덜 걸렸다. 사기다. 무슨 곰탱이가 저

렇게 강해? 나는 눈앞에 날아오는 곰의 박치기 모습에 절망했다. …중
략…….

그 뒤로도 꽤나 긴 글이 적혀 있었지만 그 뒤의 내용은 전
부 곰에 대한 욕뿐이니 생략해도 별 문제 없다고 생각해 무시
했다. 그리고 오른손으로 턱을 받친 채로 생각에 빠졌다.

'…곰이라…….'

놀랐다. 오늘 이 게시물이 올라오면서 아쉬드르의 최강 몬
스터가 바뀐 것이다. 바로 곰!

'…왠지 조금…….'

비참한 느낌이 드는 것 같은데.

다른 게임에서는 드래곤을 잡느니 발록을 잡느니 하는 게
시물이 올라오는데 이쪽은 곰이라……. 암울하네. 나는 컴퓨
터를 쭉 밀면서 의자에 편하게 기댄 채 천장을 올려다보았
다.

"이제 오픈 베타 2주일쩬데 너무하는 거 아니냐고. 곰, 곰
이라니……. 그러면 어느 세월에 오크를 잡아……."

느려도 너무 느리다. 현실의 2주면 게임의 한 달인데…….

제한 시간 12시간을 간신히 지키면서 열심히 하고 있는데
레벨은 얼마 되지도 않는다.

물론 도적이어서 피가 딸리기 때문에 죽은 횟수가 일반 유
저보다 좀 많은 편이기는 했다.

마법사나 궁수도 피가 적지만 그쪽이야 원거리니까 해당 사항이 없고. 도적은 체력도 약한 주제에 근거리 공격이니… 덕분에 위험도도 훨씬 높았지. 지금까지 한 세 번 정도 죽었나? 레벨이 아직 10 미만이어서 직업 스킬이 없을 때가 가장 힘들었다.

'그때 토끼가 그렇게 무서운 동물인지 처음 알았지. 홋.'

고개를 흔들어 상념을 털어낸 나는 컴퓨터를 껐다. 그리고는 기지개를 한 번 쭉 켠 후에 침대에 몸을 눕히곤 눈을 감았다.

'일단 목표는 곰인가……?'

―아쉬드르에 오신 것을 환영합니다.

여성의 기계음과 동시에 눈앞이 잠시 하얀빛으로 물들어 눈을 감았다. 다시 눈을 떴을 때는 이미 도시의 한복판인 광장에 있었다.

'자동 로그인이 편하긴 하군.'

그렇게 생각하면서 인벤토리를 열어 아이템을 확인했다. 일단 봤을 때 착용하고 있는 아이템을 떨어뜨린 것 같지는 않다. 그럼 천상 인벤토리 아이템일 텐데……. 다행히 확인해 보니 늑대 가죽 두 장만 떨어뜨렸다. 이 정도라면 그리 나쁘지 않았다. 오히려 운이 좋달까?

'문제는 레벨이지.'

우울해지려는 마음을 다잡으며 상태창을 확인했다.

이름:스노드롭
직업:도적
레벨:16 HP:50% MP:50% EXP:97%
힘:20 민첩:33 체력:24 지능:15 지혜:15

"하아아……."

입에서 좌절도 아니고 안도도 아닌 이상한 느낌의 한숨이 터져 나왔다. 레벨은 정확히 1 떨어진 채로 있었고, 경험치도 마찬가지였다. 죽기 전 마지막으로 확인했던 만큼의 경험치로 정확하게 레벨의 숫자만 바뀌어져 있었다.

레벨이 1만 떨어졌다는 것은 다행이긴 하지만 일단 떨어졌다는 것 자체가 슬픈 일이어서 그런지 눈물이 앞을 가릴 지경이다.

힘이 조금 빠지긴 했지만 다시 마음을 다잡았다.

이왕 이렇게 된 것, 한시라도 빨리 다시 레벨 업을 해서 회복시킬 테다.

결심한 나는 대장간으로 발걸음을 옮겼다. 낡아서 이가 다 빠진 단검으로 사냥을 할 순 없으니까.

광장을 가로질러 서쪽으로 어느 정도 걸어가자 대장간 특유의 간판, 망치가 그려진 간판이 보였다. 역시 꽤나 많은 유저들로 북적거리는 것을 보니 상당히 기다려야 할 듯싶다.

'차라리 무기점에서 단검을 새로 살까?'

대장간에서 고치는 것이 더 싸긴 하지만 아무래도 최대 내구도가 점차 하락한다. 지금 내가 들고 있는 단검도 이미 네 번이나 수리를 거친 상태. 그래서 원래 내구도였던 20에서 16으로 줄어든 상태다.

뭐, 별 문제가 없긴 하지만 오래 사냥을 하게 될 경우 거슬리니까.

나는 잠시 고민하다가 무기점으로 가기로 결정했다. 좀 비싸긴 해도 어차피 내가 현재 쓰고 있는 단검은 레벨 8 때부터 쓰던 것이어서 바꿀 때가 되기도 했다.

'아, 그전에 잡화점에 가서 돈부터 마련해야 되겠네.'

유저에 대한 배려인지 중요하거나 자주 들러야 하는 몇몇 가게는 전부 광장 근처에 모여 있었다. 가벼운 발걸음으로 잡화점이 있는 남쪽으로 향했다.

"으음, 좋아. 늑대 가죽 여섯 장은 장당 1실버 쳐주지. 늑대 고기는 30쿠퍼, 늑대 이빨은 개당 1실버 50쿠퍼로 쳐주지. 이의 있나?"

"설마요~ 이렇게 높게 쳐주는데 불만이 있을 리가."

"흥! 단골이라서 인심 써주는 게다. 도적만 아니었으면 더 쳐줄 텐데… 하필 왜 도적이 된 거냐?"

"하하!"

투덜거리는 듯한 그의 말에 난 슬쩍 난처한 웃음만 흘릴 뿐 대답을 피했다. 지금 잡화점 NPC 제프는 모든 가격에서 2~3쿠퍼 정도 더 높게 쳐줘서 구입해 줬다. 친밀도가 높아서 일어난 현상이다.

'친밀도가 있는 것도 나쁘진 않군.'

속으로 그렇게 생각하며 다시 피식 웃었다.

도적이 되면 NPC와의 친밀도가 거의 전부 하락될 뿐만 아니라 적대까지 할 정도로 변할 때가 심심찮게 있다. 처음엔 아무것도 모른 채 도적이 된 후 경비병에게 말을 걸었다가 무척이나 살벌한 그 시선에 쫄았다.

나중에야 왜 그런지 알게 됐지만, 하여간 그래서 꽤나 골치가 아팠다.

전직 전에는 잘 대해주면서 사근사근하던 NPC들의 태도가 그렇게 냉담하게 바뀌는 바람에, 뭐, 냉담해진 것은 상관없지만 일부러 바가지를 씌워서 팔아서 울며 겨자 먹기로 사기도 했다.

다행히 그나마 변하지 않는 NPC가 잡화점, 무기점, 대장간 정도?

하긴 그곳마저 냉담하게 변한다면 그나마 없는 도적 유저가 아예 사라지게 될지도 몰랐다.

"자, 각각 6실버, 2실버 40쿠퍼, 6실버. 모두 총 14실버 40쿠퍼다.”

“아! 감사해요.”

싱긋 웃는 얼굴로 돈을 받고 잡화점을 나왔다. 14실버 40쿠퍼…….원래 있던 금액 17실버 47쿠퍼와 합하면 31실버 87쿠퍼.

그 정도라면 꽤 좋은 단검을 살 수 있을지도 모르겠다.

잡화점을 나와 바로 무기점으로 향했다. 무기점도 대장간만큼은 아니지만 꽤 사람이 있었다. 그중 반절이 구경하는 사람이니까 별 문제는 없지만.

‘일단 나도 구경 좀 하고 골라볼까?’

진열되어 있는 무기들을 살펴보니 거의 장검만 있고 단검은 별로 찾을 수 없었다. 도적 유저들이 적은 탓인가? 아무튼 진열되어 있는 단검을 천천히 살펴보았다. 꽤나 멋지긴 한데 비싸단 말이지.

여기저기를 살펴보면서 쓸 만한 단검을 찾았고, 결국 두 개의 단검을 찾을 수 있었다.

[정원사의 나이프]
공격력:4—9
내구도:25/25
정원사가 쓰는 나이프. 나뭇가지를 자르는 데 유용할 것 같다.

[날카로운 주방용 나이프]
공격력:5—10
내구도:30/30
주방용 나이프. 고기를 썰면 잘 썰어질 것 같다.

　정원사, 주방용 나이프. 뭐, 주방용 나이프 앞에는 '날카로운' 이라곤 하지만 어째 좀……. 나는 몹시 우울해지는 기분을 느끼면서 무기점 NPC에게 총 22실버를 지불했다. 각 10실버, 12실버씩.

　이걸로 돈도 거의 떨어졌군. 절로 한숨이 나오는 것을 느끼며 도둑 길드로 발걸음을 옮겼다.

　음침하기 그지없는 한 건물을 보며 발걸음도 우울하게 걸음을 옮겼다. 그러자 문 주위에 서 있던 사내 둘이 슬쩍 문을 막았다. 그 두 명을 힐끔 보다가 길드 증표를 내밀자 가볍게 고개를 끄덕인 그들은 옆으로 비켜섰다.

　나는 고개를 살짝 숙여서 인사한 후에 건물 안으로 들어갔다. 건물 안으로 들어서자 외양과는 달리 의외로 깔끔한 분위기를 가진 평범한 술집의 모습이었다. 그 모습을 흩어보다가 나는 2층으로 올라갔다.

　1층은 언뜻 보기에도 여느 술집과 별다를 바 없는 술집의 모습을 하고 있었고, 2층에서는 독을 팔고 있었다. 2층 이상은 올라갈 수가 없어서 모르겠지만. 2층으로 올라가자 몇몇의 도적 유저가 있음에도 불과하고 매우 조용했다.

무표정한 얼굴로 무기를 손질하며 탁자에 앉아 있는 한 남자에게 다가가자 그 남자는 고개를 돌리지도 않은 채 얘기했다.

"무엇?"

"최하급 마비독 세 병."

내 말에 남자는 무뚝뚝하게 탁자 아래로 손을 넣더니 회색빛의 병 세 개를 꺼낸 후 말했다.

"각 3실버다."

"…여기."

피 같은 돈을 떨리는 손으로 내밀자 그는 고개를 슬쩍 움직여 액수를 확인하더니 회색 병 세 개를 내밀었다.

'…이걸로 알거지가 된 건가?'

남은 돈은 겨우 87쿠퍼. 난 한숨을 내쉬며 병을 받아 든 후 가볍게 고개 숙여 인사하고 천천히 1층으로 내려왔다. 완전히 다 내려왔을 때 이마에 살짝 맺힌 땀을 소매로 훔쳤다.

'휴~별 문제 없이 넘어갔군.'

다른 직업의 유저가 본다면 단순히 독을 사는 데 뭐가 문제없냐고 물을지도 모르지만, 아마 모든 도적 유저들은 다행이라고 생각할 것이다. 2층의 NPC는 시끄러운 것을 극도로 싫어했다.

그래서 그가 2층 담당을 맡게 되었을 때 세운 규칙 중 하나가 '세 마디 이상 하면 죽는다'. 그래서 무조건 2층에서는 세 마디 이상 하면 바로 그 NPC가 공격해 버린다. 황당하겠지만 안타깝게도 그게 사실이다.

처음 2층으로 갔을 때 별 생각 없이 말을 했다가 순식간에 목덜미에 닿아 있던 단검에 얼마나 경악했는가? 그야말로 눈한 번 깜빡이기도 전에 벌어진 일이었다. 그래놓고서 그가 말하길, '처음이니까 봐준다' …….

정신이 멍한 상태로 비틀비틀 내려왔다가 2층에 있던 한 NPC가 슬그머니 같이 내려와서 하는 말에 겨우 정신을 차렸다.

그 내려온 NPC는 부럽다는 듯이 어깨를 툭 치면서 말했지. '부럽네. 저 녀석 마음에 들었나 봐? 안 죽인 걸 보니. 처음이라고 봐줄 인간이 아니거든'. 전혀 부러워할 상황이 아니지 않나?

어이없다는 듯이 바라보는 내 눈빛에 그는 배실 웃으면서 다시 말했다. '네가 이해해. 도적놈 중에는 좀 괴팍한 놈들이 많거든'. '조금' 괴팍한 게 아니라고. 하아, 나는 그때의 기억이 생각나서 손에 든 마비병을 보며 고개를 저었다.

원래 쓰던 단검은 허리에 있는 단검집에 넣고 원래 가지고 있던 비상용 단검 하나는 허벅지의 단검집에 넣었다. 단검은 투척도 되니까 어차피 얼마 돈도 못 받는 것. 파는 것보다 차라리 이런 식으로 가지고 있는 것이 좋았다.

착용했던 가죽옷이나 망토는 그다지 내구도가 닳지 않아서 그냥 가기로 했다. 어차피 수리하고 싶어도 수리할 돈도 없다. 그렇게 사냥 갈 준비를 한 뒤 광장의 벤치에 앉아서 고민했다.

'으음… 서쪽의 늑대를 파티를 잡아서 갈까, 그냥 동쪽 여우를 잡으러 갈까?'

파티를 해서 늑대를 잡는 것은 잘만 되면 혼자 여우를 잡는 것보다 훨씬 낫다. 하지만 또 그 뭐 같은 파티를 만나게 될 경우엔 죽도 밥도 안 되고 또다시 죽을 거다. 또한 도적은 파티에 잘 끼워주지 않는다.

도적은 전사보다 공격력도 약하고, 체력도 없고, 원거리 지원도 단검 투척이 전부. 그래서 어지간히 사람이 부족하지 않으면 파티를 잘 만날 수 없다.

잠시 고민하다가 결국 동쪽의 여우를 잡기로 마음먹고 동문으로 향했다.

곰이 나온다는 게시판이 살짝 마음에 걸렸지만, 어차피 깊숙이 들어가지 않을 테니까. 그렇게 동문으로 향해 걸음을 옮기자 동문이 보였다. 그와 동시에 동문을 지키는 경비병이 아니꼬운 눈빛으로 쳐다보는 것이 느껴졌지만 이미 익숙해진 터라 가볍게 무시하며 문을 지나쳤다.

동문을 나오자 꽤나 넓은 들판이 있었다 그곳에는 간간이 토끼나 사슴의 모습이 보였다. 그리고 그런 토끼와 목숨 걸고 싸우는 유저들을 보면서 천천히 들판의 끄트머리에 살짝 보이는 숲 쪽으로 향했다. 숲 쪽으로 향한 후 잠깐 토끼들이 보이지 않는다 싶을 때 여우가 보였다.

여우는 무리 지어서 사냥을 하지 않기 때문에 1:1로 잡기 좋은 몬스터였다. 앞쪽에 여우 한 마리가 보이자 나는 슬그머니 은신을 시전해서 여우의 뒤쪽으로 살금살금 걸어갔다.

'도적의 묘미는 역시 은신이라니까.'

실없는 생각을 하며 조심스러운 걸음으로 여우에게 다가갔다. 그 여우는 아직 눈치를 못 챈 듯 그냥 어슬렁거리며 돌아다니고 있었고, 그 모습에 나는 살짝 눈을 빛내며 속으로 소리쳤다.

'지금이다!'

"기습!"

스킬을 시전하여 단검을 들어 재빨리 여우의 목덜미를 찍었다. 잠깐 캐갱거리는 소리가 울렸다가 사라졌다. 스킬에 의한 데미지와 더불어서 크리티컬이 터져서 즉사. 나는 여우의 시체가 사라지는 모습을 보다가 여우가 떨어뜨린 아이템으로 시선을 돌렸다.

"음? 여우 꼬리? 헤, 꽤 좋은 걸 줬네."

여우 꼬리는 개당 1실버 하는 돈이 될 만한 물건 중 하나다. 처음부터 운이 좋단 생각에 기분이 저절로 업됐다. 여우는 늑대보다 경험치를 적게 주긴 하지만 결코 내 레벨에 적은 경험치는 아니니.

혼자 사냥하면 좀 느리긴 해도 꾸준히 잡으면 문제없이 레벨 업이 가능하다. 경험치도 97%니 금방 하겠군. 나는 씨익 웃으면서 다음 사냥감을 물색했다.

—레벨 업을 하셨습니다.

여우를 네 마리 정도 잡자 기계음이 귓속을 울리면서 몸이 전체적으로 빛에 휩싸였다가 사라졌다. 그에 난 상태창을 확인한 후 잠시 고민하다가 민첩에 2를 찍었다.

특별히 구분 안 두고 그때그때의 충동이나 필요에 의해 찍기 때문에 내 스탯은 전체적으로 일정하지가 않다. 원래 이렇게 찍으면 별로 좋진 않지만 고정되게 찍는 것은 좀 마음에 안 들기 때문에 마음 가는 대로 찍었다.

민첩에 2를 찍자 전보다는 몸이 가벼워진 것 같은 기분이 들면서 기분이 좋았다.

'좋아, 이제 레벨 17인가?'

레벨 업 덕분에 전부 회복된 HP와 마나를 보면서 다시 여우를 물색했다. 그렇게 여우를 찾고 사냥하며 착실히 경험치를 올리는데 눈에 특이한 빛깔을 가진 여우가 나를 빤히 쳐다보고 있는 것이 보였다.

'붉은색… 여우?'

붉은색 털을 가진 여우였다. 붉은색 여우라……. 여우 존의 보스 몹인가? 여우는 별로 잡지 않고 늑대만 잡아서 잘 모르겠다. 홈페이지의 몬스터에 관한 정보는 유저들이 올린 것뿐인데, 여우에 관해서는 별로 없었다.

대부분이 경험치가 많은 늑대를 잡으러 가기 때문이다. 무리를 이루고 있다는 특징이 있기는 하지만 파티원을 잘해서 가면 별 문제 없이 잡을 수 있으니까.

나는 잠시 나를 빤히 쳐다보는 여우를 별 생각 없이 나도 빤히 쳐다보아 줬다. 여우는 앞다리에 피를 흘리고 있었는데 아마 나와 만나기 전에 어떤 유저와 싸운 듯싶었다.

그렇게 한참을 쳐다보았을까? 그 붉은색 털을 가진 여우가 갑자기 으르렁거리면서 자세를 낮추고 공격 자세를 취했다. 그에 나도 반사적으로 단검을 쥔 오른손을 가로로 잡은 후 왼손의 단검을 허리보다 약간 위쪽으로 올렸다.

도적의 공격 자세… 랄까. 일단 도적이 되어 단검을 쓰기 시작한 후 어떻게 사용할지 몰라서 일단 기억 속에 있는 다른 게임의 도적 캐릭터들이 흔히 취하는 자세를 취했던 것이 지금에 이르러서는 거의 싸울 때 무조건 취하는 공격 자세로 굳어져 버렸다.

나쁘진 않겠지? 거의 모든 게임에서 도적 계열이 이런 자세를 취하던데……. 으음, 내가 언제 단검 쓰는 법을 배웠어야 알지. 아무튼 공격 자세에 똑같이 공격 자세를 취하자 붉은색의 여우는 나에게 살기를 뿌려댔다. 몸이 긴장되는 것을 느끼면서 침을 삼켰다.

'여우는 레벨 12~15 정도. 그중에서 보스라면 적어도 15레벨 이상이겠지? 상처를 입은 것 같긴 한데…….'

처음부터 은신을 하고 보았다면 모를까, 은신도 안 한 상태에서는 힘들어 보였다. 그렇다고 '전력 질주'를 사용해서 도망치자니 특별히 안전한 곳이 없는 상태에서 그랬다간 몬스터만 더 끌고 올 뿐이고.

'설마 죽지는 않겠지?'

불길한 생각을 누르며 붉은 여우를 쳐다보았다. 그 순간 붉은 여우가 뛰어올라 매섭게 오른 팔목을 물었다. 다리를 다친 주제에 그렇게 빨라도 되는 거냐?

나는 이를 악물고 느껴지는 고통을 참으며 왼손의 단검으로 여우를 찌르기 위해 손을 움직였다. 그러나 여우는 순식간에 물었던 팔을 놓더니 뒤로 물러났고, 단검은 빈 공간만 찔렀다.

팔목에는 적지 않은 피가 흐르고 있었다.

약삭빠르게 물고 튀다니! 숨어서 적의 뒤통수를 노린 적이 수도 없이 많으면서 저 여우에게 치사하다고 욕할 즈음 다시 여우가 공격해 들어왔다. 허리를 노리는 것을 가까스로 피하고 단검을 휘둘렀다.

캐갱!

여우의 비명이 들렸지만 나는 안심할 수 없었다. 단검으로 벤 부분이 너무 얕았다. 보아하니 겉만 살짝 베였을 뿐 별다른 타격이 없어 보였다. 화가 났는지 살기가 더 짙어진 것이 수확이라면 수확인가? 어쨌든 그 모습에 혀를 찼다.

'이 상태로라면 힘들겠는데?'

결국 비싼 마비독을 쓰기로 마음먹었다. 그래, 이럴 때 쓰라고 아이템을 산 거지. 인벤토리에서 재빨리 마비독 하나를 꺼내 단검에 듬뿍 발랐다. 그 모습에 여우는 경계하며 뒤로 물러났다.

독을 바를 때 공격당하지 않아 다행이라고 생각하면서 빈 마비독 병을 여우를 향해 던졌다. 그러자 여우는 뒤로 물러나며 점프해 피했다. 맞지는 않았지만 덕분에 빈틈이 생겼다.

그 찬스를 놓치지 않기 위해 재빨리 스킬을 시전했다.

"난도질!"

'난도질'을 쓰면 도적의 근접 공격 속도가 20%로 상승한다. 아무튼 난도질을 하자 단검의 속도가 한층 빨라지는 것을 느끼면서 여우에게 휘둘렀다. 그러자 미처 피하지 못해 여우의 옆구리가 피로 물들었다.

그 모습을 보고 속으로 쾌재를 부른 나는 다시 단검을 휘둘러 여우를 찔러 들어갔다. 여우는 피하려고 했지만 마비독이 묻은 단검에 맞는 바람에 몸이 조금 굳었는지 완벽하게 피하지는 못하고 배에 맞았다.

캥!

그 소리와 함께 결국 여우는 축 늘어진 채로 몇 번 꿈틀거리다 움직임을 멈췄다. 그리고 아이템을 남기고 사라졌다. 그 모습에 조마조마했으나 곧 나는 안도의 한숨을 내쉬었다.

'난도질'은 성능이 좋은 만큼 마나를 무지하게 잡아먹는다. 그래서 이번 난도질에 죽이지 못한다면 내가 죽을 것이 분명했다. 사실 몬스터가 계속 리젠되는 곳에서 마나 소비가 심한 스킬을 쓰는 것은 죽여달라는 것과 다름없다. 다행히 내가 레벨 업을 위해 근처의 여우들을 쓸은 후였기에 망정이지…….

'천만다행이군.'

하기야 애초에 그 여우가 다리만 안 다쳤어도 내가 죽었을지도 모른다. 다리가 다친 상태에서 그 정도의 속도라면 원래는 훨씬 빠르다는 거니까.

'난 운이 좋은 건가?'

그렇게 생각하며 몸을 일으켜 붉은 여우가 떨어뜨린 아이템을 살펴보았다. 아이템은 망토 하나와 그 여우의 가죽처럼 보이는 것 두 개였다.

"…망토?"

나는 재빨리 망토를 집어 들었다. 도적이 되면 자동으로 배우는 스킬 '감정' 이 있기에 별 어려움 없이 아이템을 살필 수 있었다.

"감정."

[소나기 단망토]
방어력:10
내구력:23/25
소나기를 피하기에 좋아 보인다. 방수 망토.

기뻐서 환호성이 나오려는 것을 참고 나는 재빨리 쓰고 있던 망토를 인벤토리에 던지듯이 넣어버리고 이 망토를 착용했다. 원래 내가 쓰고 있던 망토는 '닳아 해진 망토' 로 방어력 5짜리다. 그런데 이렇게 10짜리를 만나다니!

나는 싱글싱글 웃으면서 다른 하나의 아이템도 확인해 보았다. 이미 무척 좋은 아이템을 건진 마당에 남은 가죽은 뭐든 상관없었지만 돈이 없어서 팔아야 하니까.

[불여우 가죽]
일반 여우 가죽보다 더 따뜻해 보이고, 보기 좋은 붉은빛이 도는 여우 가죽.

일반 여우 가죽보다 더 좋다면 돈이 되는 물건이다. 나는 싱글싱글 웃다 못해 헤벌쭉 벌어지는 얼굴을 수습하려고 노력하며 그 가죽을 인벤토리에 넣었다.

그리고 즐거운 기분으로 주변을 살폈다. 아직 리젠되지 않아 주변에는 여우의 그림자도 보이지 않았다. 그에 안심하고 바닥에 앉아 마나를 채웠다.

이미 반 이상 사라진 마나를 가지고 사냥을 계속하기는 힘들어 그냥 쉬기로 한 거다. 쉬지 않고 사냥해서 힘들기도 하고. 그렇게 쉬고 있다 문득 동쪽으로 고개를 돌렸다.

내가 있는 곳은 간간이 나무가 있고 수풀이 있기는 하지만 숲이라기엔 턱없이 부족했다. 내가 보는 동쪽에는 큰 나무가 빽빽이 모여 있는 큰 숲이었다.

"그러고 보면 저기에서 곰이 나온다고 했는데."

잠깐 머리를 긁적이며 그곳을 바라보다가 도로 고개를 돌렸다. 곰은 여우와는 차원이 다른 동물이다. 한 파티가 30초도 못 버틴 채로 전부 사망한 것을 보면 내 실력으로는 절대로 잡을 수 없다.

'알긴 하지만… 좀 아쉽네.'

그렇게 생각하며 마나가 다 찬 것을 확인하고 미련을 털었다. 좀 더 강해진 다음에 가야지. 그렇게 생각하면서 나는 다시 여우를 물색했다.

"후아아아! 힘들다!"

나는 그렇게 크게 말하고 뒤로 벌러덩 누웠다. 거의 7~8시간 동안 여우만 잡았더니 눈을 감아도 저절로 여우 형상이 보일 지경이다. 덕분에 레벨 업을 해서 레벨이 18이긴 하지만 정신적으로 지친다고 해야 할까.

다행히 그 붉은 여우, 그러니까 불여우였나? 그 불여우를 잡은 뒤에는 평범한 황갈색의 여우들만 나왔기에 큰 문제도 없었고, 특별히 유저 간의 충돌도 없었다. 맵이 워낙에 넓어서 서로 보기 힘든 탓도 있지만.

난 누워 있다가 허리와 다리에 힘을 주고 몸을 살짝 말아서 튕기듯이 일어났다. 하늘을 보니 이미 어두컴컴한 밤이었고, 아쉬드르에서만 볼 수 있는 푸른 달과 붉은 달이 보였다.

저 푸른 달은 '루네레', 붉은 달은 '네피아'라는 이름을 가지고 있다. 저 둘이 합쳐질 때를 '루네피아'라고 한다는데.

그렇게 합쳐진 때를 못 봐서 잘 모르겠다. NPC 말로는 정말 환상이라던데 뭐가 환상적인 건지 잘 모르겠다.

"이만 마을로 가볼까?"

밤이 되면 몬스터들이 대부분 보이지 않게 된다. 추측으로는 몬스터라고 해도 동물이니까 잠을 자는 거라고 하는데 정확히는 모른다. 아무튼 그래서 보통 밤이 되면 마을로 돌아가 로그아웃을 하거나 가볍게 할 수 있는 퀘스트를 수행한다. 일반적으로는.

하지만 도적에게는 퀘스트도 제한되어 버리기 때문에 가서 할 것이 별로 없다. 로그아웃하자니 아직 시간도 많이 남았는데. 그렇게 잠시 고민하다가 북쪽으로 향해 갔다.

'산책이나 할까?'

어차피 동쪽인 이곳에서 북쪽까지는 특별히 위협적인 몬스터는 없다. 특히 밤이라서 대부분 보이지 않고, 달빛이 환해 산책하기에는 더없이 좋은 날이다.

그렇게 기분 좋게 북쪽으로 느긋이 걸어갔다. 한참을 멍하게 걸어갔을까? 오른쪽에 멀리서 북쪽 숲이, 왼쪽 멀리서 마을이 있는 듯 환한 불빛이 보였다. 잠시 두 곳을 번갈아 쳐다보다가 북쪽 숲으로 갔다.

현재 북쪽의 숲에는 그다지 강한 몬스터들이 없었다. 기껏해야 토끼나 사슴 정도의 초식 동물들 정도밖에 없고, 그렇기 때문에 마음 놓고 북쪽 숲으로 들어갈 수 있었다.

'밤에 오는 것은 처음인데… 좀 으스스한걸?'

전에 뭐라도 있나 살펴보려고 북쪽 숲으로 들어갔다. 그때, 토끼 몇 마리만 조금 있을 뿐이라 실망하고 돌아왔다. 다른 유저들도 마찬가지이기 때문에 북쪽은 단순히 안전하게 토끼 같은 것을 잡는 곳으로 인식되어 있다.

별 생각 없이 주변을 살펴보면서 걸어 들어왔다. 좀 으스스하긴 하지만 별로 나쁘진 않았다. 그렇게 잠시 걷자 지루해져 왔다. 가도 가도 나무뿐이니까 조금 지루하달까. 숲이 갈수록 우거져서 숲에 스며들 듯이 보였던 달빛도 점차 사라지고 으스스한 분위기가 아닌 점점 공포스러운 분위기로 변해갔다.

"…아무래도 이 이상 가는 것은 기분이 나쁜데?"

결국 다시 되돌아가기로 마음먹고 몸을 돌렸다가 그대로 굳어버렸다. 그러고 보면 여기는 특별한 특징이 없는 숲이었고, 여기까지 오는 데 직선일 리가 없다. 당연히 중간에 나무들이 가로막고 있었고, 큰 돌도 더러 있었다. 그것들을 피해서 구불구불 돌아왔으니.

"어떻게… 마을로 가지?"

되돌아가자니 길을 몰라서 갈 수가 없었다.

'이럴 수가……. 밤에 숲 속에 온 것이 처음이라지만 당연한 사실을 잊어버렸다니. 난 바본가?

산책으로 좋았던 기분이 순식간에 사그라지고 꿀꿀하게 변했다. 작은 표시 하나도 하지 않고 그냥 무턱대고 들어온 탓에 되돌아갈 수 없는 상황에 빠졌다.

아쉬드르에서는 죽지 않는 이상 자동 귀환은 불가능했다. 그렇다고 죽어서 마을로 돌아가자니 레벨 다운은 절대 싫다. 고렙을 목표로 하는데… 몬스터 때문도 아닌, 이런 쓸데없는 일로 죽을 수는 없지.

한참을 이 상황에서 벗어날 방법을 찾기 위해 끙끙거리다가 문득 한 가지 스킬이 생각나 재빨리 스킬 창을 열었다.

"스킬 창!"

Lv1. 절개:적에게 마무리 일격을 날린다(근접 무기 필요).

Lv1. 은신:은신한 상태로 이동할 수 있지만 이동 속도가 평소의 50%로 감소한다. 공격 시 풀린다.

Lv1. 기습:적을 기습하여 무기 공격력의 150%와 추가의 피해를 입힌다. 주무기로 단검을 착용해야 하며 적의 배후에서 공격해야 한다(단검류 필요).

Lv1. 난도질:마무리 일격을 시도하여 도적의 근접 공격 속도가 20% 증가한다.

Lv1. 전력 질주:15초 동안 이동 속도가 50% 증가한다.

독 바르기:독을 바른다. ―패시브

관찰:관찰력이 상승해 감지력이 좋아진다. ―패시브.

독에 대한 면역:독에 대한 면역이 상승한다. ―패시브.

회피:15초 동안 회피할 확률이 50% 향상된다.

감정:물건을 감정한다. 숙련도―16.45%

자물쇠 따기:잠긴 상자나 문을 열 수 있다(도둑 도구 필요). 숙련도―0.00%

훔치기:대상의 물건을 훔친다(은신 필요). 숙련도―0.00%

추적:어떠한 흔적을 추적한다. 숙련도―0.00%

함정 해체:함정을 해제한다. 숙련도―0.00%

'아싸!'

역시 '추적' 스킬이 있었다. 처음 배울 때 마지막 부분에 있는 스킬들은 별 필요가 없다고 생각한 나였지만, 고민하다가 결국 돈을 주고 배웠다. 일단 도적이니까 기본적으로 저것들을 배워둬서 나쁠 것은 없다고 생각했기 때문이다.

도적을 선택한 몇몇 유저들은 필요없다고 생각한 것 같아 배우지 않은 것 같지만. 어쨌든 나는 다행이라고 생각하면서 두근거리는 마음으로 스킬을 시전했다.

"추적."

―추적에 실패했습니다.

"…아?"

그러고 보니 추적의 숙련도가 0%다. 특별히 쓸 데가 없었기 때문이다. 그래도 개의치 않고 추적을 다시 사용했다.

"추적!"

―추적에 실패했습니다.

―추적의 숙련도가 올랐습니다.

"……."

"…추적."

―추적에 성공했습니다.

―추적의 숙련도가 올랐습니다.

현재 추적의 숙련도는 13%다. 그리고 이렇게 숙련도가 13%가 되고 내 마나가 세 번 바닥이 드러날 동안 추적은 계속 실패했고, 드디어 지금 성공한 것이다.

"…별로 안 기뻐."

바닥난 마나를 보며 우울하게 중얼거렸다. 달이 기울고 날은 서서히 밝아오고 있었다. 추적이 성공할 때까지 계속하다 보니 어느새 날이 밝아오고 있었다. 어쨌든 추적에 성공한 것을 다행으로 여기면서 어두운 연두색 빛으로 빛나는 발자국들을 쳐다보았다.

이 연둣빛의 발자국들이 내 발자국인 것을 생각하면 추적이 성공할 경우 이렇게 추적의 대상이 이 길을 갔다는 것을 알려주는 모양이다. 나야 반대로 내가 왔던 길을 추적했지만.

지루하고 짜증나긴 했지만 그래도 스킬의 숙련도가 올랐으니 손해 보진 않았다고 생각하면서 나는 내가 왔던 길을 거슬러 올라갔다. 어느새 새벽이 되어 낀 안개가 불편했지만 그리 나쁘진 않았다. 오히려 새롭달까.

'이 게임은 얼마나 리얼리티가 좋기에 안개까지 끼는 건지…….'

그렇게 생각하다가 문득 바닥의 풀잎을 보니 이슬이 맺혀 있었다. 그 모습에 휘파람을 불면서 느긋하게 길을 거슬러 갔다. 그리고 길을 거슬러 간 지 어느 정도가 지나자 조금씩 나무의 모습이 듬성듬성 보이기 시작하는 것이, 이제야 숲을 벗어나기 시작했나 보다.

듬성한 나무들 사이로 햇빛이 비치기 시작한 것을 보니 이제 새벽이 지나 아침인 것 같았다. 조금이긴 하지만 어두컴컴하던 느낌이 남아 있던 새벽까지 지나가자 시야가 훨씬 밝아진 느낌이다.

그러다가 왠지 아까부터 발치에 계속 뭔가가 거치적거린다는 것을 깨달았다.

'뭐지? 응?'

햇빛에 살짝 닿아서 반짝이는 가늘고 흰 무엇인가가 보였다. 의아해하면서 그것을 들어 올리자 끈적끈적한 점성이 손에서 느껴졌다. 일단 생김새로는 실인데, 점성이 느껴져?

"…거미줄인가?"

하지만 이렇게 두껍고 점성이 강한 거미줄은 들어보지 못했는데. 하긴, 여기는 게임이니까 가능하겠지. 나는 끈끈한 실을 손으로 만지작거리다가 뒤쪽을 쳐다보았다. 뒤쪽은 이제 슬슬 햇빛이 들기 시작함에도 불구하고 으스스한 분위기를 풍기는 어두운 숲의 모습을 하고 있었다.

"거미줄이라……."

나는 묘한 눈빛으로 그곳을 계속 쳐다보다가 몸을 돌려 다시 숲을 벗어나면서 가벼운 마음으로 속으로 생각했다.

'신 몬스터 등장인가?'

그날, 아쉬드르의 홈페이지에 글 하나가 올라왔다.

[북쪽 숲, 거미 출현. 작성자:도적.]

Part 2
거미

　나는 광장에서 즐거운 기분으로 무기를 재점검했다. 신 몬스터를 내가 발견했다는 사실이 기분 좋았다. 누가 알아주는 것은 아니지만 '처음 발견자' 라는 것은 나쁘지 않았다.

　마침 유저들은 늑대와 여우만 잡다 보니 조금 질린 상태였는지 내가 올린 글은 순식간에 엄청난 속도로 조회 수가 올라갔다. 물론 리플도 많았다. 뭐, 대부분이 '님, 아니면 죽이겠삼', '낚는 거면 즐이다' 등 같은 거지만.

　'뭐, 일단 그 거미줄을 봐서는 거미가 있다는 것은 확실한 것 같은데 문제는 잡을 수 있는 레벨이 어느 정도인가이지.'

　단순히 '거미 출현' 이라고만 써뒀기에 거미의 능력이 어떤지는 아무도 몰랐다. 물론 나도. 단순히 거미줄이 있다는 사실만 올린 것이기 때문이다. 사실 글을 올리지 않고 나 혼자 독식하려다가 올린 이유가 그 때문이다.

아무리 혼자 독식하고 싶어도 어느 정도의 레벨인지 모르는 상황에선 차라리 그 위치를 알려서 파티를 해서 가는 것이 나았다. 어차피 초반 사냥터니까 나중에라도 알려질 테고, 중요할 것 같지도 않으니까 말이다. 아, 도적은 파티에 끼기 힘들기는 하지만.

현재 내가 있는 광장은 북쪽 숲으로 가려는 유저들이 무척 많은지 여기저기서 거미를 사냥하려고 파티를 모으고 있었다. 대부분이 여우나 늑대를 잡다가 질린 사람들이다. 나도 그중 하나에 끼려고 했지만 아무래도 도적이어서 그런지 이미 두 번이나 거절당한 상태다.

'혼자는 위험한데…….'

고민하다가 그냥 주변의 파티들이 가면 슬쩍 끼어서 들어가기로 했다. 일단 같이 가서 위험하면 튀고, 안 위험하면 적당히 달라붙어서 사냥하거나 여우나 잡으러 가야 되겠다. 맘 편히 결정한 나는 북문 쪽으로 이동했다.

사실 아직 북쪽 숲으로 들어간 유저가 없어 그냥 주변에서 서성거리기고 있었다. 먼저 간 파티가 제일 위험한 것은 당연한 사실이니 최대한 선두 자리는 피하려는 것이다.

글을 올린 지 겨우 두 시간도 채 지나지 않은 탓도 있겠지만……. 난 잠시 서성거리는 파티를 보다가 먼저 들어가기로 했다. 나는 어느 정도가 '안전선'인지 아니까 별 생각 없이 들어간 거지만 다른 유저들은 다르게 생각했는지 속닥거리다가 날 따라왔다.

'나야 별 상관없지만.'

나는 그때 내가 갔던 곳까지 갈 생각으로 앞장서서 걸어나갔다. 뒤에 따라오고 있는 파티가 조금 신경 쓰이긴 했지만 오히려 나한테 좋은 일이면 좋은 일이지 안 좋은 일은 아니다. 저들과 싸움을 붙여놓고 위험하면 도망치면 되니까.

그렇게 내가 마지막으로 갔던 곳에 도착해 나는 걸음을 멈췄다. 그러자 잘 따라오고 있던 뒤의 파티가 잠시 주춤했지만 나는 신경 쓰지 않고 그곳에서 가만히 서 있으려다가 옆의 나무에 몸을 기대고 섰다. 이편이 좀 더 안 뻘쭘해 보이겠지? 이편이 그냥 가만히 서 있는 것보다 더 나아 보이기도 하고.

은근히 겉멋을 따지는 나로서는 내 폼이 꽤 괜찮다고 생각하며 싱긋 웃었다. 그리고 아무도 들어가지 않는 입구를 보았다.

이곳에서 파티가 먼저 들어가지 않는 한 나도 들어갈 생각이 없단 말씀. 가만히 날 따라왔던 파티들을 바라보니 그들 역시 나를 바라보고 있었다. 왜 날 쳐다보는지 알 수 없어 잠시 그 시선에 당황하여 뭐라고 말할까 고민했다.

'왜 날 보는 거지?

먼저 안으로 들어가라는 건가? 하지만 난 혼잔데? 고민하던 나는 시선이 점점 따가워진 것을 느끼다가 좋은 생각이 생각났다. 우아하게 한 걸음 앞으로 나온 나는 오른손을 살짝 들고 부드럽게 움직여서 허리로 가져갔다.

도적으로 전직했을 때 배운 도적 특유의 인사 중 하나다. 별로 쓰이진 않지만. 아무튼 그렇게 인사를 한 나는 살짝 입가에 미소를 띤 채 말했다.

"안내는 여기까지."

멋졌다, 스노드롭! 스스로 자화자찬한 나는 다시 편하게 등 뒤의 나무에 기대어 섰다. 어차피 얼굴도 안 보이는 것, 이런 행동을 해서 쪽팔릴 것도 없다. 스스로 내 행동에 만족한 나는 주변의 반응을 살폈다.

따라온 파티들은 서로 수군거리다가 나처럼 그냥 나무에 기대거나 앉아서 무기를 점검하거나 귓말을 보내는 듯한 행동을 취했다. 그렇게 시간이 조금 흐르자 더 많은 사람들이 내가 안내한 곳까지 들어와서 웅성거렸다.

그리고 날 손가락으로 가리키고 수군거리거나 힐끔힐끔 쳐다보았다. 왜 그런지 몰라서 고개를 갸웃거리다가 신경을 껐다. 나는 그들 중에 아무나 들어갈 때까지 기다리면 되니까.

'…도대체 언제 들어가냐고!'

나는 속으로 한숨을 쉬면서 그렇게 생각했다. 해가 질 때까지 그들은 들어갈 생각을 않고 지루한 표정으로 나만 힐끔힐끔 쳐다보고 있었다. 여기까지 온 유저의 수는 아까보다 더 많이 늘어나 있었다.

지루함을 참다못해 돌아간 사람도 몇 있지만 그 사람들은 말 그대로 '몇' 일 뿐 대부분이 그대로 남아 있었다.

문제는 한 명도 더 깊숙이 들어가지 않는다는 거다. 내가 어떤 행동이라도 하기를 바라는 듯이 나만 주시하고 있다.

'설마 나 먼저 들어가라는 건가?'

저 많은 유저들이 내가 먼저 들어가기를 바라고 있다는 것은 아니겠지? 나는 잠시 고민하다가 한숨을 푹 내쉬고 나무에 기댔던 몸을 움직였다. 계속 나무에 기대만 있어서 그런지 몸이 찌뿌드드했다. 그에 가볍게 팔을 움직이거나 다리를 움직여서 풀어준 후 허리에 매두었던 단검을 꺼내 양손에 잡았다.

내 모습에 지루한 표정으로 바라만 보고 있던 유저들이 재빨리 움직일 준비를 했다. 그 모습에 어이가 없었지만 이왕 먼저 들어가기로 한 것 그냥 무시하고 안으로 발걸음을 옮겼다.

'여차하면 전력 질주로 튀면 되지, 뭐.'

그렇게 생각하면서 나는 좀 더 깊숙이 들어갔다. 그러자 내 뒤에 있던 유저들도 나를 따라 천천히 움직이기 시작했다.

그곳에서 한 5분 정도 걸었을 뿐인데 금세 어두워졌다. 밤이 된 탓도 있지만 여기는 달빛이 들어오는 것조차 막겠다는 듯이 빽빽하게 숲이 우거져 있었다.

하지만 도적은 밤눈이 좋기 때문에 별 문제 없이 휘적휘적 걸어나갔다. 그런데 뒤에 있던 유저들은 상황이 다른 듯이 투덜거렸다.

"에이씨, 졸라 어둡네."

"그러게. 이래서야 사냥이고 뭐고 어렵겠는데?"

"저 님은 되게 빨리 가네."

"근데 진짜 NPC야, 유저야?"

"몰라. 난 유저 같은데……. 글 올린 유저 아니야?"

"어, NPC 아니야? 아까 인사하는 거 보니까 NPC 같던데……."

난 그들의 말 중 한마디에 순간 멈칫했지만 곧 자연스럽게 다시 걸어나갔다. 하지만 많은 생각이 들었다. 저들의 말은 나를 뜻하는 것이 맞을 텐데, 내가 NPC인지 유저인지도 모르는 건가? 당연히 유저잖아! 하기야 아쉬드르는 NPC와 유저를 그냥만 봐서는 모르지만.

나는 인상을 찡그리며 '유저'라고 말하려 몸을 돌리려다가 문득 생각난 것이 있어 입을 다물었다. NPC라……. 그러고 보면 그리 나쁜 일은 아니다. 으흠, 나중에 어떻게 써먹을 수 있으려나? 그렇게 생각하다가 문득 이상한 느낌이 들어 뒤를 돌아봤다.

유저들이 전부 공격 태세로 변한 채 긴장한 얼굴로 나를 쳐다보고 있었다.

그 모습에 놀란 나는 반사적으로 주춤거리다가 문득 위에서 쉬이익, 하는 소리가 들려 위를 올려다보았다. 그리고 경악했다.

"거미!"

내 외침에 유저들은 황급히 고개를 들어서 위를 쳐다보았다. 그리고 여기저기서 놀란 목소리가 들렸다.

"마, 말도 안 돼!"

"너무 많잖아!"

위의 모습은 그야말로 끔찍했다. 얼핏 봐도 열 마리 정도는 되어 보이는 하얀 거미들이 꽁무니로 거미줄을 타고 내려오고 있는 모습이라니……. 유저들은 당황한 표정으로 위만 쳐다봤다.

하지만 나는 황급히 위로 돌렸던 시선을 내려 주변을 살폈다. 그리고 입술을 깨물었다. 여기저기서 거미의 모습이 보였기 때문이다. 나는 당황한 표정으로 위만 올려다보는 유저들에게 소리쳤다.

"위뿐만 아니라 주변에도 있다!"

높임말을 쓰려다가 저들이 날 NPC로 생각하고 있다는 생각에 말을 바꿔서 소리쳤다. 그에 그들은 정신을 차린 듯 주변을 보다가 재빨리 공격 태세로 바꿨다.

곧 궁수들이 순식간에 거미들을 향해 화살을 쏘았고, 마법사 중 몇몇은 전사들의 사냥을 수월하게 하기 위해 라이트(Light)를 사용했고, 우리 정도의 레벨 때 배우는 몇 안 되는 공격 마법인 매직 미사일(Magic Missile)을 날렸다.

그러자 전사들이 재빨리 다가오고 있던 거미들을 향해 검을 휘둘렀다. 위에서 내려오는 거미는 사람들 안쪽에 있는 궁수들이 위로 화살을 쏘아서 떨어뜨리거나 그 상태로 공격했다. 그럭저럭 버틸 것 같아 나는 안도의 한숨을 쉬었다.

'이 정도라면 위험할 때 도망칠 시간은 있겠는데? 근데 뭔가 좀 허전한데… 응?'

나는 나에게서 몇 걸음 안 되는 위치에 있는 사제를 보며 놀랐다. 그 사제는 전사를 회복할 준비를 하고 있었는지 손에 흰빛이 모아져 있었는데, 미처 위를 신경 쓰지 못한 듯 위에서 거미가 천천히 그 사제를 노리고 내려오고 있었다.

"위험해!"

반사적으로 위험하다고 외친 나는 재빨리 위로 점프했다. 도적의 특징은 가벼움과 재빠름에 있기에 꽤나 높이 점프할 수 있었고, 거의 목표물에 접근해 있던 거미를 공격 범위 안에 넣을 수 있었다. 거미의 잘록한 부분이 눈앞에 보이자 망설임없이 단검을 찔러서 비틀었다.

단단할 것이라는 예상과는 달리 꽤나 쉽게 들어가는 탓에 놀랐지만, 어쨌든 그렇게 쑤신 후 단검을 회수에서 뒤로 떨어져 착지했다. 단검에 녹색의 꺼림칙한 액체가 잔뜩 묻어 있어서 기분이 나빴지만 귓속에 들려오는 소리에 기분이 확 좋아졌다.

―레벨 업을 하셨습니다.

방금 전 한 번의 일격으로 거미는 죽어버리고 상당한 경험치를 나에게 줬기 때문이다. 원래 레벨 업까지 얼마 안 남긴 했지만 여우 십여 마리 정도는 잡아야 하는 경험치 양이다. 게다가 그 경험치를 다 채우고 레벨 업을 하다니…….

그런데 레벨 업을 할 정도의 경험치를 주는 몬스터가 이렇게 한 방에 잡아도 되는지 조금 의아했지만 곧 의문을 풀 수 있었다.

아쉬드르에서는 급소 시스템이 있는데, 그곳에 맞을 경우 바로 즉사하게 된다. 내가 단검으로 쑤셨던 거미의 잘록한 부분이 바로 급소 중 한곳이었던 것이다.

'나 혼자만 알고 있어야지.'

그렇게 생각하고 있는데 옆에서 음성이 들려왔다.

"어… 고, 고맙습니다."

옆을 보니 내가 구했던 사제가 인사를 하고 있었다. 꽤나 귀염성 있는 얼굴을 가진 소년의 인사에 난 성의없이 고개를 끄덕이고 위를 쳐다보았다. 귀염성 있는 소녀라면 모를까, 소년의 인사 따위는… 음, 너무 속물적인가? 그런 생각을 하며 쳐다본 위에는 궁수들이 꾸준히 날린 탓인지 위에 매달려 있는 거미는 이제 없었다.

그렇다면 안심하고 주변만 공격해도 된다는 소리이기에 다행이라고 생각하며 단검을 다시 들었다. 그리고 앞으로 가려던 차에 비명 소리가 들렸다.

"우악! 뭐, 뭐야?! 이거 왜 안 끊어지는 거야?!"

비명의 주인공은 전사였는데, 그 전사는 다리 한쪽이 거미줄에 휘감겨 있었다. 난 그 모습을 보고 아까부터 뭔가 허전한 것의 정체를 알 수 있었다. 바로 거미줄! 나는 주변을 빠르게 살폈다. 주변의 거미들은 처음에 다리를 사용해서 공격했다가 이제는 일제히 거미줄을 뽑아대고 있었다.

그에 점차 전사 유저들의 행동이 굼떠졌다. 거미줄이 다리를 휘감거나 팔을 감으니 제대로 움직일 수가 없는 것이다. 그뿐만이 아니었다.

"녹색 거미가 뽑은 거미줄은 마비 효과가 있어요! 모두 조심… 꺄악!"

소리를 친 유저는 여성 전사였는데, 하얀 거미들이 뽑아낸 그냥 하얗기만 한 거미줄과는 다르게 그 여성 전사를 휘감은 거미줄은 녹색 빛을 띠고 있었다.

'마비 효과가 있는 거미줄이라…….'

다행히 대부분이 하얀 거미일 뿐 녹색 거미는 두세 마리 정도밖에 되지 않았다.

'이 정도라면 다 잡겠네.'

애초에 너무 많은 유저가 와서 그런지 적어도 20레벨 이상으로 추정되는 거미들은 점차 사라지고 있었다.

'역시 다굴에는 장사가 없구나.'

나는 그렇게 열심히 거미를 상대로 난투극을 벌이고 있는 유저들을 구경하다 혼자 떨어진 거미가 있으면 그 거미에게 은신으로 다가간 뒤 급소에 단검을 찍어 잡았다. 그렇게 한 30분 정도가 지나자 거미의 모습이 보이지 않게 됐다.

그 모습에 싱긋 웃고는 아이템을 챙겼다. 물론 내가 죽인 거미의 아이템을 챙기는 것이다. 몬스터가 죽고 아이템을 떨어뜨리면 일정 시간 동안 몬스터를 잡은 유저가 아니면 주울 수가 없다. 물론 그 일정 시간이 지나면 다른 유저가 얼마든지 주울 수 있다.

죽은 유저도 상당해서 그 유저들이 떨어뜨린 아이템도 간간이 눈에 띄었고, 나는 기쁜 마음으로 그것을 재빨리 인벤토리에 넣었다. 죽은 유저들한테는 미안하지만 버려두기는 아깝잖아?

그런 나를 보며 유저들도 천천히 몸을 움직여서 아이템을 수거했다. 인벤토리에 넣는 것이 순간 망설여졌지만 NPC에게도 '아공간'이라는 인벤토리와 비슷한 성능을 지닌 아이템을 가질 수 있기에 신경 안 쓰기로 했다. 물론 직접 본 아이템이 아니라 소문으로 들은 것이다.

아이템을 다 챙기고 마을로 돌아가려고 하는데 내 옆에 앉아서 조용히 눈치를 살피던 한 마법사가 내게 말을 걸었다.

"저, 저기요……."

"……?"

의아한 시선으로 그 마법사를 쳐다보자 다른 사람의 시선도 그 마법사에게 모였다. 마법사는 그 시선에 잠깐 당황한 듯 버벅거리다가 겨우 말을 이었다.

"다른 신 사냥터도… 아시나요?"

다른 새로운 사냥터도 아냐고? 나는 잠시 머릿속을 굴리며 생각했지만 특별히 아는 곳은 없었다. 애초에 이 거미들이 나오는 곳도 우연히 알게 된 것이니. 하지만 그렇게 대답하기에는 내 얼굴을 뚫어지게 쳐다보는 유저들에게 실례가 될 것 같아 싱긋 웃으며 대답했다.

"글쎄요."

애매한 내 대답에 대다수 유저들의 눈이 빛났지만 나는 이미 뒤를 돌아 걸어가고 있었기 때문에 미처 그 눈빛을 보지 못했다.

아쉬드르의 제한 시간이 다 돼서 로그아웃된 나는 시간을 보낼 겸 아쉬드르의 홈페이지에 접속했다. 그런데 조회 수 1위를 차지한 글이 내 눈에 무척이나 띄었다.

[거미 사냥터의 도적NPC. 작성자:s나오s.]

'…어?

거미 사냥터의 도적 NPC. 내가 NPC 흉내를 내던 것을 기억하고 있던 나는 미묘한 표정으로 그 글을 쳐다보았다.

'근데 그게 어쨌다는 거지?

궁금증이 치솟은 난 글을 클릭했고, 보이는 글에 할 말을 잃었다.

저는 거미를 사냥하러 파티를 맺고 갔던 마법산데요, 거미가 나오는 북쪽 숲… 그러니까 편하게 거미 사냥터라고 하죠. 어쨌든 처음에 먼저 출발하면 손해 볼까 봐 다른 파티들이 가기를 기다렸는데 아무도 안 가더라고요.

그래서 좀 난감했는데 한 도적 차림을 한 사람이 앞장서서 걸어가더라고요. 그래서 잘됐다 싶어서 따라갔는데, 망설임 하나 없이 쑥쑥 들어가더니 앞에 나타난 공터 앞에서 갑자기 멈춰 서더라고요.

그리고 뒤돌아서 멋지게 인사하면서 하는 말이 '안내는 여기까지'였는데, 그 말을 들어보면 NPC 같죠? 사실 처음에는 유저 같았는데 유저가 '안내는 여기까지' 같은 말을 할 리가 없잖아요?

아무튼 그렇게 말하고 갈 줄 알았는데 그냥 옆에 있는 나무에 기대서는데 꽤나 카리스마 있고 멋지더라고요. 했던 인사도 그렇고. 그 인사, 도적 NPC들만 하는 거라면서요?

그래서 파티원들이랑 상의해 그 NPC가 하는 행동을 보기로 했고, 다른 파티원도 그냥 지켜보고 있었죠. 무슨 퀘스트를 줄지도 모르니까요.

그렇게 한 반나절가량 지나서 밤이 되어도 움직이지 않아 지루하기도 하고 잘못 짚었나 싶었는데, 갑자기 그 NPC가 일어나서 몸을 푸는 거예요. 그리고 단검을 쥐고 앞으로 나가더군요.

저희도 재빨리 그 NPC를 따라서 갔는데 한 5분쯤 지났나? 갑자기 멈추더니 위를 쳐다보고 '거미!'라고 소리치는 거 있죠? 우와~ 도적 스킬 중에 '몬스터 감지' 같은 게 있나 봐요? 아무도 몰랐는데.

아무튼 그렇게 외치더니 주변을 보고 다시 '주변에도 있다'라고 하더라고요. 그래서 주변을 보니까 스멀스멀 기어올라 오는 거미들이 보이더라고요.

그 모습에 정신없이 마법을 날리다가 마나가 떨어져 좀 쉬고 있는데, 그 NPC는 그냥 주변만 보고 있었죠. 마침 그때 그 옆에 있던 좀 어리벙벙한 사제가 위에서 오는 거미를 못 봐서 공격당하기 직전이었거든요?

그 모습을 보더니 재빨리 점프해서 단검을 쑤셔 박더라고요. 이야~진짜 멋졌어요. 도적이라서 그렇게 높게 뛸 수 있었나? 어쨌든 그랬는데 더 놀라운 사실은 그 단검 한 방에 거미가 죽었다는 것!

거미 하나에 한 파티가 조금 힘들었거든요? 그런데 그 NPC의 한 방에 죽다니, 레벨이 몇인지 궁금하다니까요? 아무튼 그 후에도 거미들을 잡았는데 거의 다 한 방이더라고요(아~ 참고로 얘기하자면 그 NPC 구경만 하고 마법 안 날렸다고 욕 좀 먹었습니다^^;). 그렇게 다 잡은 뒤에 아이템을 챙기기에 제가 '다른 신 사냥터도 아시나요?' 라고 물었거든 요?

그랬더니 잠깐 고민하다가 '글쎄요' 라고 대답하더라고요. 그 대답 은 새로운 사냥터를 알고 있다는 거겠죠? 그러니까 다른 님들도 그 NPC를 보면 따라가 봐요.

잘하면 새 사냥터를 발견할지도 몰라요. 아마 글 올린 '도적' 님도 그 NPC 따라가서 알게 된 것 같은데. 아니면 혹시 알고 있던 NPC인 지도. 어쨌든 잘은 모르겠지만. 아, 그때 없었던 사람도 있죠? 그 NPC 차림을 알려드릴게요. ㅎㅎ. 전체적으로 도적 차림샌데 어두운 하늘색 망토를 입고 있었고, 짙은 회색 상의—망토에 가려졌지만 아마 맞을 거예 요—에 검정색 바지, 허벅지엔 단검집을 차고 있었어요.

잘 보이진 않았지만 처음 단검을 꺼내는 장소를 보니 허리에도 차 고 있었던 것 같기도 하고……

얼굴은 망토에 달린 모자를 쓰고 있어서 잘 모르겠네요. 이상, 나오 였습니다!

"……"

나는 그 글을 보고 기가 막혀서 할 말을 잃었다. 그렇게 말 없이 글을 바라보고 있다가 중얼거렸다.

"…이제 와서 유저라고 밝히면 개쪽인데……"

이럴 줄 알았으면 '글쎄요'나, '안내는 여기까지'같은 말은 안 하는 건데. 괜히 멋있게 보이려고 했다가 뭐냐……. 솔직히 반쯤 장난으로 한 일이 조금 커지자 난처한 얼굴로 그 글을 쳐다보았다. 밑의 리플도 많이 달린 것을 보니 NPC라고 철석같이 믿고 있나보다.

하긴, 지금까지 가상 현실에서 유저가 NPC 흉내를 낸 적은 한 번도 없었으니까. 더군다나 아쉬드르 전의 게임에서의 NPC는 NPC 표시가 있었고.

아쉬드르에서 표시가 없어서 헷갈린다고 해도 초반에 그런 사기를 칠 거라고는 생각 못 한 거겠지. 복잡한 얼굴로 그 글을 쳐다보다가 고개를 저었다.

'난 모르는 일이야.'

'속는 사람이 잘못한 거다'라고 전형적인 사기꾼의 멘트를 날리며 외면했다.

나는 한숨을 내쉬면서 골목길에 쭈그려 앉았다. 다행히 골목길에서 로그아웃했기에 망정이지 광장에서 로그아웃했으면 그 글을 읽은 유저들은 내 차림을 보고 소리쳤을 거다.

"옷차림을 좀 바꿔야 하나?"

잠시 고민하다가 마을에서만 전에 입었던 '닳아 해진 망토'를 입기로 하고 인벤토리에서 옷을 바꿔 입었다. 그리고 망토에 달린 모자는 쓰지 않기로 했다. 모자를 쓴 내 모습이 알려졌다면 모자를 쓰지 않은 내 모습 그대로 가면 아무도 모를 테니까.

골목길에서 그 차림으로 슬그머니 나와 주변을 살피니 아무도 눈길을 주지 않았다. 그 모습에 안심하고 북쪽 숲으로 향했다. 늑대보다 잡기 쉬운 거미, 그러면서도 늑대보다 더 많은 경험치를 주니 당연히 거미를 잡으러 간다.

사실 급소를 모른다면 잡기 어렵겠지만 운 좋게 알게 된 나는 후각이 거리낄 것이 없었다. 은신을 한 채로 다가가서 급소에 단검을 쑤시기만 하면 되니까. 늑대나 여우 같은 경우는 후각이 뛰어나서 은신을 심심찮게 눈치 채기 때문에 조금 힘들다.

하지만 거미 같은 경우에는 눈치 못 채는 것 같으니 도적한 테는 이보다 더 좋은 사냥감이 없다. 지금까지 알려진 사냥감이라고 해봤자 두 손으로 꼽을 정도지만.

북쪽 숲에 도착하자 전과 같은 많은 수의 유저들은 아니지만 그냥 봐도 삼십에서 사십 사이의 유저들이 입구에서 어슬렁거리면서 파티를 모으거나 준비를 하고 있었다. 아무래도 그 거미 사냥터에 들어가기 전까지는 안전하니까 아예 여기에서 파티를 모을 생각인 것 같다.

하기야 광장은 이곳저곳으로 가는 사람들이 섞여 있으니까. 그들을 잠시 바라보다가 파티원으로 낄까 말까 고민했다.

'파티는 나쁘지 않지만 급소는 나만 알고 싶은데……'

아무래도 파티를 하면서 계속 한 장소만 공격하면 눈에 띌 것이 분명했다. 어차피 혼자 사냥해도 큰 문제는 없을 것 같으니 그냥 혼자 사냥할까?

잠시 고민하다가 결국 혼자 사냥하기로 마음먹고 최대한 눈에 안 띄게 더욱 깊숙이 들어가 망토를 다시 바꿔서 모자를 푹 눌러썼다.

그렇게 한 후 안으로 들어가자 거미의 잔해와 함께 싸우고 있는 파티들의 모습이 간간이 보였다. 그들을 잠깐 구경하다가 일단 은신을 시전하고 더 안으로 들어갔다. 은신을 쓰면 속도가 느려지긴 하지만 그만큼 안전해지니 이게 더 나았다. 조금 더 깊숙이 들어가자 하얀 거미 하나가 나무 사이에 거미줄을 뿜고 있는 모습이 보였다.

가만히 그 모습을 보다가 조심스럽게 옆으로 접근해 천천히 다가갔다. 그리고 거미의 잘록한 구분이 공격 범위 안에 들어오자 재빨리 단검을 내리찍었다.

그러자 하얀 거미가 징그러운 다리를 이리저리 휘젓다가 결국 축 늘어졌다. 그리고 잠시 후 그 시체가 사라지면서 아이템이 남았다. 거미가 남기고 간 아이템을 주워서 확인해 보니 꽤나 특이한 것이 나왔다.

[거미줄]

질기고 끈끈한 것이 무언가를 묶어도 괜찮을 것 같다.

거미줄도 아이템으로 나올 수 있는 거였나? 나는 손에 둥글게 말린 거미줄을 보다가 인벤토리에 넣었다.

'어딘가 쓸모가 있겠지. 아니면 팔면 되고. 팔릴지는 의문이지만.'

그렇게 생각하며 다시 은신을 시전하고 거미들을 찾아다녔다.

─레벨 업을 하셨습니다.

"후아! 이걸로 22 달성!"

약 8시간 정도 사냥하니 금세 22를 달성했다. 확실히 혼자서 거미를 잡고 다니니 생각보다 훨씬 빨리 레벨 업을 하였다. 절로 올라가는 입꼬리를 진정시키고 나는 거미가 떨어뜨린 아이템을 챙겼다.

"슬슬 마을로 돌아갈까?"

내구력을 보니 마을로 돌아가야 할 것 같다. 인벤토리도 거의 다 차버렸으니 돌아가야지. 그렇게 결심하고 몸을 돌리는데 어디선가 싸우는 소리가 들렸다. 그 소리에 의아함을 느꼈다.

지금 내가 있는 곳은 거미 사냥터의 입구에서 꽤 멀리 떨어져 있었다. 나야 은신을 써서 위험해지면 숨거나 급소만을 공격하니까 별 위험이 없지만 도적이 아닌 다른 직업은 힘들 텐데? 잠시 갈까 말까 고민하다가 결국 그 소리가 들려온 곳으로 가기로 했다.

'위험하면 은신을 쓰거나 전력 질주를 쓰면 되니까.'

그렇게 생각하며 소리가 들려온 쪽으로 향했다. 그곳에 도착한 나는 절로 감탄사를 터뜨렸다. 그곳에서는 전사 두 명, 궁수 한 명, 마법사 한 명, 사제 한 명이 파티를 이루고 사냥 중이었는데 싸우는 상대가 좀 특이했다.

'붉은색 거미는 처음 보는군.'

지금까지 내가 봐온 거미는 대부분이 하얀 거미에 몇몇이 녹색 거미였다. 그중 붉은색의 거미는 단 한 마리도 없었다. 붉은색의 거미는 크기부터 달랐다.

하얀 거미와 녹색 거미는 보통 1m정도의 높이를 가졌다. 그런데 저 붉은 거미는 1m 70~80 정도로 무척이나 컸다. 다리도 하나하나가 무척 굵고 위협적으로 보였다.

"흐음… 위험해 보이는데."

왠지 몰라도 사제는 회복하기에 급급해 보였다. 전사들도 얼굴색이 전체적으로 좋지 않았고, 궁수는 화살이 얼마 남지 않았는지 간간이 지원 사격만 할 뿐 도움이 못 되어 보였다. 마법사 또한 마나가 거의 없는지 아주 가끔 매직 미사일을 날릴 뿐 별 도움이 되지 못하고 있었다.

잠시 그 모습을 보다 도와줄까 생각하다가 직접 물어보기로 했다. 저 거미도 어차피 잡아야 할 것 같으니 지금 알아보는 것도 나쁘지 않을 것이다. 나는 지쳐 보이는 마법사에게 은신한 채로 다가갔다가 은신을 풀고 눈앞에 나타났다.

"아, 아앗?!"

놀란 마법사의 목소리에 주변에 있던 사제와 궁수의 눈이 내 쪽을 향했다. 조금 부끄럽군. 나는 그 시선을 무시한 채 마법사에게 물었다.

"도와드릴까요?"

"네?"

"도와드릴까요?"

그들은 내 말에 잠시 고민하는 듯하더니 서로를 쳐다보았다. 도움을 받고는 싶은데 파티는 총 5명으로 제한되어 있어서 망설이는 듯했다. 내가 끼면 누구 하나는 빠져야 되는데 당연히 빠지기 싫겠지. 나는 그들을 보다가 가벼운 말투로 말했다.

"아, 파티는 안 하고 도와드릴게요."

"그러면 감사하지만……."

파티를 하지 않고 도와주는 것은 자칫하면 스틸범으로 오해받기 좋지만 이렇게 파티가 힘든 상황에서 '허락'을 받고 도와주는 것은 나쁜 것이 아니다. 내 말에 긍정의 뜻을 내보여 나는 싱긋 웃고 다시 은신을 시전했다.

"은신."

나는 바로 붉은 거미의 옆쪽으로 향했다. 그리고 거미가 휘두르는 다리들을 조심하면서 천천히 접근했다. 단검의 공격이 닿을 정도로까지 가까워지자 재빨리 스킬을 시전했다.

"난도질!"

그와 동시에 단검이 가벼워지면서 다리 하나를 향해 재빨리 휘둘렀다. 그러자 가뜩이나 전사에게 당한 듯 세 개의 다리가 잘려 나가고 없었는데 한 개의 다리가 잘려지면서 총 여덟 개의 다리 중 네 개밖에 남지 않게 됐다.

거미는 고통에 남은 다리를 이용해서 발버둥치며 공격했지만 이미 나는 뒤로 피한 상태다.

붉은 거미를 상대하고 있던 전사들이 갑자기 등장한 나를 놀란 눈빛으로 쳐다보았다. 나는 그들에게 간단히 설명했다.

"저 님들에게 허락은 받았습니다. 도와드리러 왔어요."

"아, 감사합니다."

그 말에 싱긋 웃고 다시 단검을 다잡았다. 순수한 마음으로 도와주는 건 아니지만… 굳이 그 사실을 알려줄 필요는 없겠지. 붉은 거미는 무척 화가 난 듯 남은 다리를 딸깍거리며 부딪치더니 입으로 거미줄을 뽑아냈다.

"이크!"

뒤로 물러나며 피하려고 했지만 다리가 살짝 쏘아지며 내지른 거미줄에 약간 휘감겨 버렸다. 아직 난도질의 효과가 남아 있는 단검을 휘둘러 잘라내며 피하는데 기계음이 들렸다.

―독에 걸렸습니다. 체력이 떨어집니다.

"......!"

'체력 저하 독!'

도둑 길드의 2층에 그런 독을 판다는 것은 들었지만 몬스터가 그 독을 쓰는 것을 보는 것은 처음이다. 나는 놀란 얼굴로 붉은 거미를 쳐다보았다. 그러자 한 전사가 내가 그런 이유를 알겠다는 듯 내게 소리쳤다.

"저놈의 거미줄에 맞으면 체력이 떨어지는 독에 걸립니다! 많이 떨어지는 것은 아니지만 해독제를 먹거나 해독 마법을 쓰지 않으면 계속 떨어져서 위험해요!"

그 말에 나는 인상을 찡그렸다. 내가 가지고 있는 해독약은 녹색 거미가 뿜는 마비독 때문에 두어 개 정도 챙긴 것이 전부다. 어차피 은신으로 한 방에 잡기 때문에 독에 걸릴 가능성이 적어서 몇 개 챙기지 않은 것이다.

'이럴 줄 알았으면 더 챙길걸.'

그렇게 생각하며 난 인벤토리에서 해독제를 꺼내 마셨다.

―독이 해독되었습니다.

그 소리에 나는 비어버린 해독병을 거미에게 던졌다. 그러자 거미의 다리 하나가 반사적으로 그 병을 쳐냈고, 그 틈에 다시 한 전사가 거미를 공격했다.

키에에에에!

들기 싫은 괴성을 지르며 몸부림치는 붉은 거미의 모습에 인상을 찡그리며 뒤로 물러났다가 거미의 배 쪽으로 단검을 휘둘렀다. 통통한 거미의 배 부분이지 급소는 아니었기 때문에 별 타격을 입지 않은 듯 다시 거미는 다리를 휘둘러 나를 쳐내려고 했다.

간신히 옆으로 굴러서 그 다리를 피하자 다시 나를 내리찍으려 하는 다리가 보여서 다시 옆으로 굴렀다. 그리고 재빨리 일어서서 다시 공격 자세를 취했다. 붉은 거미의 움직임이 점차 느려지고 있었다.

나는 그 모습에 다시 한 번 접근하여 이번에는 얼굴 쪽을 공격했다.

캬아아!

단검이 여덟 개의 눈 중 하나를 내리찍자 아까와는 달리 두 배로 몸부림을 치는 붉은 거미에 뒤로 물러났다. 마지막 마무리로 전사 둘이 한꺼번에 스킬을 사용해 거미를 베었다.

"베쉬!"

"차지!"

그 전사들의 스킬이 붉은 거미에게 적중되자 거미는 잠깐 움찔거리더니 결국 더 이상 움직이지 않고 서서히 사라져 갔다. 그러자 그 파티원 중 전사 한 명의 몸에 빛이 잠시 맴돌았다. 레벨 업을 한 표시다. 그 모습에 나는 싱긋 웃으면서 축하의 말을 건넸다.

"축하해요."

"감사합니다."

전에 만났던 파티의 전사하고는 차원이 다르게 예의 바르게 웃으면서 답하는 그 전사의 모습에 나는 기분이 좋아졌다. 그러는 사이 사제와 궁수, 마법사가 슬그머니 거미가 사라진 곳으로 가서 아이템을 주웠다.

그들은 아이템은 들고 놀랍다는 듯이 서로 수군거리다가 이쪽으로 다가왔다. 그리고 내가 처음 말을 걸었던 마법사가 파티장인 듯 먼저 말을 걸어왔다.

"도와주셔서 감사합니다."

그 말에 나는 어깨를 으쓱거리며 말했다.

"별로요. 도와주다가 정 안 되면 도망칠 생각이었으니까요."

"아, 하하! 그렇군요."

솔직담백한 내 말에 어색하게 웃는 그의 모습에 가볍게 웃은 나는 마을로 갈 생각에 인사를 하고 헤어지기로 했다.

"그럼 전 이만 갈게요. 사냥 잘하세요."

"아, 예."

고개를 살짝 숙였다 다시 든 나는 다시 은신을 시전했다.

'이 상태로 마을까지 가야지.'

그렇게 생각하면서 마을로 천천히 걸어갔다.

마을에 도착한 나는 제일 먼저 잡화점으로 갔다. 대장간에 들러 수리하는 일이 중요하긴 했지만 돈이 없는 상태에서는 수리고 뭐고 없으니까. 거미 사냥터에서 얻은 것들을 모두 꺼내놓자 제프 아저씨는 약간 놀라운 표정으로 쳐다보다가 천천히 가격을 측정했다.

"으음, 어디 보자. 거미 독니, 바삭한 거미 다리, 거미 눈알, 거미 수액, 파삭파삭한 거미 고기, 끈끈한 거미 다리……. 허, 한동안 안 보인다 싶더니 거미만 잡으러 다닌 게냐? 음, 이건 또 뭐야? 거미줄?"

"아하하! 뭐, 그런 거죠. 근데 거미줄이 왜요?"

"너, 이 거미줄 더 있냐?"

"네?"

갑자기 진지한 얼굴로 나를 쳐다보는 제프 아저씨의 모습에 당황해서 그것을 쳐다보았다. 그런 내 모습에 제프 아저씨는 주변을 두리번거리더니 나에게 가까이 오라고 손짓했다. 그 모습에 얼떨떨한 표정으로 가까이 다가간 내게 제프 아저씨는 조용히 속삭였다.

"사실 말이다, 내가 거미줄이 필요하게 됐다."

"거미… 줄이요?"

"그래. 그래서 말인데, 거미줄 열 개만 구해다 주면 안 되겠냐? 사례는 하지."

제프의 퀘스트. [거미줄 열 개를 구해라.]
Yes/No

잠시 생각하다가 그다지 어려운 부탁도 아니고, 도적이 된 후 몇 개 받아본 적 없는 퀘스트였기에 기쁘게 수락했다.

"물론이죠."

내 대답에 제프 아저씨는 얼굴이 밝아지더니 환하게 웃었다. 그러면서 내 어깨를 탁탁 치면서 호탕하게 말했다.

"하하! 잘 생각했어. 최대한 빨리 구해다 줬으면 좋겠지만… 뭐, 부담 갖지는 말고 그냥 구하면 오게."

"예. 그나저나 다른 물건들 값은?"

"으음, 좋아! 원래 모두 합하면 19실버 11쿠퍼지만… 20실버로 쳐주지!"

"오옷! 정말요? 감사합니다!"

1실버 가까이 올려 쳐준다는 말에 나는 활짝 웃으면서 감사를 표했다. 내 모습에 제프 아저씨는 씨익 웃더니 돈주머니를 넘겨줄 뿐 별 말을 하지 않았다. 나는 기분 좋게 잠화점을 나와 대장간으로 향했다.

"자, 수리 비용은 모두 5실버다."

"쩝. 여기 있습니다."

"그래, 또 와라."

'별로 오기는 싫은데……. 와봤자 돈만 쓰고.'

이 말을 그대로 내뱉었다가는 그나마 친한 NPC인 대장간 NPC의 친밀도가 깎여 나갈 것이 분명했기에 나는 대답 없이 싱긋 웃은 후 대장간을 나왔다. 그리고 예정에 없던 퀘스트를 기억해 내고는 다시 한 번 거미 사냥터로 가기로 마음먹었다.

거미 사냥터에 도착하자 생각보다 사람이 없음에 조금 이상한 기분이 들었다.

아까까지만 해도 사냥터 입구의 공터에 약 한 30~40명 정도의 사람들이 있었는데 지금은 십여 명 정도 뿐이다.

'파티들이 한꺼번에 다 들어가 버린 건가?'

왜 그런지 궁금했지만 별거 아니라 생각하고 거미 사냥터 안으로 들어갔다. 역시나 거미 사냥터 안으로 조금 들어오자 순식간에 어두컴컴해졌다. 분명히 밖은 한낮임에도 불구하고 어두운 것이다.

'조금 성가시네.'

도적의 특성상 그리 문제되지는 않지만 아무래도 밝을 때 보다는 조금 성가신 것은 사실이기에 인상을 찡그렸다.

그렇게 앞으로 천천히 전진하자 녹색 거미가 보였다. 그 거미는 주변의 나무에 거미줄을 쳐둔 채로 먹잇감이 거미줄에 걸리기를 기다리고 있는 듯 가만히 매달려 있었다.

물론 그 모습은 내가 급소를 찔러 넣기에 더없이 좋은 자세다. 그 거미의 모습에 기분 좋게 스킬을 시전하고 뒤쪽으로 천천히 다가갔다.

"은신."

거미는 은신을 잘 감지하지 못하지만 그래도 만약을 대비해 최대한 발걸음을 죽이며 느릿하게 다가갔다. 그리고 공격 범위 안에 들어오기 직전, 작지만 확실히 귓속에 울리는 소리가 들렸다.

바스락.

황급히 발밑을 쳐다보니 작은 마른 나뭇가지 하나가 부러져 있었다. 아마 내가 밟아서 부러진 듯했다. 왜 하필 나뭇가지가 여기 떨어져 있는 거야?

'제길!'

다시 거미를 쳐다보자 거미는 이미 매섭게 소리가 난 이쪽으로 다가오면서 깔딱거리고 있었다. 그 모습에 운이 없다고 생각하면서 은신을 풀고 재빨리 뒤로 물러났다.

뒤로 물러나자마자 내가 있었던 자리로 녹색 빛을 띤 거미 줄이 뿜어져 나오고, 그에 옆으로 몸을 굴려 피해냈다.

"운도 없지. 쳇."

하필 나뭇가지가 밟혀서 소리가 날 게 뭐람. 방금 전까지 기분 좋게 은신을 시전한 사실은 잊고 나는 다리를 휘둘러 오는 거미를 피하고는 단검의 날을 세워서 다시 공격해 들어오는 거미 다리를 막았다.

하지만 힘에서 딸리기에 곧 몸이 밀려나는 것을 느끼며 몸을 뒤로 빼서 스킬을 사용했다.

"난도질!"

가벼워진 단검을 휘둘러서 가까이 접근한 거미 다리 하나에 찍었다. 이어서 거미의 급소에 다시 찍어 넣으려고 했지만 거미줄을 뽑아대는 통에 황급히 물러났다.

녹색 거미는 마비독이일 뿐 데미지가 없는 거미줄이지만 물러나는 것이 좋다. 거미는 다리가 찍히는 고통에 상당히 화가 난 듯 거칠게 다리를 움직이면서 공격했다.

'좋아, 이번에는……'

거미가 거칠게 움직이는 사이에 공격할 틈이 보이자마자 나는 빠르게 접근했다. 도중에 거미의 다리 하나에 옆구리가 스치긴 했지만 큰 상처는 아니기에 무시하고 다시 단검을 들어서 급소에 내리찍었다.

캐애애애애!

비명과 함께 몸부림치는 거미를 피해 뒤로 물러나자 거미는 날 공격하려는 듯 움찔거리면서 거미줄을 뽑으려고 하다가 결국 축 늘어졌다. 그리고 이내 아이템을 남기며 사라졌다.

"어디 보자……"

[거미줄]

질기고 끈끈한 것이 무언가를 묶어도 괜찮을 것 같다.

[바삭바삭한 거미 다리]
바삭바삭한 거미 다리. 잘 다듬으면 요리 재료로 쓰일 듯
하다.

[끈끈한 거미 다리]
끈적끈적한 거미의 다리로 징그러워 보인다. 의외로 요리
재료인 듯싶다.

'이걸로 세 개쨌가? 생각보다 금방 모으겠네.'
아이템을 챙기고 몸을 일으켰다. 그런데 부스럭거리는 소
리가 들려왔다. 뒤를 돌아서 그 소리가 들린 수풀을 보며 슬
며시 허벅지에 있는 단검집으로 손을 움직여 단검을 던질 자
세를 취했다.
아무래도 수풀 같은 곳에 있는 적은 조금 위험하다. 수풀에
가려져서 어느 방향으로 공격할지 모르기 때문이다. 그렇게
긴장한 채로 수풀을 보고 있는데 뜻밖의 존재가 모습을 보였
다.
"어? 너는⋯⋯?"
"아, 안녕하세요?"
그 존재는 아까 거미 사냥터에서 도와줬던 파티에서 본 사

제였다.

"흐음, 다 죽었다고요?"

"네에……."

사제가 조심스럽게 내게 다가와서 자초지종을 설명했는데, 그 얘기는 놀라운 사실이었다. 조금 위태하긴 했지만 별무리 없이 사냥을 하던 파티가 당해서 자신 혼자 겨우 도망친거라는 것.

"뭐한테 당했는데요? 다굴이라도 당한 건지……?"

"아뇨. 그러니까 보라색 거미 한 마리에게 당했어요."

"보라색 거미?"

보라색 거미 한 마리에 파티가 전멸한 건가? 붉은색 거미가 이곳의 보스인 줄 알았는데 보라색 거미였나 보네. 사제는 내 눈치를 살피더니 다시 이야기를 이었다.

"보라색 거미는… 몸집은 붉은색 거미만 했는데 독을 두 종류나 가지고 있었어요."

"두 종류나?"

놀란 눈빛으로 쳐다보자 사제는 목이 마른 듯 침을 삼킨 후 다시 말했다.

"네. 녹색 거미의 마비독이랑 붉은 거미의 체력 저하독이요. 체력 저하독이라면 제가 해독은 할 수 없지만 피가 떨어질 때마다 회복시켜 주고 해독제를 먹으면 되는데 마비 독까지 있어서……. 그 마비독이 상당히 강해서 중독되면 약 한 3~4초간 움직이기 힘들어 보이더라구요."

"3~4초라……."

내가 쓰는 마비독의 경우 최하급이기 때문에 1~2초가 한 계다. 그래도 그 정도도 무척 쓸 만했다.

그런데 무려 3~4초라면 웬만한 몬스터 한 마리가 유저를 로그아웃시키기에 충분한 시간이다. 거기에 체력 저하 독까 지 있으니…….

'다음에 보면 무조건 튀어야지.'

그렇게 생각하는데 사제가 계속 우물쭈물하는 것이 보였 다. 그 모습에 나는 거미 사냥터의 입구까지 데려다 달라는 건 줄 알고 가볍게 말을 걸었다. 이런 정보는 꽤 쓸 만했고 못 본 척하기도 뭐하기에 선심을 베풀기로 한 것이다.

"아, 알려준 답례로 입구까지 데려다 줄게요."

"아뇨. 그게 아니라……."

'그게 아니야?'

나는 의아한 눈빛으로 사제를 쳐다보았다. 사제는 전투 능 력이 거의 없기 때문에 안전한 곳까지 데려다 달라는 건 줄 알았는데? 내 눈빛에 사제는 머뭇거리다가 작은 목소리로 겨 우 말했다.

"그… 파티를 하면 안 될까요? 지금 다시 파티를 구하기는 좀… 그래서……."

나야 사제가 있으면 좋지만 아무래도 둘이서 파티는 조금 위험할 텐데……. 사제의 입장에서는 입구에 모여 있는 사람들과 다시 풀 파티를 해서 들어오는 것이 훨씬 이득이었다. 그런데 왜 나랑 한다는 건지 이해가 되지 않았다.

"왜 나랑 파티한다는 거죠? 차라리 입구에서 풀 파티를 하면 더 좋을 텐데……."

내 말에 사제는 고개를 푹 숙이며 간신히 중얼거렸다.

"그, 그게… 그러니까… 제가……."

"……?"

"…조, 조금 많이… 내성적이라서 처음 보는 사람에게… 말 붙이기가… 조, 조금 힘들어서… 그래서… 아, 안면이 있는 분과… 시, 싫으시다면 어쩔 수 없긴 하지만… 나쁘지 않으시다면… 파티를 하는 것이… 좋은데……."

"……."

한마디로 무진장 내성적인 성격이라서 파티를 구하기 힘들다는 거네. 나는 약간 어이없다는 눈초리로 사제를 쳐다보았다. 사제는 혼자서 사냥을 하는 것이 아니라 사람들과 부대끼면서 보조해 주는 역할이다.

그래서 보통 사교적인 성격이 많다. 뭐, 그냥 전투를 싫어해서 선택한 조용한 사람도 있지만. 아무튼 이 성격에 잘도 사제를 선택했네.

혀를 차면서 사제를 쳐다보았다. 보아하니 나보다 약간 어

린 외모를 지닌 소년이었는데, 참 수줍음 많은 성격이라고 해
야 할지……. 내 동생이 이 녀석 반만 닮았으면 좋겠네.

잡생각을 하다가 이 무척 내성적인 사제의 고개가 거의 바
닥과 맞닿을 정도가 됐을 때 생각을 멈췄다.

'나쁘진 않겠지.'

"뭐, 좋아요."

"아! 가, 감사합니다."

허리를 숙이면서 감사하다는 인사를 하려는 사제의 어깨
를 가볍게 두드려 말리고 파티를 생성했다.

"파티 생성."

─파티가 생성되었습니다. 파티의 이름을 정해주십시오.

"거미 사냥."

─거미 사냥 파티가 생성되었습니다.

파티를 만든 나는 사제 쪽으로 고개를 돌려 이름을 물어봤
다.

"이름이 뭐죠?"

"저는 시클라멘이에요."

사제, 아니, 시클라멘의 대답에 고개를 끄덕이면서 파티를
신청했다.

"시클라멘님께 파티 신청."

─시클라멘님께 파티를 신청했습니다.

─시클라멘님께서 파티를 수락하셨습니다.

"어? 이름이… 비공개?"

파티가 수락되어 자동으로 파티창이 떴는지 내 이름이 비공개라는 것을 알아차렸다. 약간 당황한 목소리에 나는 머리를 긁적이며 난처한 목소리로 말했다.

"그냥 스노라고 해. 도적 특성상 유저에게든 NPC에게든 아이디가 알려져서 좋을 것이 없거든. 아, 나보다 어려 보이니까 반말한다. 괜찮지?"

도적의 특성상 비공개를 선호하는 것은 맞다. 그 이유가 현상금이 걸렸을 때를 대비하는 거라서 좀 그렇지만.

"예에. 그, 그럼 저는… 라멘이라고 불러주세요."

"그러지, 뭐. 참, 레벨이 몇이야?"

"19예요."

19라……. 내성적인 성격으로 용케 거기까지 올렸군. 사제가 19라면 괜찮지. 어차피 회복만 되면 되니까. 그렇게 생각하며 나도 간단히 레벨을 밝히며 주의 사항을 부탁했다.

"난 22. 참고로 난 은신으로 뒤에서 공격하거든? 그러니까 소리를 내거나 하면 안 돼. 그냥 멀리서 숨어 있다가 체력이 깎이면 회복해 줘."

"예!"

힘차게 고개를 끄덕이며 대답하는 사제를 보며 나는 앞장서서 나갔다. 사제와 도적이라……. 그리 좋은 파티 구성은 아니지만 뭐, 괜찮겠지? 적어도 그때의 그 정신 나간 파티원에서 봤던 사제보다는 훨씬 괜찮을 것 같다.

이 녀석도 그 사제처럼 체력이 눈곱만큼 닳아도 회복 마법을 시전하는 멍청한 짓거리는 안 하겠지.

과거의 안 좋은 기억을 회상하다가 문득 생각난 것이 있어서 라멘을 쳐다보았다.

"그런데 그렇게 내성적인 성격으로 아까 파티는 어떻게 맺은 거야?"

"네? 아… 그건 전부 사촌 형 친구들이에요."

"사촌 형?"

"네. 아까 마법사 분……."

그 사람이 이 녀석 사촌 형인가? 나머지는 그 친구들이고. 알았다는 듯 고개를 끄덕이자 라멘이 조그만 목소리로 이어 말했다.

"마침 형 친구들끼리 아쉬드르를 시작해서 사냥을 하는데… 사제를 구하기가 힘들어서 절 부른 거예요."

그렇게 된 거였나? 나는 슬쩍 라멘을 쳐다보며 생각했다.

'아까 그나마 파티를 맺은 것이 용하다고 생각했는데… 취소해야겠네. 이 정도면 거의 대인기피증 수준 아닌가? 사람 사귀기 힘든 성격이네. 학교에서 왕따는 아니겠지?'

왠지 그럴 것 같은 느낌에 머리를 긁적였다.

이야기를 접은 후 라멘과 천천히 주변을 살피면서 전진해 나갔다. 아까 라멘의 말로는 보라색 거미는 좀 더 깊숙한 곳에 있다고는 하지만 아쉬드르의 몬스터는 상황에 따라 움직이기도 하고, 스스로 먹잇감을 찾기 위해 움직이기도 한다.

그러니 방심하지 않는 것이 좋다. 그렇게 조금 앞으로 나아가자 하얀 거미의 모습이 보였다. 하얀 거미는 단순히 나무에 붙어서 쉬고 있는 듯 가만히 나무에 붙어 있을 뿐 어떠한 움직임도 취하지 않았다. 나는 라멘에게 오른손을 주먹 쥔 후 검지를 펴서 입에 대며 조용히 하라는 제스처를 취한 뒤 은신을 시전했다.

"은신."

작은 목소리로 말하며 나무에 매달린 거미를 향해 접근했다. 조심스럽게 다가가 공격 범위 안에 들어오자 순식간에 단검을 내질렀다. 하지만 거미는 이미 눈치를 챈 듯 몸을 움직이는 바람에 단검은 급소가 아닌 엉뚱한 나무만 찍고 말았다.

"쳇!"

'아까부터 계속 이러네.'

거미가 은신을 잡아낼 확률은 적은 것 같던데……. 나는 속으로 투덜거리면서 단검을 회수해 거미를 다시 공격하려고 했지만, 그 순간 거미가 입에서 거미줄을 내뿜었다. 끈적끈적한 거미줄이 왼손을 휘감자 나는 인상을 찡그리면서 물러났다.

'원래 거미는 입이 아니라 꽁무니에서 거미줄을 뽑아야 한다고!'

하지만 안타깝게도 이 아쉬드르의 거미들은 입과 꽁무니 두 곳에서 거미줄을 뽑아댔다. 마음에 안 들지만 어쩌랴. 다리에서 뽑든 눈에서 뽑든 잡아야 하는데.

접근하며 다리를 날카롭게 휘두르는 거미를 피하고 오른손에 쥔 단검으로 거미의 다리를 향해 휘둘렀다. 그에 좌악! 하는 소리와 함께 거미 다리 하나가 날아갔다. 고통스러운 듯 몸을 구르는 거미의 모습에 다시 공격하기 위해 접근하는 순간, 거미가 움직임을 멈췄다가 다리에 힘을 주더니 튀어올랐다.

그런 스타일로 공격하는 거미는 처음이라 엉거주춤하고 있는데 목소리가 들려왔다.

"조심해요!"

라멘의 목소리에 정신을 차리고 내리찍으려는 듯 나를 향해 날아오는 거미의 모습에 뒤로 물러났다. 거미가 목표물을 잃고 땅에 착지하자 그 순간을 노리고 재빨리 단검을 날렸다. 단검은 정확히 거미의 급소에 들어갔고, 거미는 몸부림치다가 결국 사라지면서 아이템만을 남겼다.

"휴우!"

그 모습에 나는 안도의 한숨을 내쉰 후 아이템을 챙기고는 그 자리에 주저앉았다. 라멘은 숨어 있다가 전투가 끝나자 총총걸음으로 내게 와 치료 마법을 걸어주었다.

"신의 은총을. 큐어(Cure)."

라멘의 양손이 하얗게 물들며 은은한 빛을 뿌렸다. 그 빛을 쬐자 마음이 편안해졌다. 이 큐어는 하급 회복 마법으로 힐링보다 한 단계 아래의 마법으로 알고 있지만 별 불만은 없다.

현재 아쉬드르에서 큐어보다 한 단계 위인 힐링 마법을 배운 이는 없으니까. 더구나 체력이 많이 깎인 것도 아니고.

'그나저나 언젠가 게시판에서 보니까 힐링은 30레벨 때 배운다던데…… 사제들, 그 레벨 달성하려면 힘들겠네. 거의 파티 사냥으로만 올려야 될 텐데.'

나는 천천히 회복되어 가는 체력을 보면서 생각했다. 그런 나를 슬쩍 보더니 라멘이 말을 걸었다.

"저기, 아까 단검 던지는 거… 그것도 스킬인가요?"

아까부터 조금 우물거리더니, 그게 궁금했던 모양이다. 나는 고개를 저으며 말했다.

"아니, 그건 무기 숙련도 중 하나야. '투척 무기류'라고."

"예? 무기 숙련도요?"

처음 들어본다는 듯한 라멘의 말에 나는 라멘의 모습을 천천히 살펴보았다. 그러고 보니 아무런 무기도 없이 달랑 사제용 로브만 입고 있을 뿐 맨손이었다.

"너, 무기, 아무것도 없어?"

"네. 무기는 아무것도 없어요. 전직 전에는 그냥 파티해서 사촌 형이 키워줘서……"

황당하다. 그럼 이 녀석은 한 번도 무기를 든 적도 없이 사

제로 전직해서 회복만 해줬단 소린가? 그 사촌 형은 동생을
잘 챙겨주는 것은 좋은데 아쉬드르는 그런 식으로 해선 힘들
텐데. 나는 혀를 찼다.

"무기를 쓰면 숙련도가 생겨. 그리고 숙련도가 높을수록
더 잘 다룰 수 있게 되지. 난 도적이어서 '단검류', '투척 무
기류'가 주(主)지. 다른 몇 가지는 직업 특성상 배울 수 없는
것도 있고. 숙련도가 낮으면 아무리 레벨이 높아도 힘들어.
그것도 몰랐어? 아무리 사제라도 둔기류마저 안 올리면 꽤나
힘들 텐데? 신성력이 다 떨어졌을 때는 그냥 가만히 있으려
고?"

"그… 죄송해요."

고개를 푹 숙이는 모습에 머리를 긁적였다. 나한테 미안해
할 필요는 없는데… 순간적으로 전에 파티를 맺었던 바보 같
은 사제가 생각나 흥분해서 말을 조금 매섭게 했다. 음, 미안
하기는 한데… 확실히 이 녀석, 게임하기는 힘들겠어. 고개를
설레설레 저으면서 일어났다.

"나한테 미안해할 것은 없고, 지금이라도 여기서 나가면
둔기류를 사서 숙련도나 올려."

"네에……."

이런, 기가 팍 죽었네. 나는 동네 꼬마를 괴롭힌 듯한 기분
이 들어 머리를 긁적였다. 그리고 라멘의 어깨를 두드리며 원
래 있던 곳으로 향했다.

"이 이상 들어가면 그 보라색 거미 놈을 만날지도 모르겠다. 이제 되돌아가면서 사냥하자고."

고개를 끄덕이며 말없이 동의하는 녀석들을 데리고 몸을 돌려 되돌아 걸어갔다. 왠지 어색한 분위기에 불편함을 느꼈지만 이 분위기를 바꿀 만한 마땅한 방법이 생각나지 않아 그냥 묵묵히 걸어갔다. 내 동생은 이런 말을 들으면 도리어 '네가 뭐가 잘났냐!' 하는 식으로 달려들던데 말이지.

"응?"

되돌아가던 중 나는 의아한 눈빛으로 눈앞에 널브러진 유저 몇을 쳐다보았다. 세 명의 유저가 널브러져 있고, 전투를 한 흔적이 이곳저곳에 묻어 있었다.

전부 다 기절 상태에 빠진 듯 발로 톡톡 건드려 보아도 별 반응이 없었다. 기절 상태는 체력이 10% 미만일 때 일어난다. 그렇게 되면 가만히 앉아 있어도 체력이 회복되지 않고 오히려 깎인다. 그때는 사제에게 도움을 받거나 포션이나 약초를 사용해야 살 수 있다.

'회복해 줄까 말까……'

잠시 고민하다가 회복해 주는 쪽으로 마음먹고 라멘에게 손짓했다.

차마 파티 중인 상태에서 함부로 신성력을 쓸 수 없어 안절부절못하던 라멘은 내 손짓에 기다렸다는 듯이 빠른 걸음으로 다가와 일단 제일 위급해 보이는 유저에게 치료 마법을 시전했다.

"신의 은총을, 큐어."

은은한 하얀 빛이 손에 머물면서 점차 유저의 상처가 사라져 갔다. 다행히 기절 상태가 된 지 얼마 되지 않은 듯 10초 정도가 지나자 상태를 회복했다. 기절 상태에서 회복한 유저가 비틀거리면서 물었다.

"으으… 그놈은?"

"미안하지만 그놈이고 뭐고 아무도 없네요. 어떻게 된 상황인지 알 수 있을까요?"

내 말에 유저는 아직 정신이 흐릿한 듯 고개를 붕붕 휘젓다가 말했다. 라멘은 그의 상태가 어느 정도 회복된 듯 보이자 다른 유저들에게 다가가 회복 마법을 시전하고 있었다.

"그러니까… 그 보라색 거미 때문에… 으음."

'보라색 거미라……'

"자세히 말해봐요. 보라색 거미가 뭐요?"

내가 묻자 유저는 이제 완전히 정신을 차린 듯 인상을 쓰며 말했다.

"처음에는 크기도 그렇고, 생김새도 보스 몬스터 같아 옆에 있던 두 파티랑 같이 공격했는데… 어느 정도 막고 공격해서 조금 풀어져 있을 때 거미줄을 갑자기 뽑아대서 순식간에 전사 두 명을 휘감아 죽였죠.

그렇게 되니까 균형이 무너져서… 쩝, 그래도 입구에 있던 친구한테 당하기 전에 도와달라고 메시지를 보내서 다행이지, 정말 막판에 다른 파티들이 와서 공격해 유인하지 않았으면 이 정도 인원도 못 살았어요. 진짜 죽는 줄 알았죠. 그 녀석들은 잡았으려나?'

나중에는 혼잣말로 바뀌었지만 이미 상황은 충분히 파악됐기에 치료를 끝내고 쉬고 있는 라멘을 불렀다.

"어이, 라멘. 보라색 거미가 이 근처에 있다는데?"

내 말에 라멘은 눈을 크게 뜨더니 약간 불안한 얼굴을 했다. 그리고 머뭇거리다가 한마디 했다.

"그, 그러면 빨리 나가요. 위험해요."

하지만 난 나갈 생각이 없다. 보라색 거미가 어떤 놈인지 궁금했기 때문이다. 그리고 라멘의 파티에 이어 두 파티를 상대한 녀석이니 체력도 거의 떨어져 있을 것이라 생각되었다.

"괜찮아. 이제 거의 죽어갈 텐데. 구경만 하자."

"하지만……."

"괜찮아, 괜찮아. 가자고."

내 말에 불안한 듯 거부를 표시했지만 가볍게 무시하고 거미의 흔적을 찾으려고 주위를 두리번거렸다. 그러자 내 옆에서 회복된 유저가 힐끔 쳐다보다가 말했다.

"그 거미한테 가려면 저쪽으로 가세요. 기절 상태가 되기 직전에 왔던 파티들이 저쪽으로 유인해 간 것을 보았거든요."

"아, 고마워요."

"위험한데……."

나는 그 유저의 말에 밝게 미소 지으면서 고맙다고 말했고, 라멘은 알려준 유저를 조금 원망스럽다는 듯 쳐다보면서 울상을 지었다

"저기… 이제라도 안 늦었으니까 돌아가는 것이 어때요?"

"거참, 괜찮다니까. 무려 세 파티나 상대한 놈인데……. 거의 다 잡았을걸, 지금쯤이면?"

"하지만……."

뭐라고 말리려는 것이 느껴졌지만 한 귀로 듣고 한 귀로 흘리며 유저가 알려준 방향으로 걸어갔다. 라멘은 불안한 듯 내 옆에 바짝 붙은 채 열심히 날 설득하고 있었다. 뭐, 별로 소용이 없었지만.

그렇게 어느 정도 더 걸어가자 드디어 싸우는 소리가 들렸다. 그 소리에 나는 히죽 입꼬리를 올리면서 소리가 나지 않게 조심스럽게 걸어갔다. 가까이 가면 갈수록 매섭게 싸우는 소리가 귀를 간질였다.

'아직 꽤 치열하게 싸우고 있나 보네?'

거의 다 끝났을 줄 알았던 생각이 사라지고 약간 경계심이 들었다. 아직 완전히 싸움터에 도착하지 않았기에 지금이라도 돌아갈까 했지만 마음을 다잡았다. 여기까지 왔는데 돌아가면 너무 아깝지. 나는 싸움터로 접근했다.

드디어 우거진 수풀이 드러나면서 빛이 보였다. 아마 마법을 사용한 빛인 듯 잠깐 반짝이다가 사라졌다. 거의 다 왔다는 생각에 아무래도 데리고 가기엔 조금 위험하단 생각이 들어서 슬쩍 라멘에게 기다리라고 했다.

일단 내가 먼저 살펴본 후에 불러도 괜찮겠다는 생각이 들어서다. 불안한 얼굴로 고개를 끄덕이는 라멘을 두고 은신을 사용해서 싸움터로 향했다.

그리고 나무 사이로 가려져 있던 싸움터에 도착한 나는 눈을 크게 떴다.

'말도 안 돼!'

크게 소리치고 싶은 것을 애써 참았다. 소리를 쳤다가는 눈앞의 거미 '들' 이 나를 공격할 테니까. 내 눈앞에는 몇십 마리의 하얀 거미와 녹색 거미가 유저들과 치열한 전투를 벌이고 있었다. 그리고 얼마 떨어지지 않은 곳에서는 보라색의 거미가 몇몇 유저들과 싸우고 있었다.

'여기 보스는 자기 휘하 몬스터를 부릴 수 있는 건가?'

늑대야 원래 무리 지어서 사냥하며 우두머리의 뜻을 따르니까 별 이상하다는 생각은 들지 않았다. 하지만 거미까지 자기 휘하 몬스터를 부릴 줄은 몰랐다.

더군다나 라멘이나 여기 오면서 봤던 유저들은 다른 거미에 대해선 언급이 없었다. 그렇다면 저 보라색의 거미가 상황이 안 좋아졌다고 '판단'하여 다른 몬스터를 '불렀다'는 것이 된다. 거기까지 생각이 미치자 절로 침이 넘어갔다.

'…슬슬 진짜 '몬스터'가 등장하는 건가?'

지금까지 토끼, 사슴, 여우, 늑대 정도는 몬스터라고는 해도 동물이나 다름없었다. 동물의 특성을 거의 그대로 따르기 때문에 '동물'이지, 솔직히 몬스터라고 하기에는 힘들었던 것들. 하지만 그 이후 녀석인 '거미'는 충분히 몬스터 취급을 받아도 이상하지 않을 것 같다.

'레벨이 낮아서 그런지는 모르겠지만.'

나름대로 생각을 정리하며 나는 슬쩍 몸을 돌릴 준비를 했다. 이 상황에서 끼어들었다가는 위험할 거라고 판명됐기 때문이다.

바스락.

"…웁스."

나는 내 발치에 부러져 있는 마른 나뭇가지를 보면서 내 상황을 저주했다. 그와 다른 녀석들보다 상대적으로 가까이 있던 녹색 거미가 앞으로 가려던 몸을 멈칫하며 내 쪽을 돌아봤다.

"…못 본 척해주면 안 되겠니?"

캐애애애애!

어림도 없다는 듯 소리가 난 쪽을 향해 돌진하는 거미를 보며 재빨리 옆으로 피했다. 물론 은신으로 50% 반감된 속도로는 어림도 없기에 은신은 해제했다. 뭐, 덕분에 나도 이 싸움에 끼어들게 됐지만. 은신이 풀리자 이쪽으로 하얀 거미 한 마리가 더 다가왔다. 이 대 일이라니! 비겁하게!

"난도질!"

일단 공격 속도를 향상시킨 후 다시 돌진해 오는 녹색 거미를 향해 찔러 들어갔다. 그러자 거미는 옆으로 점프하듯이 피해 버렸다. 이어서 하얀 거미가 거미줄을 뽑아내 오른손을 휘감았다.

"칫!"

오른손이 휘감겨 버리자 뒤로 물러났다. 오른손잡이인 나로서는 왼손으로 공격한 적이 거의 없다. 그냥 보조 역할 정도?

하지만 이런 식으로 오른손의 사용이 불편해져 버리자 할 수 없이 왼손의 단검으로 녹색 거미가 공격하는 다리 하나를 막았다. 하지만 이어서 하얀 거미가 다시 거미줄을 뽑아냈기에 옆으로 굴러 간신히 피했다. 이 상태에서 다리에 휘감기면 끝장이고 왼손이 휩싸여도… 끝장이군.

'…그냥 전력 질주로 튈까?'

그런 생각도 했지만 내가 있는 곳이 무척 우거진 숲이라는 것을 깨닫곤 포기했다. 전력 질주는 다 좋지만 숲에서 사용할 정도로 익숙해지지 않았기 때문이다. 아쉬드르에서는 단순히 스킬을 사용하는 것이 아니라 그 스킬에 익숙해져야만 제대로 된 사용이 가능하다.

'나중에 전력 질주 연습 좀 해둬야지.'

그렇게 생각하며 녹색 거미가 거미줄을 뽑아내자 반사적으로 옆으로 피했다.

'이, 이런!'

그러나 바로 옆에서 하얀 거미마저 거미줄을 뽑아냈기에 실수라는 것을 깨달았지만 이미 늦었다. 그래도 최대한 피해 보자는 생각에 허리를 숙였다.

옳은 선택이었는지 녹색 거미가 뽑아낸 거미줄과 하얀 거미가 뽑아낸 거미줄이 허리를 숙인 내 바로 위에서 서로 충돌했다. 그사이에 나는 뒤로 몸을 굴려 그 자리에서 벗어났다. 내가 뒤로 구르자 거미줄은 내가 허리를 숙였던 장소에 서로 휘감겨서 떨어졌다.

"휴우……."

안도의 한숨을 쉬면서 왼손의 단검으로 오른손을 친친 감아버린 거미줄을 살짝 쑤셔봤다. 워낙 끈끈해서 쉽게 떨어지지 않았다. 그래도 계속해서 몇 번 쑤시자 거미줄이 조금 풀렸다.

'이 정도라면 공격할 수는 있겠군.'

어차피 공격을 위해서는 단검만 보이면 되기에 단검에 붙은 거미줄만 제거한 뒤 다시 녹색 거미와 하얀 거미를 쳐다보았다. 나름대로 양동 작전인지 한 마리는 왼쪽에서, 한 마리는 오른쪽에서 천천히 다가오고 있었다. 물론 그 모습에 난 무척 난처했다.

"도적은 뒤통수치는 게 전문인데……."

물론 다가오는 거미들이 내 사정을 헤아려 줄 리 없었기에 나는 몸을 긴장시켰다. 그때 갑자기 화살 하나가 날아와 하얀 거미의 잘록한 부분에 꽂혔다.

캐애애애애!

비명을 지르는 하얀 거미 쪽을 쳐다보다가 화살이 날아온 곳을 바라보니 한 여성 궁수 유저가 있었다. 그 궁수 유저도 나처럼 막 여기에 도착한 유저였는지 싸움터에서 약간 벗어난 위치에 있었다.

궁수는 다시 화살을 장전해서 하얀 거미를 쏠 준비를 했지만 그 잘록한 부분에 맞은 이상 다시 쏠 필요는 없었다. 그러자 크리티컬이 터졌다고 생각하고 녹색 거미의 통통한 배 쪽에 화살을 날리려고 했다.

그 모습에 잠시 망설이다가 궁수 쪽으로 다가갔다. 충동적으로 잘록한 부분이 약점이라고 말하려다가 말았다.

'이런 좋은 것은 나 혼자만 알고 있어야지.'

"괜찮아요?"

다가온 나를 향해 궁수는 괜찮느냐고 물어왔고, 나는 고개를 끄덕이며 되물었다.

"님도 여기에 보라색 거미를 보러 왔나요?"

"네, 아까 어떤 유저님이 알려줬어요. 먼저 갔던 님이 두 명 있다고 하던데… 님인가 봐요? 근데 한 님은 벌써 로그아웃되셨나요?"

"아뇨. 여기서 약간 떨어진 곳에 두고 왔어요. 상황을 봐서 도망치거나 구경할 생각이었는데……."

입맛을 다시며 그렇게 말했다. 궁수 유저가 여기 온 것은 아무래도 아까 만났던 그 유저들 덕분인 것 같다. 그러다가 궁수가 혼자인 것을 보고 의아하게 물었다.

"근데 파티는……?"

궁수는 다가오는 녹색 거미를 향해 화살을 날리고는 친절하게 대답했다.

"전 솔로잉이에요."

…그러십니까? 나는 궁수의 대답에 어색한 미소를 지었다.

'솔로잉하는 사람에게 파티를 신청할 순 없잖아…….'

솔로잉은 파티를 맺기 싫어하는 사람이 불이익을 감수하고 혼자 다니는 것을 말한다. 아무리 위급한 상황이라도 그 정도 고집있는 사람은 파티를 맺지 않는다. 결론은 이 궁수와 파티를 맺을 수 없다는 것. 궁수의 실력을 보니 꽤 되는 것 같은데 아쉽기 그지없다. 생김새도 미인이라서 끌렸는데.

입맛을 다시며 색 거미를 보니 어느새 죽어 있었다. 궁수도 그 모습을 확인하곤 다음 사냥물로 시선을 옮겼다. 나도 단검을 들어서 공격 태세를 취한 후 주변을 살폈다.

아무래도 거미들은 뒤늦게 등장한 인물보다는 처음부터 싸우고 있던 상대에게 더 관심이 가는 듯 우리를 공격하려는 거미는 한두 마리에 불과했다.

다가오는 녀석들만을 처치하면서 싸우고 있는 유저들을 보았다. 한 30명 정도가 거미들과 치열하게 싸우고 있었다.

'좀 힘들어 보이는데?'

확실히 유저들의 얼굴은 갈수록 지친 모습이 확연히 나타나고 있었다.

'아직 거미들이 남았는데…….'

아직도 십여 마리의 거미가 남아 있었고, 보라색 거미도 처리가 되지 않았다. 보라색 거미는 유저들과 대치 상태를 벌이고 있었는데, 그럴수록 불리한 것은 유저들 쪽이었다. 유저들은 싸움 도중에는 사제들의 도움을 받지 않는 이상 체력을 회복할 수 없다.

하지만 몬스터인 거미는 느리지만 스스로 회복한다. 힐끗 궁수를 보니 궁수는 고민하고 있었다. 나도 고민 중이다.

'으음, 돕기는 좀 그런데. 안 돕기도 좀 그렇고.'

돕자니 죽을 것이 걱정되고, 안 돕자니 양심에 찔렸다. 뭐,

사실 양심을 사뿐히 무시해 줄 수도 있지만……. 결국 고민하다가 돕기로 했다. 적극적인 도움은 아닌 소극적인 도움으로. 나는 유저들과 거미들이 싸우는 현장을 향해 은신을 써서 슬그머니 접근했다.

그리고 두리번거리면서 유저들을 보는데 위험한 모습이 포착되었다. 앞에서 싸우고 있는 전사들을 마법을 써 돕고 있는 마법사 유저 뒤로 천천히 녹색 거미 한 마리가 접근한 것이다.

그 모습에 나도 천천히 녹색 거미 뒤로 다가갔다. 녹색 거미는 마법사를 한 번에 죽일 생각인지 더 가까이 다가가서 독니를 번뜩이고 있었다. 아마 물어뜯어 죽이려는 생각 같은데,

'어림없지!'

"절개!"

스킬 '절개'를 시전하자 불그스름한 빛이 단검에 은은히 배어나왔고, 나는 그 상태 그대로 녹색 거미를 베어버렸다.

캐애애애!

거미의 비명에 마법사 유저가 눈치 챈 듯 황급히 옆으로 물러나 뒤를 돌아보았다. 그때 마무리로 비명을 지르는 거미 위로 잽싸게 타 잘록한 부분에 단검을 꽂아 넣은 나는 마법사 유저와 눈이 마주쳤… 지만 망토를 뒤집어쓰고 있는 바람에 이건 나한테만 해당된다.

어쨌든 나름대로 좋은 인상을 심어주기 위해 살짝 웃으며

단검을 뽑고 거미 위에서 내려왔다. 그러자 거미는 사라지면서 아이템을 남겼다.

느긋하게 아이템을 주워 인벤토리에 넣어버렸다. 이런 싸움에서 한가롭게 감정을 해서 아이템을 살필 정도로 내 간은 부어 있지 않다. 아이템을 넣은 나는 마법사가 나를 보고 살짝 고개를 숙이며 감사를 표시하는 모습을 보다가 다시 시선을 거미와 싸우는 중인 유저들에게 향했다.

'이 정도라면 좀 힘들겠지만 다 잡겠다.'

그렇게 생각하면서 안심하고 있을 때 기분 나쁜 소리가 귓가에 들려왔다.

캐애애애애애애애! 크에에에에에에에!

"뭐, 뭐야?"

그 소리에 인상을 찡그리며 귀를 막고 소리의 근원지를 향했다. 소리의 근원은 보라색 거미가 지른 괴성이었다.

'시끄러워.'

단순히 그렇게만 생각하고 다시 고개를 돌리는데 주변 유저들의 얼굴이 창백하게 변한 채 주위를 살피는 모습이 눈에 들어왔다.

'왜 그러지?'

호기심이 생긴 것도 잠시, 내 얼굴 역시 창백하게 질려 버렸다.

"말도 안 돼!"

보라색 거미가 괴성을 지른 지 얼마 안 되어 붉은색 거미 두 마리가 숲에서 기어나온 것이다. 그리고 보라색 거미를 향해 다리를 몇 번 깔딱거리더니 가까이 있는 유저들을 공격하기 시작했다.

'튀자!'

그 생각에 바로 전력 질주를 사용하려고 하려다 그대로 굳어버렸다. 싸움터를 중심으로 나무들 사이에 거미줄이 얼기설기 얽혀 있는 모습이 보였기 때문이다.

어느 쪽을 봐도 사방이 거미줄로 막혀 있었다. 그 끈적끈적하고 잘 떨어지지 않는 특징을 생각하면 뚫고 지나가기에는 무리가 있었다.

'진짜 꼼짝없이 거미줄 안의 나비 신세잖아.'

은신을 시전해 구석에 숨어 있을까 하다가 포기했다. 아무래도 보라색 거미에게 들킬 것 같은 생각이 들어서였다. 다른 거미들은 눈치 채지 못했지만 보스인 보라색 거미는 다를지도 모르니까.

결국 울상을 지으면서 단검을 쥐고 거미들을 쳐다봤다.

'이럴 줄 알았으면 안 오는 건데……'

자고로 후회는 이미 늦은 법이다. 한숨이 절로 나오는 것을 애써 참았다.

'라멘이 오면 좋을 텐데. 다른 사제들은 지쳐 가고 있고. 저 소리를 들었으면 오겠지?'

라멘은 스노가 가버린 뒤로 불안한 얼굴로 큰 나무 아래에 쪼그리고 앉아 계속 그를 기다리고 있었다. 꽤 시간이 지나도 스노가 오지 않자 더욱 불안해진 라멘은 그 불안감을 덜고자 중얼거렸다.

　"우우……. 왜 이렇게 안 오시는 거지?"

　초조한 표정으로 손가락으로 바닥을 긁적이며 그는 한숨을 내쉬었다. 한동안 그렇게 멍하니 있다가 문득 스노에 대해 생각했다.

　'…도적.'

　도적은 초반에는 꽤나 사람들이 많이 선택한 직업이지만 전직 후 NPC 친밀도 하락과 캐릭터와 아이템의 어려움 때문에 포기하는 사람이 많다고 들었다.

　드물게 끝까지 포기하지 않고 계속하는 유저들이 몇 있다고는 들었지만 이렇게 만난 것은 처음이었다. 그는 잠시 눈동자를 굴리며 생각했다.

　'나도 그렇게 할 수 있을까?'

　애초에 자신이 사제를 선택한 것은 몬스터와 싸울 자신이 없어서였다. 그냥 회복만 하면서 뒤에 있으면 된다고 생각했기 때문이다. 하지만 스노의 말을 들은 뒤로는 생각이 달라졌다.

　단순히 뒤에서 회복만 하는 것이 사제의 역할이 아니라는 것을 깨달은 것이다. 뭐, 그리 큰 도움은 되지 않겠지만 스노의 말대로 둔기류를 익혀서 마나가 떨어졌을 때 최대한 짐이 되지 않을 정도는 돼야겠다고 생각했다.

'마을에 내려가면 꼭 둔기류부터 사야지.'

그렇게 생각하는데 갑자기 귀에 거슬리는 듣기 거북한 소리가 들렸다.

캐애애애애애애! 크에에에에에에에!

"윽… 뭐야?"

입을 삐죽 내밀고 투덜거리면서 소리가 난 곳으로 고개를 돌렸다. 하지만 그뿐, 라멘은 다시 고개를 원래대로 한 후 계속 쭈그려 앉아서 스노를 기다렸다.

'궁금하긴 하지만 움직이지 말라고 했으니까.'

너무 말을 잘 들어도 탈이다.

"칫, 은신."

은신을 사용해 모습이 사라지자 당황한 거미의 옆으로 다가가 잘록한 부분을 향해 단검을 내리찍고 빠르게 회수했다. 몸부림치는 거미가 곧 조용해지면서 아이템을 남기고 사라지자 나는 아이템을 대충 인벤토리에 던져 넣고 다시 주변을 보았다.

붉은 거미 때문에 순식간에 상황이 나빠졌다. 원래 그리 좋은 상황은 아니었지만 이 정도까진 아니었는데……. 붉은 거미는 오자마자 거미줄을 뿜으면서 앞에 버티고 있던 전사들을 휘감아 버렸다.

다른 거미들을 상대하고 있던 전사들은 미처 피하지 못하고 거미줄에 휩싸였고, 움직이지 못하게 되자 그들이 상대하고 있던 거미가 그들을 순식간에 로그아웃시켜 버렸다. 거미들이 마법사나 궁수에게 가는 것을 막고 있던 전사 중 일부가 그렇게 로그아웃되자 균형이 무너지면서 거의 일방적으로 밀리기 시작했다.

그래도 그사이 붉은 거미 한 마리는 한 전사가 죽자 사자 달려들어 거미 바로 앞에서 '베쉬'를 쓴 덕분에 죽어버렸다. 뭐, 그 전사도 로그아웃됐지만.

어쨌든 붉은 거미 한 마리와 보라색 거미, 그리고 하얀 거미와 녹색 거미를 합쳐서 5~6마리 정도 남아 있었고, 그에 반해 유저들은 열다섯 정도로 줄어 있었다. 삼십 명쯤 되던 인원이 어느새 반절로 줄어버린 것이다.

"매직 미사일!"

한 마법사가 자신 쪽으로 다가오는 하얀 거미에게 재빨리 매직 미사일을 쏴서 접근을 막았다. 그러자 옆의 궁수가 화살을 쏘아 거미의 머리에 맞혔다. 거칠게 날뛰는 거미를 다시 전사가 다가가 내리찍어서 처리했다.

하얀 거미와 녹색 거미는 거의 정리가 되어가고 있지만 내 마음은 무척 불안했다. 아까부터 보라색 거미가 아무 행동도

하지 않은 채 가만히 있었던 것이다. 붉은 거미는 보라색 거미를 호위하듯이 보라색 거미 근처로 다가오는 유저들을 매섭게 공격했다.

붉은 거미에게는 일곱 명 정도의 유저가 달라붙어 있었고, 나머지 유저들은 하얀 거미와 녹색 거미를 한마음으로 처리하고 있었다. 아까 날 도와줬던 궁수 유저도 간간이 화살을 쏘면서 도와주고 있었다.

그렇게 다시 시간이 조금 흐르자 하얀 거미와 녹색 거미는 다 처리됐다. 그사이 다시 세 명의 유저가 로그아웃당했다. 아무래도 사제가 신성력도 거의 없는 상태고 모두 체력이 반절 이하로 줄어든 상태였기에 미처 공격을 피하지 못하고 죽은 것 같다.

남은 유저들은 서로를 쳐다보다가 붉은 거미와 보라색 거미에게로 시선을 돌렸다. 붉은 거미에게 붙어 있던 유저들도 한두 명 정도 죽은 것 같았다.

"보라색 거미는 일단 놔두고 붉은색 거미부터 처리하는 게 어때요?"

한 전사의 말에 모두 고개를 끄덕이면서 천천히 붉은 거미에게 다가갔다. 물론 나는 가지 않고 마법사들과 사제, 궁수들과 함께 뒤쪽 부근에 있었다. 은신과 난도질을 연속으로 썼더니 마나가 꽤나 줄어 있었기에 쉴 겸 뒤쪽으로 물러난 상태였다.

전사들이 달려들자 붉은 거미는 잠시 거미줄을 뽑으며 저항하다가 전사 한 명과 같이 죽었다. 끝까지 반항하다가 방심한 전사 한 명과 함께 죽어버린 것이다. 그 모습에 나는 결심했다.

'이제 거미 잡으러 안 와.'

어느새 레벨은 26에 다다른 상태였다. 혼전 중에 은근슬쩍 체력이 떨어져 물러난 거미들을 기습해서 얻은 성과였다고나 할까. 아무튼 이제 거미를 잡아도 경험치를 별로 주지 않았고, 퀘스트야 지금까지 주운 아이템 중에 설마 거미줄 일곱 개가 없겠는가?

아무도 거미를 잡고 나서 아이템을 줍지 않기에 내가 슬쩍한 아이템이 40개가 넘는데. 그것도 일정 시간 동안 남이 죽인 몬스터에서 나온 아이템을 주울 수 없기에 그 정도밖에 못 주운 거다. 거미들은 잡스런 아이템이라고 해도 기본이 두세 개씩, 많으면 여덟 개까지 떨어뜨리니까.

뭐, 그러고 보면 줍지 않은 것이 아니라 주울 시간이 없었던 것 같지만. 하기야 전사들은 다가오는 거미들을 막아야 했고, 사제나 마법사, 궁수들이야 뒤쪽에서 공격하니까 아이템과의 거리 때문에 못 주웠겠지.

간간이 죽은 유저들이 떨어뜨린 아이템도 꿀꺽했기에 이미 난 충분히 만족한 상태다.

'이제 죽지 않고 가기만 하면 되는데…….'

속으로 그렇게 생각하면서 천천히 보라색 거미에게 다가가고 있는 유저들을 보았다. 보라색 거미는 아직까지 아무런 움직임을 보이지 않고 있었다. 전사 두 명이 서로 고갯짓을 하면서 천천히 보라색 거미에게 다가갔다. 그러자 갑자기 보라색 거미가 다시 괴성을 질렀다.

캐애애애애애!

또다시 몬스터를 부르는 건가 했지만 그건 아닌 듯싶었다. 왜냐하면 이미 보라색 거미의 꽁무니에서 거미가 나오고 있는데 따로 부를 필요가 있겠는가.

나는 질린 얼굴로 보라색 거미의 꽁무니에서 나온 붉은색 거미를 쳐다보았다. 다른 유저들도 마찬가지인 듯 질린 표정으로 거미를 바라보았다. 다행이라고 해야 할까?

그나마 보라색 거미의 꽁무니에서 기어나온 거미는 붉은색 거미 한 마리뿐이었다. 보라색 거미는 잠시 부들부들 떨다가 전사들을 향해 매섭게 돌진했다. 붉은색 거미도 잠깐 움찔움찔거리더니 이쪽으로 돌진해 왔다. 이쪽으로?

"제기랄!"

나는 그렇게 소리치며 재빨리 몸을 굴렸다. 옆에 있던 궁수나 마법사, 사제들도 마찬가지였지만 마법사나 사제는 그들의 특성상 속도가 느릴 수밖에 없었다. 붉은 거미의 갑작스러운 돌진에 마법사 두 명과 사제 한 명이 순식간에 로그아웃당했다.

'망할!'

속으로 이를 갈면서 단검을 들었다. 그냥 은신으로 구석에 피해서 나 몰라라 하고 싶은 마음이 굴뚝같지만, 안타깝게도 뒤쪽에서의 접근전 타입은 나밖에 없다. 전사들은 모조리 보라색 거미한테 달라붙은 상태였기 때문이다.

이 상태로 내가 도망치면 근접전에 약한 마법사와 사제는 모조리 로그아웃당할 거다. 궁수야 이동 속도가 빠르니 나름대로 도망치면 되겠지만, 그것도 한계가 있으니……. 그렇다고 이들이 로그아웃되게 내버려 두면 틀림없이 전사들도 전멸을 면하기 힘들다.

은신을 써서 보라색 거미를 죽일까도 생각해 봤지만 아까의 장면을 보고 포기한 상태다. 나 말고도 도적 유저 한 명이 더 있었는지 주변을 살펴보던 내 눈에 도적의 모습이 보였다. 비슷한 레벨 대의 도적은 서로 은신한 상태를 반투명하게 볼 수 있다.

그리고 슬쩍 은신을 해서 보라색 거미한테 다가가다가 보라색 거미가 은신한 곳으로 다리를 움직여 공격해 오는 바람에 로그아웃당해 버렸다. 보라색 거미는 내가 염려한 대로 은신을 감지하는 능력을 지녔던 거다. 망할…….

그 모습에 나는 은신으로 몸을 피할 일말의 기대까지 사라져 버렸다. 천상 살아서 나가려면 이 거미 녀석들을 죽여야 한다는 것이 된다. 그러면 시간이 좀 걸리더라도 거미줄을 해체하고 나갈 수 있으니까. 생각을 마친 나는 입술을 살짝 깨물었다.

"…좋아, 이렇게 된 이상 이판사판이라고!"

그렇게 외치며 나는 붉은 거미를 향해 빠르게 접근했다.

붉은 거미는 접근하는 나를 보며 거미줄을 뽑았지만 옆으로 몸을 날려서 그것을 피했다. 어차피 거미줄은 일직선으로 밖에 나가지 않았기에 그 속도만 조심하면 피하는 건 어려운 일이 아니었다.

거미줄을 피하고 순식간에 붉은 거미의 지척까지 다다른 나는 많은 다리들 중에 중간에 있는 다리 하나에 단검을 찍었다.

크에에에!

붉은 거미는 고통스러운 듯 비명을 지르는 와중에도 찍힌 다리를 세게 내쳐서 단검에 힘을 주고 있는 나를 떨어뜨리려고 했다. 그 힘을 이길 수가 없어 오히려 그 힘을 이용해 단검을 뒤틀려 뺀 후 튕기듯 떨어져 나가서 바닥에 착지했다.

원래 착지하려던 장소에서 조금 밀려나긴 했지만 이 정도면 만족할 만한 움직임이다. 다리가 꽤나 저릿하긴 하지만. 아마 능력 이상으로 움직여서인 듯싶다.

뒤쪽에 있는 유저들 중 나를 가장 위험한 유저로 판단한 듯 붉은 거미는 내 쪽으로 몸을 튼 후 다시 매섭게 돌진해 왔다.

그 모습에 나는 인상을 쓰면서 억지로라도 피하기 위해서 손을 움직여 물러나려고 했다.

"시, 신의 은총을, 큐어!"

이 소리만 없었다면……. 저쪽의 유저들 중 한 사제가 조심스럽게 다가와서 내게 큐어를 시전한 것이다. 보통이라면 고맙다고 했겠지만 난 속으로 욕을 내뱉었다.

'미친!'

그리고 예상했던 대로 공격 대상을 바꿔서 내 옆에서 조금 떨어져 있는 사제에게로 몸을 튼 후 그대로 들이박았다.

"커흑!"

사제는 미처 피하지 못하고 붉은 거미와 정면으로 충돌해 튕겨져 나가 나무에 부딪친 후 축 늘어졌다. 그리고는 움직임도 없이 곧 회색으로 변하기 시작했다. 그 모습에 나는 이를 갈았다.

'도대체가 늑대 사냥할 때 안 배운 거야?! 전투시에는 위급한 상황이 아니면 치료하면 안 된다고!'

전투시에 만약 사제가 치료를 시전하면 몬스터는 그대로 공격 대상을 바꿔서 사제를 공격한다.

아쉬드르의 몬스터는 무척이나 똑똑해 자신들이 아무리 상처를 입히며 공격해도 치료 마법을 쓰면 바로 낫는다는 것을 알기 때문에 대부분이 치료 마법을 쓴 사제를 공격 대상으로 바꿔 버리는 것이다. 아무리 공격을 해도 치료 마법을 시전하면 회복되니까 그것을 방지하기 위해서.

빌어먹게도 좋은 인공지능이라고 생각하면서 나는 회색으로 변한 사제에게서 눈을 떼고 붉은 거미를 바라보았다. 붉은 거미는 사제를 죽인 것에 기분이 좋은 듯 깔딱거리면서 다리를 움직였다.

그게 묘하게 비웃는 것 같은 느낌을 주었기에 속이 부글부글 끓었다.

"거미 주제에 비웃는 거냐?!"

고이 간직했던 허리의 단검집에 꽂혀 있던 단검을 붉은 거미를 향해 던졌다. 그러나 붉은 거미는 다리를 이용해서 가볍게 쳐냈다. 그리곤 잠시 다리에 힘을 주는 모습을 한다 싶더니 높이 점프했다. 구경하던 유저들이 그 모습에 놀라고 있는 와중에 가운데 난 뒤로 물러났다.

'이건 이미 당했던 거라고!'

이 공격의 단점은 뛰어오른 뒤에 공격 목표 지점을 바꿀 수가 없다는 거다. 한 번 공격하면 끝이랄까. 나는 저 녀석이 착지한다면 착지의 충격에 잠시 몸을 멈칫한 순간을 이용해서 잘록한 부분에 단검을 쑤시겠다고 생각하면서 자세를 잡았다.

그리고 붉은 거미가 바로 앞에서 먼지를 일으키며 착지한 순간,

"크윽?!"

붉은 거미는 오히려 착지의 반동으로 내 쪽으로 쏘아지듯이 날아왔다. 나는 순간적으로 붉은 거미의 매서운 독니가 번뜩이는 것을 보며 무의식적으로 오른손으로 막았다.

그러나 그 날아온 충격이 대단히 강해서 나는 뒤로 주르륵 밀려나 나무에 부딪쳤다. 버틴 다리에 의해 속도가 늦춰져서 큰 피해는 없었지만 그래도 나무에 부딪친 등이 욱신거렸다. 그리고 그것보다 더 문제되는 것은 독니에 물린 오른손이었다.

나는 부들부들 떨리는 독니에 물린 오른손을 보았다. 감겨져 있는 거미줄 위에 붉은 거미의 독니가 박혀 있었다.

'어라?'

독니에 박히고도 체력 저하 독에 걸리지 않자 순간 의아했지만 원래 감겨져 있던 오른손의 거미줄을 보곤 그 이유를 알 수 있었다. 감겨져 있던 거미줄에 독니가 박히면서 정작 살을 파고들지는 못한 것이다.

나를 공격했던 거미의 거미줄이 오히려 독니를 방어해 준 아이러니한 상황에 입꼬리를 말아 올렸다. 붉은 거미 또한 의외의 상황인지 이어서 공격을 하지 못하고 있었다.

'찬스!'

쾌재를 부르며 오른손을 받치고 있던 왼손을 떼면서 재빨리 거미의 머리에 왼손에 쥔 단검을 높이 올렸다.

"이걸로 끝나라! 난도질! 절개!"

공격 속도가 상승된 동시에 단검에 불그스름한 빛이 어리자마자 그대로 있는 힘껏 찍어 넣었다. 절개 스킬까지 어린 단검은 거미의 머리를 그대로 관통했다.

크에에에에에에! 캐애애애애!

고통스러운 듯이 물었던 주둥이를 벌리면서 내 바로 앞에서 비명을 질러댔다. 그 소리에 귀를 틀어막고 싶은 생각이 굴뚝같았지만, 그렇다고 박아 넣은 단검을 놓쳤다가는 옆에서 발광하듯 움직이는 다리에 맞을 것 같았기에 단검을 놓치지 않기 위해 온 힘을 줬다.

붉은 거미는 다리로 나를 쳐내기 위해서 있는 힘껏 발버둥을 쳤지만 나에게 독니를 박아 넣으려고 공격해 오는 바람에 거미와 나의 거리가 한 뼘 남짓한 상태다.

그 공간으로 길고 굵은 다리를 집어넣어 나를 공격하기에는 무리가 있었다. 그렇다고 내 뒤쪽을 공격하기에는 나무가 막고 있어 불가능 했고.

잠시 그렇게 대치 상태가 길어지는가 싶다가 결국 붉은 거미는 점차 발광이 느려지더니 다리를 늘어뜨리면서 이내 붉은 거미의 노란 눈이 감겼다.

'죽은 척하는 것은 아니겠지?'

만약을 대비해 더 피해를 주기 위해 일부러 단검을 비틀어서 뺐다. 그러자 붉은 거미의 몸이 땅에 떨어지며 잠시 움찔거리는 듯싶더니 완전히 정지해 서서히 사라지면서 아이템을 남겼다.

"하… 아! 겨우 죽였다……."

나도 힘이 빠져서 바로 앞에 떨어진 아이템만 겨우겨우 인벤토리에 던져 넣은 후 나무에 기대 주저앉았다. 상태를 보니 생각보다 체력이 많이 떨어져 간신히 25%를 넘기고 있었다.

'그러고 보니까 보라색 거미는?

보라색 거미로 시선을 돌린 나는 입을 삐죽 내밀었다. 어쩐지 궁수나 마법사들이 도와주지 않는다 싶었는데, 전부 저 보라색 거미에 달라붙어 있었다.

'그래, 난 파티가 아니다 이거지?

왠지 억울한 생각이 들었지만 어차피 붉은 거미를 잡을 때 도와줘 봤자 더 짐만 되었을 거란 생각에 애써 스스로를 위로했다. 다른 거미보다 속도가 빠른 붉은 거미이기 때문에 자칫하다간 나를 도와주려고 왔던 사제 꼴이 되어버린다. 보라색 거미를 보니 거의 다 잡아가고 있었다.

지금이라도 낄까 했지만 그냥 관두고 라멘한테나 가보기로 했다. 어차피 아이템도 실컷 챙겼고, 거의 다 잡아가는 놈을 도와줬다가 무슨 욕을 들을지도 알 수 없었다.

라멘한테 가서 체력을 회복해야겠다고 생각하며 비틀거리는 걸음으로 라멘이 있는 쪽으로 걸어갔다. 나무 사이에 연결된 거미줄을 제거하는 데 한 2~3분 정도 시간을 투자한 후 다시 조금 더 걷자 쭈그려 앉아 있는 라멘이 보였다.

"어이, 라멘. 라멘?"

불러도 라멘을 부른 나는 라멘이 아무런 반응이 없자 고개를 갸웃거리면서 더 가까이 다가갔다.

"라… 멘. 으으음."

나는 곤히 자는 라멘을 얼굴을 보고 머리가 지끈거리는 것을 느꼈다.

'얼마 떨어지지도 않은 곳에서 들려오는 소리를 듣지 못하고 남아 있던 거야 둘째 치고, 이런 곳에서 잠이 올 수 있는 거야?'

아쉬드르에서 잠을 잘 수 있다는 것도 들은 적이 없지만, 사냥하기도 아까운 시간에 잠을 자는 유저가 있을 리가 만무했다. 뭐, 그래도 잠을 자는 것은 참을 수 있는데, 몬스터가 버젓이 돌아다니는 곳에서 잠이 와? 나는 어이없는 시선으로 라멘을 본 후 단검의 손잡이로 가볍게 라멘의 머리에 응징을 가했다.

"아야! 누, 누구… 스노님?"

"…그래, 잠이 잘 오디?"

눈물을 살짝 매단 채 쳐다보는 그 녀석에게 한심하단 투로 물어보자 녀석은 얼굴이 빨개지면서 변명했다.

"아, 그, 그게… 스노님도 안 오고… 특별히 몬스터도 안 나오고……."

열심히 변명하는 그를 보며 한숨을 쉰 나는 이 녀석을 어떻게 할까 고민했다. 파티창을 열어보면 체력이 떨어져 있는 내 상태가 보일 텐데…….

"나 간 다음에 파티창 열어봤어?"

"예? 아뇨."

당연히 안 열어봤다는 듯 대답하는 녀석을 보며 더 이상 할 말을 잃고 그냥 라멘 옆에 쭈그려 앉았다. 라멘은 잠시 눈치를 살피다가 내 모습을 보더니 조심스레 다가와서 치료 마법을 시전했다. 이제야 이 상처가 보인 거냐? 내가 쳐다보자 헤헤 웃는 녀석을 보며 나는 좌절했다.

'난 왜 파티 복이 없는 거지?'

Part 3
곰

"여… 여기 있어요, 거미줄."

나는 힘없이 말하면서 거미줄 열 개를 제프에게 건넸다. 그러자 기계음이 귓가에 들려왔다.

―제프의 퀘스트. [거미줄 열 개를 구해라]를 완료하셨습니다.

―경험치를 얻었습니다.

안타깝게도 그 소리에도 별로 기쁘지가 않았다. 그래도 상태창을 확인해 보니 꽤나 경험치를 많이 줬는지 레벨 업 직전까지 경험치가 올라갔다. 뭐, 원래 쌓여 있던 경험치도 상당했지만.

수치로 나타내 주면 좋을 텐데 아쉬드르는 그냥 뭉뚱그려 알려준단 말이야? 공허한 눈빛으로 멍하니 생각하고 있는 나에게 제프가 고개를 갸웃거리다가 말을 걸었다.

"왠지 힘이 없어 보이는데, 어디 아픈가?"

"…아뇨. 그냥 정신적으로 지쳤다고나 할까."

처연하게 웃었다. 그래, 어쩌겠나… 운이 없는데. 아쉬드르에서는 왜 운 수치가 없는 걸까. 있기만 하면 올로 찍어줄 용의가 있는데 말이야.

우울한 기운을 풍기는 나를 보며 아저씨는 혀를 차더니 잠시 기다리라고 한 후 거미줄을 들고 안으로 들어갔다. 아마 보상품을 준비하는 것 같다.

그러고 보면 이것도 문제야. 왜 보상품에 대한 말은 아무것도 없이 퀘스트를 수락할 거냐고만 하는데?

'아아, 모든 게 다 문제야, 문제.'

잡화점 안에 있는 의자에 푹 늘어진 나를 보며 몇몇 유저들이 힐끔 쳐다봤지만 다시 잡화점의 아르바이트생에게로 시선을 돌려 자신들의 일에 열중했다. 나는 그 모습을 멍하게 바라보다가 다시 제프가 나오자 맥없이 쳐다보았다.

"흐음… 좀 아깝긴 하지만, 받아라."

제프는 약간 낡아 보이지만 그래도 위협스러워 보이는 단검을 던졌다. 가볍게 낚아챈 나는 아이템 정보를 보았다. 이미 감정이 돼 있기에 감정할 필요가 없기 때문이다.

"정보."

[낡은 잠비야]
공격력:7~13
내구도:32/35
옛날 제프가 어렸을 때 쓰던 잠비야. 어린애의 선물로 받기에는 좀 위험해 보인다. 제프의 부탁을 들어준 존재에게 주는 선물.
제한:제프의 부탁을 들어준 사람.

'좋다……!'
순간 그런 생각이 들었다. 비록 어린애가 쓰던 것이긴 하지만 분명히 내 단검보다 좋았다. 나는 멍한 눈빛을 집어던지고 반짝이는 눈빛으로 제프를 쳐다보았다. 내 눈빛에 헛기침을 한 그는 웃으면서 말했다.
"뭐, 내 부탁을 들어준 보답이다. 나야 이제 쓸 일도 없으니 그냥 네가 가져라."
"고, 고맙습니다!"
눈물까지 글썽이면서 그렇게 말하자 제프는 부끄러운 듯 자꾸 헛기침을 했다. 여, 역시! 게임 생활에 어두운 일만 당할 리가 없지.
금세 희희낙락하며 기뻐하는 나를 보고 제프는 부드럽게

웃으면서 손을 내밀었다. 그에 의아해하며 그 손을 잡자 귓가에 울리는 한줄기의 기계 음성.

"걱정 마라. 이어서 부탁할 것이 있어서 준 거니까. 내가 곰 가죽이 좀 필요하거든? 더도 말고 세 장만 구해다 주길 바란다."

—제프의 연계 퀘스트. [곰 가죽 세 장을 구해라!]

"……."

나는 고개를 숙인 채 잡화점을 나왔다. 슬프다, 슬프다. 무척이나 슬프다. 믿었던 제프 아저씨가 이런 식으로 날 절망에 빠뜨리다니. 인생무상을 느끼면서 터벅터벅 걸어 광장 구석에 있는 벤치에 털썩 주저앉았다.

"곰을… 내가 어떻게 잡아……."

한 파티를 순식간에 전멸시킨 곰.

그 두꺼운 가죽에 단검이 들어갈지가 의심되는 곰.

단검에 베어봤자 별 반응도 없을 것 같은 곰.

"왜 하필 강제 퀘스트인데?"

승낙할 거냐는 물음조차 없는 강제 퀘스트. 곰을 잡으라는 거였으면 그 잠비야도 눈물을 머금고 안 받았을 거다. 지금 나한테 곰을 잡으라는 것은 말 그대로 나가 죽으라는 것밖에 되지 않았다. 우울함이 파도처럼 밀려오는 것이 느껴졌지만 애써 마음을 가다듬었다.

"이, 일단 받은 것, 최선을 다해서… 해야 되나?"

'최선을 다하다가 죽으면?'

잠시 머리를 부여잡았다가 이대로 있다간 죽도 밥도 안 된다는 생각에 일단 그 일은 젖혀두기로 했다. 시간 제한이 없으니까 나중에, 나중에, 나~중에 해도 되겠지.

인벤토리 창을 열었다. 그곳에는 낡은 잠비야가 조용히 있었다. 한숨을 내쉬며 그것을 꺼낸 나는 정원사의 나이프를 허리의 단검집에 넣어 놓고 잠비야를 꺼냈다.

잠시 이리저리 휘둘러보다가 마찬가지로 허리의 단검집에 넣은 후 다시 인벤토리를 살폈다. 그러고 보니 거미를 잡아서 나온 아이템과 유저들이 떨어뜨린 아이템이 합해져서 이리저리 섞여 있었다.

"그러고 보니 잡화점에서 팔려고 했는데……."

잠시 머리를 긁적이다가 아이템들을 감정했다.

'쓸 만한 아이템이 있으면 차야지.'

잠시 아이템을 꺼내 감정하고 집어넣기를 어느 정도 반복했을 때 쓸 만한 아이템이 눈에 들어왔다. 거미를 잡고 나온 아이템 중에는 쓸모없이 잡화점에 팔 것들만 가득했는데, 그래도 두 개 정도는 내가 찰 만했다.

[손목 밴드]
방어력:8

내구도:12/16

갈색의 손목 밴드.

[그물눈 장갑]

방어력:9

내구도:13/15

그물로 엮은 듯한 느낌을 주는 천 장갑. 공격력은 없지만 하지 않은 것보단 나을 듯하다. 방어력보다 멋에 신경을 쓴 듯 꽤나 멋져 보인다.

나는 두말 않고 그 두 개를 착용했다. 현재 내 방어력은 꽤나 빈약하다. 도적이 되면 천과 가죽으로 된 방어구밖에 쓸 수 없기 때문인데, 아무래도 천과 가죽은 기본적으로 판금이나 사슬보다 약해서 전사보다 방어력이 떨어진다. 그리고 내가 쓸 만한 천과 가죽 장비가 잘 떨어지는 것도 그 이유 중 하나다.

'내가 운이 그리 나쁜 건 아닌가 보네.'

유저들이 죽어서 떨어뜨린 아이템은 5~6개 정도가 있었는데 감정이 이미 되어 있어서 스킬을 사용할 필요는 없었다.

'음, 이건 내가 못 쓰는 거니까 팔고, 이것도 팔고, 이것도 팔고, 저것도 팔고… 응?'

죄다 전사나 마법사, 사제용이었기 때문에 투덜거리면서

다시 인벤토리에 넣었는데 마지막 물건이 눈에 들어왔다. 그리고 내 눈이 멀리서 봐도 보일 정도로 반짝였다.

"이, 이건……!"

[얇은 헝겊 상의]
방어력:10
내구도:36/40
얇은 헝겊 상의지만 꽤나 질기다. 검은색으로 염색된 것이 만든 사람의 센스를 말해주는 듯하다.

"예쓰으으으!"
참고로 내가 현재 입은 상의나 바지, 장화는 방어력이 다 4~6 사이다. 특히 상의는 겨우 4다. 그런데 10짜리를 얻다니! 방방 뛰고 싶은 기분을 누르면서 입고 있던 상의 대신 얇은 헝겊 상의를 입었다.

헤벌쭉 벌어지는 입을 원상태로 돌리며 인벤토리를 마저 살펴봤지만 더 이상 내가 쓸 만한 아이템은 없었다.

"뭐, 이 정도면 대만족이지."
곰 퀘스트가 조금 걸리기는 하지만…….

'나중에 하면 되니까, 뭐.'
레벨이 높아진 다음에 하면 되니까. 그렇게 생각하고 나는 다시 잡화점으로 향하며 휘파람을 불었다.

"자, 모두 67실버 쳐주마. 아! 그리고 내가 아까 부탁한 것 말인데……."

말끝을 흐리는 제프를 의아한 표정으로 쳐다보자 그는 미안한 얼굴로 나를 절망에 빠뜨리는 말을 했다.

"미안하지만 한 달 안으로 구해다 줘야겠구나."

"…네?"

순간 내가 잘못 들은 줄 알고 반문했으나 제프는 67실버를 내 손에 쥐어준 후 마이 페이스로 웃으며 말했다.

"괜찮다고? 하하, 고맙구나. 수고해라."

"자, 잠깐!"

―제프의 연계 퀘스트가 수정되었습니다.

―시간 제한:30일.

"……."

…제길.

우울해지는 기분을 한껏 느끼며 난 터벅터벅 잡화점을 나왔다. 어째서 시간 제한까지 걸리게 된 건데?! 나는 머리를 쥐어뜯고 싶은 충동을 강하게 느꼈지만 그런다고 문제가 해결될 리 없어 관두고 대신 곰곰이 생각했다.

'어디 보자……. 그러니까 아쉬드르의 30일이란 소리는 현실 쪽으로 15일이란 소린데, 이 상태로 거미 사냥터에서 사냥하면… 열심히 하면 레벨 30은 넘겠지만… 문제는 30이 넘어도 혼자서는 절대 불가능이란 건데. 파티를 하자니 비공개로는 끼워주지 않을 것 같고, 비공개를 풀면 되겠지만 그렇다고 해도 도적이랑 파티할 사람은 없을 것이고…….. 아, 이럴 줄 알았으면 그냥 전사나 할 걸 그랬나? 파티를 어떻게 구하지? 그러고 보니까 파티를 구한다고 쳐도 파티원들의 레벨도 문제잖아. 나야 거미의 약점을 알고 있으니 쉽게 사냥해서 레벨을 빨리 올렸다 쳐도 딴 놈들은 아닐 테고. 그러고 보면 나, 거미 사냥터에서 꽤 레벨 업했지? 그러고 보면 나, 꽤나 고렙 쪽에 속하네.'

이것저것 생각은 했지만 전혀 해결되지는 않았다. 나는 결국 '이 몸은 잘났다' 라는 결론까지 낸 생각을 머릿속에서 깨끗하게 비웠다. 고렙에 속하는 것이 내 목표긴 하지만 지금 속해 봤자 유저들끼리의 큰 차가 없는데 속하면 뭐 해? 게다가 그래 봤자 곰 사냥은 무린걸. 괜히 곰 사냥을 한다고 도전했다가 죽으면 고렙에 속하는 것도 떨어질 것이다. 어떻게 방법이 없을까, 생각하며 한 10분쯤 고민했을까?

"일단 강해지고 봐야 되나?"

이 상태로 백날 죽치고 있어봤자 해결 방법은 없을 것 같고, 그냥 지금 할 수 있는 일을 하기로 했다.

"미뤄두자고. 어차피 한 달밖에… 아니, 한 달씩이나 남았고, 운이 좋으면 고렙 파티를 얻을 수도 있고. 그러니까…

에휴."

그럴 확률이 거의 없다는 것을 알면서도 나는 애써 무시하며 퀘스트에 대한 생각을 지웠다. 걱정해 봤자 어차피 되는 것도 없는데 그냥 사뿐히 무시해야지 뭘 어쩌겠나.

'그러고 보면 아까랑 같은 결론이네. 에고.'

이럴 줄 알았으면 고민이고 뭐고 하지 말걸. 갈수록 잡생각이 많아지는 머리를 한 대 쥐어박으면서 골목길을 나와 일단 광장으로 향하는데, 문득 도둑 길드로 가는 길이 눈에 들어왔다. 난 걸음을 멈추고 중얼거렸다.

"그러고 보니까 레벨도 꽤나 업했군. 새 스킬 배울 정도는… 된 것 같은데……. 도둑 길드로 가봐야겠네."

그리곤 도둑 길드로 걸음을 옮겼다.

'도둑 길드에서 스킬을 배운 다음에는 대장간에 가서 아이템 좀 수리해야겠어. 그다음엔 거미 좀 잡고, 며칠간 반복해야 하는 건가? 좋아, 일단 일주일 정도 남긴 다음에 생각해 보자고.'

앞으로의 일정을 정리하며 도둑 길드의 건물로 들어갔다. 그리곤 1층에 있는 술집의 모습을 스윽 바라보다가 구석에서 한가롭게 포커를 치고 있는 사내에게로 걸어갔다. 가까이 걸어가자 짙은 회색 머리카락을 가진 사내가 힐끗 나를 올려다보며 웃었다.

"오랜만에 보는군."

"예."

내 대답에 싱글 웃은 그 사내는 포커를 치던 카드를 덮고 가볍게 물어왔다. 포커를 아무 예고도 없이 그만뒀음에도 불구하고 그와 포커를 치던 사람은 그냥 기다리기만 할 뿐 별 말이 없었다. 대신 서로 이야기를 하거나 술을 마실 뿐.

하기야, 어느 간 큰 사람이 이 건물의 주인, 도시 '일렌'의 도둑 길드 지부장인 이 사람한테 큰소리를 칠까.

"좋아, 새 스킬을 배우러 왔나?"

"네."

내 말에 다시금 웃고는 바로 옆의 벽을 툭툭 치더니 스윽 힘을 줘 밀었다. 그러자 벽이 뒤로 밀려나면서 하나의 통로가 보였다.

"자, 내려가서 얘기하지."

고개를 끄덕이며 긍정을 표시한 나를 보더니 포커를 치고 있던 사람들에게 얘기한 후 여유있는 걸음으로 통로를 내려 갔다.

"먼저들 치고 있으라고."

그 말에 고개를 끄덕이며 포커를 치기 시작한 사람들을 잠시 쳐다보다가 마찬가지로 따라 내려갔다. 이 모습을 보고 놀라는 사람은 1층에 없었다. 여기 있는 사람들 모두가 도둑 길드와 관계된 사람들이라 이런 모습을 익숙히 봐온 탓이다.

아, 물론 이 통로는 지금 내 앞에서 걸어가는 그밖에 허락

되지 않기 때문에 다른 사람이 들어오는 즉시 이곳을 지키는—비록 내 눈에는 보이지 않고 기척도 느껴지지 않지만—사람들에 의해 죽는다.

그래도 저번에 이 통로를 다른 사람들이 알면 위험하지 않느냐고 물어보니까 괜찮댄다. 그 이유를 물어봤더니 '비밀'이라고 대답해서 허무했지만.

한 2~3분쯤 내려가자 한 나무 문이 보였고, 그는 거칠게 그 문을 열었다. 그러자 안의 풍경이 보였는데 어느 평범한 상점 같은 모습을 하고 있었다.

단지 다른 것은 사람이 거의 없다는 것과 왠지 모르게 음침하고 책이 꽂혀 있는 책장이 유난히 많다는 것과 왠지 마니아틱한 장식들이 많다는 것.

주위를 두리번거리며 구경하고 있는데, 그사이에 지부장은 책장 하나를 가만히 바라보다가 책 몇 권을 꺼냈다. 그리고는 옆에 있던 탁자에 올려놓으면서 내게 손짓했다.

"이리 와봐."

"예."

"지금 레벨이 몇이지?"

아쉬드르의 NPC는 레벨을 가지고 있고 레벨로 강함을 측정한다. 그들의 레벨을 '강함을 수치로 나타낸 것' 정도로 생각하고, 그것이 사실이기도 하다. 더불어서 말하자면 NPC의 기본 레벨은 100이다. 일반 이십대 청년을 기준으로.

그리고 각자의 직업에 따라서 레벨은 높아질지언정 떨어지지는 않는다. NPC에게서 레벨 100 이하는 어린아이들뿐이다. NPC는 성인이 된 것을 인정하는 나이가 스무 살인데, 그 나이가 되면 레벨이 +50이 되기 때문이다.

그전 나이 20 이하의 NPC들은 수련을 하지 않으면 50 이하가 대부분이다.

그들에게 우리는 이계에서 온 '방랑자'로 수련을 하기 위해서 이곳에 있다는 설정으로 되어 있다. 그렇기에 이곳에서의 레벨이 낮아도 별 의심을 하지 않는달까.

나는 레벨에 대한 설명을 떠올렸다가 머릿속에서 지운 후 대답했다.

"26이요."

"그럼 새로 배울 수 있는 건 전부 두 개야."

겨우 두 개뿐이냐고 의아하게 생각하는 사람이 있을지 모르겠지만 지금 내 레벨은 겨우 26이기 때문이기도 하고, 도적은 10이 됐을 때 배우는 스킬이 많은 만큼 그 후에는 좀 적은 편이다.

뭐, 사실 가장 큰 이유는 도적 같은 경우 스킬에 연연하지 않기 때문이고, 다른 직업일 경우 좀 많다고 하던데 말이지. 나는 두 개란 말에 고개를 끄덕이며 말했다.

"두 개 다 주세요."

"좋아. 모두… 음, LV1 반사 신경 향상, 그리고 LV1 혼란이 있지. 두 개 합쳐서 1골드다."

"캑."

지금 내가 지닌 돈은 잡화점에서 아이템을 처리한 것과 내가 원래 가지고 있던 것을 합쳐서 모두 96실버다. 그, 그런데 1골드라니? 나는 조용히 침묵하다가 그의 눈치를 살폈다.

그는 날 쳐다보며 살짝 웃고는 손을 내밀었다. 애써 그 시선을 무시하며 구석의 벽만 애꿎게 쳐다봤다. 잠시 침묵이 흐른 후 그가 말했다.

"…돈 없냐?"

"…그 4실버가… 모자란달까요. 아하하하!"

어설프게 웃으면서 머리를 긁적이자 그가 무표정한 표정으로 나를 빤히 쳐다보았다. 으음, 그 시선, 매우 부담스러운데? 아까 싱글싱글 웃던 사람이 무표정하게 변하니까 왠지 좀 무서웠다.

"흠, 돈이 모자라다… 라……."

그는 그렇게 낮게 말하며 아무런 말 없이 나를 쳐다보기만 했다. 난 시선을 피하며 눈을 이리저리 굴리다가 그가 왼쪽 손으로 단검을 만지작거리는 것이 눈에 들어왔다. 그걸 발견하자마자 순간 내 얼굴이 창백해졌다.

'설마 날 죽이진 않겠지? 돈 떼먹는 것도 아니고 그, 그냥 단순히 부족하다는 거니까. 아, 아니야. 도둑 길드 지부장이니까 뭔가 특별한 법이 있을지도. 2층의 독극물 담당 NPC는 말 세 마디 이상 하면 죽인다는 것이 법이니까 아주 가능성이 없진 않잖아? 음, 돈이 부족하면 죽인다든지 하는 그런 법이 있는 것은 아니겠지? 진짜 그러지는 않겠지?

도적 길드에 있던 특이한 몇 NPC를 떠올린 나는 아주 가능성이 없지는 않다는 데에 생각이 다다랐다. 이럴 수가! 겨우 올린 레벨을 이런 식으로 떨어뜨리게 되는 건가? 그, 그럼 내 고렙의 꿈이! 식은땀이 주르륵 흐르다 못해 바가지로 쏟을 것 같다. 슬쩍 그의 눈치를 보다가 조금씩 뒤로 물러났다. 내 능력으로 그가 죽이려고 했을 때 피하거나 막는 것은 어림도 없지만, 최대한 살아보려는 발버둥이랄까. 눈치를 보며 조금씩 뒤로 물러나는데 갑자기 단검을 탁자에 꽂았다.

"좋아!"

"히익! 죽이지 말아주세요!"

'좋아' 라는 말을 듣자마자 난 눈을 감으면서 반사적으로 그렇게 외쳤다.

"…뭐?"

그 말에 슬쩍 눈을 뜨며 그의 눈치를 보다가 조심스레 물었다.

"아, 안 죽일 건가요?"

내 물음에 그는 어이없다는 듯이 쳐다보았다.

"내가 널 왜 죽여?"

그 말에 안도하며 다시 그에게 다가갔다. 조금씩 물러났던 것이 그새 내가 벽에 가까이 달라붙을 정도로 물러나 버려서 조금 떨어져 있었던 탓이다. 다시 다가와서 눈치를 살피자 그는 그런 날 보더니 피식 웃었다.

"이거 웃기는 놈일세. 설마 내가 돈 부족하다고 널 죽일 줄 알았냐? 뭐, 돈을 떼먹는다거나 하면 말이 좀 다르지만."

뒷말이 조금 걸렸지만 돈이 좀 부족하다고 죽이진 않는다는 소리에 일단 안심했다. 그리고 양 볼이 붉어졌다.

'너무 오버했나?'

오버했다는 생각에 고개를 푹 수그렸다.

'하지만 좀 전엔 정말 죽일 것 같았단 말이야.'

정말 이럴 때는 아쉬드르의 리얼리티가 원망스럽다. 그는 고개를 푹 숙인 나를 피식거리면서 바라보다가 인심 썼다는 듯이 말했다.

"좀 전엔 그냥 다시 오라고 하려고 했는데… 웃겨주기도 했으니까 봐주지. 너, 그럼 얼마 있냐?"

"예? 아, 96실버 있어요."

"좋아, 그 정도만 내라. 특별히 깎아주지."

"예? 아, 감사합니다."

혹시나 마음이 바뀔세라 잽싸게 96실버를 꺼내서 그에게 건넸다. 그러자 그가 싱긋 웃더니 스킬을 건넸다.

"여기 있다. 다음번에는 안 깎아줄 테니까 돈 넉넉히 준비해 오는 것이 좋을 거야."

"예!"

뭐, 쪽팔림 좀 당했지만 4실버나 깎았단 생각에 활짝 웃고 기쁘게 스킬을 건네받았다. 지부장은 그런 나를 보며 말했다.

"대신 나중에 내 부탁 하나 들어줬으면 좋겠는데 말이야."

"네?"

"아아, 나중에, 나중에. 괜찮겠지?"

조금 안 좋은 느낌이 들었지만 고개를 끄덕였다. 지부장이 주는 퀘스트. 좀 위험하다고는 해도 보상이 괜찮은 퀘스트일 가능성이 높았다.

'거기에다가 나중에라는데, 뭐.'

지부장은 내 대답이 마음에 들었는지 싱긋 웃고는 말했다.

"먼저 올라가라. 할 일이 생겨서 말이지. 문은 나 말고 다른 녀석이 열어줄 거다."

"예. 안녕히."

가볍게 인사한 후에 문을 열어 통로로 나왔다. 그리고 잠깐 멈춰 서서 받은 책에 손을 올려놓았다.

"습득."

—LV 1 혼란을 습득하시겠습니까?

"예."

—LV 1 혼란을 습득하셨습니다.

책이 빛의 가루로 변해 내 몸에 스며드는 것을 확인하고 다른 책에 손을 올려놨다.

"습득."

— *LV 1 반사 신경 향상을 습득하시겠습니까?*

"예."

—*LV 1 반사 신경 향상을 습득하셨습니다.*

나는 빛의 가루로 변한 다른 책마저 몸에 스며들자 싱긋 웃으며 통로를 걸어 올라갔다. 그러자 머리끝부터 발끝까지 검은 옷을 입고 있는 한 사람이 문 앞에 서 있는 모습이 보였다.

"문을 열겠다."

"에? 아!"

문 앞에 도착하자마자 낮게 말하고는 문을 가볍게 탁탁 두들겼다. 그러자 문이 열리면서 술집의 풍경이 보였다.

"가라."

그 말에 고개를 끄덕이며 술집에 발을 올려놓는 순간, 원래 그랬던 것처럼 문은 순식간에 닫히면서 벽으로 변했다. 잠시 그 모습을 보다가 도둑 길드를 나오며 생각했다.

'근데 깎은 것이어도 결국 알거지가 됐다는 사실에는 변함이 없네.'

왠지 슬픈 기분이 들어서 하늘을 쳐다보다가 한숨을 내쉬었다.

'도대체 언제 이런 신세를 면할런지.'

—*레벨 업을 하셨습니다.*

나는 내 몸이 빛에 살짝 휩싸이는 것을 보며 중얼거렸다.

"이걸로… 레벨 30 달성인가?"

그런 다음 상태창의 스탯을 잠시 고민하다가 민첩에 찍어 버리고는 퀘스트 창을 확인하여 '곰 가죽 세 장을 구해라'의 남은 날짜를 확인했다.

'겨우 16일 남은 거야?'

인상을 찡그리며 퀘스트 창을 닫고 옆의 나무에 기댔다. 레벨 업이 되어서 체력과 MP는 전부 회복됐지만 정신적으로 지쳤다고나 할까. 정말 이 퀘스트를 받고 도둑 길드를 나온 후에 미친 듯이 사냥했다.

아쉬드르의 접속 제한에 걸려서만 사냥터를 나갔고, 그밖의 사냥을 제외한 모든 활동은 중지한 채로 말 그대로 미친 듯이.

그 결과 레벨 30을 달성할 수 있었다. 정말이지, 붉은색 거미는 물론이고 보라색 거미까지 몇 마리 잡았다. 물론 급소를 활용해서 기습한 결과지만. 덕분에 언제 한번 홈페이지에 가봤더니 글 하나가 올라와 있었는데 정말 가관이다.

'거미만 사냥하는 NPC 도적. 복수 퀘스트 등장할지도'. 도대체 언제까지 날 NPC로 몰 작정인 거지? 진짜 이 정도가 되면 눈치 챌 때 안 됐나?

머리가 지끈거리는 것을 느끼면서 그대로 모니터를 부수고 싶은 충동을 느꼈다. 왠지 요즘 들어선 되는 일이 하나도 없는 것 같다.

'누가 날 저주하고 있는 건가?'

그렇게 생각했지만 안타깝게도 현재 아쉬드르에서 '저주'는 아직 지원되지 않았기에 쓸데없는 생각이었다.

"이제 거미는 못 잡겠는데……. 곰을 잡아도 될까?"

보라색 거미나 붉은 거미만 잡는다면 모를까, 이제 하얀 거미나 녹색 거미는 거의 경험치가 오르지 않았다. 보라색 거미는 다구리를 치기 때문에 천상 붉은 거미를 주로 잡아야 하는데, 그 녀석은 찾는 사람도 많고 애초에 수도 별로 없었다. 끙끙거리면서 고민하다가 일단 도시로 가기로 했다.

'일단 거기에서 곰 잡겠다는 파티가 있으면 끼고 없으면……. 어떻게든 되겠지.'

상당히 무책임한 생각이지만 그 외에는 방법이 없으니 어쩔 수 없다. 천천히 거미 사냥터를 지나서 들판으로 나온 나는 망토에 달린 모자를 벗고 스킬을 시전했다.

"전력 질주."

그러자 두 발에서 희미한 푸른빛이 나오면서 몸이 무척 가벼워졌다. 씨익, 미소 지은 나는 그 상태로 발을 빠르게 놀렸다. 그러자 보통 때 달렸을 때와 약 1.5배 이상은 빠른 속도로 앞으로 쏘아져 갔다. 하지만 그것도 잠시, 5분이 지나자 푸른빛이 사라지면서 곧 속도가 원 상태로 변했다.

"뭐, 시간이 짧긴 해도 나쁘진 않네."

힐끗 보이는 도시를 보며 그렇게 중얼거렸다. 연속으로 쓰고 싶지만, 그렇다면 솔직히 사기 스킬이게? 쿨타임이 버젓이 존재하고 있다. 비록 스킬창에 표시는 되지 않았지만 쿨타임이 지나지 않으면 스킬이 시전되지 않는다는 말씀. 나는 그런 생각을 떠올렸다가 문득 주위에서 토끼를 잡던 유저들이 나를 말똥말똥 쳐다보는 것을 보고 어색하게 웃었다.

'으, 으흠…….'

나는 붉어지는 얼굴을 느끼며 있는 힘껏 도시까지 뛰었다. 그래도 원래 이동 속도가 빨랐던 도적이기에 금방 도시에 도착했다. 숨이 가쁜 것을 느끼고 도시로 들어간 나는 바로 성벽에 기대면서 숨을 골랐다. 조금씩 숨이 정상으로 돌아가자 제일 먼저 무기의 내구도를 수리하기 위해 대장간으로 향했다.

대장간에 도착하자 역시 꽤 많은 유저들이 줄을 서고 있었고, 나도 별말없이 그 줄의 뒤에 섰다. 한참을 기다리고 나서야 내 차례가 돌아왔고, 나는 내 무기를 전부 꺼내서 대장간의 NPC에게 보여줬다.

그 NPC는 잠시 내 무기들을 스윽 살펴보다가 고치기 시작했다. 가볍게 망치로 두들기자 무기의 상처난 부분이 깨끗하게 사라지는 것이 보였고, 그런 식으로 모든 무기를 손보고 나선 손을 내게 내밀었다.

"6실버."

"…여기요."

6실버를 건넨 나는 한숨을 내쉬었다. 역시 도둑 길드에서 배운 스킬의 가격으로 인한 타격이 컸다. 거의 1골드에 가까운 금액을 냈으니…… 덕분에 그로부터 4레벨이 상승했지만 내 인벤토리에 있는 총 금액은 빈약하기 그지없었다.

아무리 거미가 아이템을 많이 줘서 잡화점에 팔면 꽤 돈이 된다고 쳐도 대장간뿐만 아니라 방어구의 내구도도 수리해야 하기 때문이다. 상대적으로 공격을 거의 당하지 않는 도적이기 때문에 전사의 방어구 수리 비용보다는 적게 들지만 어쨌든 거기에도 돈이 소비된다.

그뿐이랴. 거미가 가진 독 때문에 해독제도 사야 하고. 해독제는 아무리 '미약한' 이란 딱지가 붙어 있어도 비싸기 그지없는 가격이니 적자를 면하기 어렵다.

우울한 생각을 지워 버리기 위해 애써 고개를 휘저은 뒤 대장간을 나와 광장으로 향했다. 광장에는 파티를 구하기 위한 사람들로 북적였는데, 생각보다 거미 사냥을 위한 파티가 많았다.

'난 거미를 잡아도 이제 별로 경험치를 못 얻는데… 나, 생각보다 고렙일지도.'

약간 기분이 좋아지는 것을 느끼면서 곰 파티를 하려는 유저가 있는지 주위를 두리번거렸다. 하지만 몇 분이 지나도 곰 파티를 하려는 유저는 보이지 않았고, 결국 광장 벤치에 앉아서 한숨만 쉬는 신세가 되어버렸다.

'내가 모아야 되나?'

귀찮기도 하고 직접적으로 눈에 띄는 것은 별로 좋지 않기에 고민했다.

'그냥 눈 딱 감고 모을까? 그러다가 한 명도 안 오면?'

쪽팔리다. 이런 데서 의외로 소심한 나는 머리를 긁적였다. 곰 파티를 구한다고 하면 꽤나 눈에 띌 것이 분명하겠지? 관심과 눈에 띄는 것을 좋아하기는 한다. 자신이 주목받는데 무엇이 싫겠는가? 하지만 직접 사람들의 눈빛을 보는 것은 부담스러운데. 뭐, 꼭 필요하다면 그렇게 하겠지만.

'좀 기다려 보고… 정 없으면 내가 모아봐야겠군.'

그렇게 결론을 내린 후 벤치에 앉아서 파티를 구하려는 유저들을 쳐다보았다. 그렇게 시간이 흘렀지만 안타깝게도 곰 파티를 구하려는 유저는 찾을 수가 없었다. 난 떨어지지 않는 다리를 애써 움직이려고 노력하며 비척비척 광장의 가장자리로 걸어갔다.

그리고는 얼굴이 팔리는 것이 싫어 인벤토리에서 전에 쓰던 망토를 꺼내서 착용한 후 망토에 달린 모자를 푹 눌러썼다.

'소나기 단망토'에 달린 모자를 착용한 상태로는 NPC로 알려졌기 때문이다. 그렇게 한 후 몇 번이나 입을 열까 말까 망설이다 눈 딱 감고 외쳤다.

"곰 사냥 가실 분 구해요!"

순간 옆에 있던 모든 유저들이 나에게 시선을 돌렸다. 그 모습을 본 나는 모자를 쓰기 잘했다고 생각하면서 살짝 고개를 숙였다. 잠깐 침묵이 흐르더니 옆의 유저들이 속닥거리는 소리가 들려왔다.

"저 님, 곰 사냥 가려나 봐."

"고렙인가?"

"모습을 보니까 전사는 아닌 것 같은데… 도적인가?"

"설마~? 도적 중에 고렙이 있었어? 별로 하는 사람도 없잖아?"

"그러게."

리얼리티가 뛰어난 것도 이래서 싫다니까. 너무 잘 들리잖아. 솔직히 평범한 고등학생인 내가 이런 시선을 홀로 받은 적이 몇 번이나 있겠는가? 이번이 처음이지. 그래도 나름대로 반에서 철면피로 통하기에 재빨리 정신을 수습한 뒤 붉어진 볼을 가라앉히기 위해 노력하며 다시 말했다.

"…곰 사냥 가실 분 구해요."

하지만 그렇게 말한 후에도 나오는 유저가 없자 고개를 푹 숙였다.

'역시 안 하는 건데… 젠장, 그럼 거미나 계속 잡아야 하나?'

그렇게 생각하면서 아쉽게 자리를 뜨려고 하는데, 신께서 나를 그리 미워하지는 않으시는지 한 목소리가 들려왔다.

"곰 파티 구하는 거 맞습니까?"

약간 저음의 목소리였지만 그 순간에는 천사의 목소리로 들렸다. 나는 고개를 돌려서 그 목소리가 들려온 쪽을 쳐다보았다. 다른 유저들도 마찬가지였다.

그 목소리의 주인공은 이쪽을 향해 천천히 걸어오고 있었는데 수많은 시선에도 아랑곳하지 않고 무표정한 얼굴로 다가왔다. 자세히 살펴보니 20대 초반쯤의 청년으로, 허리에 맨 검을 보니 전사 같았다.

가까이까지 다가온 그는 내 앞에 섰는데 키도 상당히 커서 내가 조금 올려다봐야 하는 수고로움이 있었다.

그는 내가 잘못 들었다고 생각했는지 무표정한 얼굴로 다시 물었다.

"곰 사냥할 파티 구하는 거 맞습니까?"

"…예, 맞습니다."

그는 잠시 나를 쳐다보다가 표정 하나 변하지 않은 채 이름을 말했다.

"안시리움. 전사고 레벨 31."

'이 인간, 나처럼 사냥했나?'

그 말을 듣자마자 순간적으로 그런 생각이 들었지만 입은 충실하게 자신의 할 일을 했다.

"그냥 스노라고 부르시고, 도적이며 레벨은 30입니다."

"…비공개인가?"

내 말에 그는 그렇게 물었고, 나는 고개를 끄덕였다. 그는 잠시 생각하는 듯하더니 파티를 신청했다.

"파티를 신청하겠습니다."

"잠시만 기다려 주세요. 파티 생성."

—파티를 생성하셨습니다. 파티의 이름을 정해주십시오.

"곰 가죽 세 장."

—곰 가죽 세 장 파티가 생성되었습니다.

"안시리움님께 파티 신청."

—안시리움님께 파티를 신청했습니다.

—안시리움님께서 파티를 수락하셨습니다.

파티를 맺는 것이 끝나자 나는 그 안시리움을 향해 말했다.

"곰을 잡으려면 두 명으로는 힘듭니다. 파티원을 더 모으려고 하는데 잠시 기다려 주시겠어요?"

가볍게 고개를 끄덕이는 그를 보며 안심하고 다시 주변을 쳐다보면서 말했다. 이미 한 명을 모았기에 쪽당하진 않겠다는 생각에 내 말은 처음보다는 작아도 조금 커진 상태였다.

"곰 사냥하실 분 구합니다."

원래는 전사는 이미 구했으니 사제나 마법사, 궁수로 제한을 둬야 했지만, 지금으로서는 직업에 상관없이 이렇게 외쳐야 했다. 레벨 30인 유저가 드물기 때문이다.

기본적으로 곰을 잡으려면 레벨 30 이상이라는 생각이 짙었기에 레벨 30을 기준으로 했고, 아무래도 초보자 도시 주변

에 있는 몬스터이기 때문에 그 정도가 맞을 거다. 아니면 뭐,
쫄인 거고.

시간이 지나도 나오는 이가 없었기에 조금 실망했지만 어
쩔 수 없이 다시 외치려고 했다. 단둘이서는 곰을 잡기가 불
가능할 것 같았기 때문이다. 그때, 한 목소리가 들려왔다.

"잠깐만요."

시선을 돌려서 쳐다보니 등에 활을 메고 있는 여성 궁수였
다. 음, 어디서 본 것 같은 인사인데? 잠깐 고개를 갸웃거렸으
나 이내 생각이 났다.

"그때 그 궁수!"

그때 '전 솔로잉이에요' 란 말에 꽤 포스를 느껴서 기억에
남았기에 아주 잠깐 만났지만 기억해 낼 수 있었다. 그 유저
는 내 대답이 맞는다는 듯 고개를 끄덕이며 다가왔고, 난 의
아한 표정으로 물었다.

"솔로잉 아니었어요?"

"거미 잡기는 질렸거든요. 그렇다고 곰을 혼자 잡기는 힘
드니까."

그래도 솔로잉 지향이라면 뭔가 꿋꿋하게 해나가야 되지
않나요? 힘들다고 바꾸면 솔로잉이 아니지 않나? 그렇게 묻
고 싶지만 그래도 파티를 해준다면야 나야 좋기에 고개를 끄
덕였다.

"스이렌. 레벨 30."

이미 자신 직업을 알기 때문인지 직업에 대한 것을 빼고 말했고, 나는 두말 않고 파티를 신청했다.

"스이렌님께 파티 신청."

―스이렌님께 파티를 신청했습니다.

―스이렌님께서 파티를 수락하셨습니다.

"음? 비공개?"

"예. 그냥 스노라고 부르시면 됩니다."

"흐음……."

알았다는 듯이 고개를 끄덕인 그녀를 보고 나는 속으로 안도한 후 자세히 그녀를 살펴봤다. 평범한 나무 활에 가벼운 궁수용 가죽옷을 입은 그녀는 약 20대 초반쯤 되어 보였다. 꽤나 예쁜 얼굴이었지만 무표정한 것이 좀 흠이군. 아니, 오히려 매력인가? 스이렌을 잠시 관찰한 나는 다시 주변을 두리번거렸다. 다시 몇 번 파티를 구한다고 외친 후 기다려도 더 이상 유저는 나오지 않았고, 나는 지금까지 구한 파티원 두 명을 보았다.

나 혼자 파티를 구하라는 듯이 앉아 있는 행태에 열이 받지 않는다면 거짓말이겠지만, 괜히 그들의 기분을 거슬려서 파티를 나가 버리면 난감한 것은 나이기에 그냥 참았다. 그들에게 다가간 나는 난처한 목소리로 그들에게 말했다.

"셋이서 가야 되겠는데, 괜찮은가요?"

"별로."

"사제나 마법사가 있으면 좋은데, 어쩔 수 없지요."

정말 괜찮다고 대답할지는 몰랐기에 나는 눈을 약간 크게 뜨고 그들을 쳐다보았다. 마법사는 그렇다고 해도 사제가 없으면 무척 난감하다.

사냥 중에 죽기 직전의 상황에 직면했을 때 회복할 방도가 없기 때문이다. 내 놀란 눈빛을 어떻게 보았는지는 모르지만—망토에 달린 모자를 쓰고 있었기에—안시리움은 무덤덤하게 말했다.

"원래 사제나 마법사 없이도 잘만 사냥했으니……."

이분도 솔로잉이셨군. 그러다가 문득 나 자신을 떠올리며 심각하게 생각했다. 굳이 솔로잉 지망은 아니지만 파티에서 껴주지 않은 탓도 있고, 파티의 필요성도 크게 느끼지 않았기에 지금까지 파티한 적은 한 손에 꼽는다.

'나도 별 차이는 없네.'

조금 우울하달까. 난 한숨을 쉬고 앞장서서 곰이 출몰한 지역이라고 올렸던 동문의 숲으로 향해 걸어갔다.

"……."
"……."
"……."

'어색해.'

말없이 세 사람은 동문의 숲 쪽으로 걷기만 했다. 도시를 나온 이후 서로 한마디도 하지 않은 상태이기에 어색한 공기가 느껴지다 못해 피부를 찔렀다. 난감한 얼굴로 스이렌과 안시리움의 표정을 살폈지만 그들은 아무렇지도 않은 듯 무표정한 얼굴로 걸어나갔다.

'니들은 아무렇지도 않은 거냐?'

나는 내 운을 탓했다. 도대체 왜 이번에는 이런 인간들이 파티인 거냐? 좀 활기차고 정상적인 파티원들과 파티를 맺게 되면 안 되는 거야? 신이 있다면 정말 그 신의 멱살을 잡고 그렇게 소리 지르고 싶은 충동을 느끼면서 터덜터덜 걸어나갔다. 그렇게 가며 덤벼드는 여우 몇 마리를 처리하였고, 드디어 곰이 나온다는 숲에 도착했다.

숲에 도착하자마자 대충 활을 뒤에 메어둔 스이렌은 활에 화살을 장전하면서 언제든지 쏠 준비를 했고, 안시리움은 검집에 넣어뒀던 검을 꺼내서 공격하기 편한 자세를 취했다.

나도 허리에서 단검을 꺼내 양손에 잡고 전투 태세를 취했다. 그런데 시선이 느껴져서 뒤를 돌아보니 안시리움과 스이렌이 나를 빤히 쳐다보고 있었다. 그 시선에 흠칫하며 떨떠름하게 물었다.

"뭡… 니까?"

"…아무것도. 도적이 싸우는 자세는 그런 거였나 잠시 생각… 했습니다."

"아, 저는 싸울 때에도 모자를 벗지 않는구나라고 생각했습니다.”

‘…그러세요?’ 라고 대답하고 싶은 것을 참고 고개를 저은 후 어색한 존대를 하고 있는 안시리움을 잠깐 보다가 말했다.

“존댓말이 불편하시다면 편하게 하셔도 상관없습니다. 두 분보다 나이가 어리니까요.”

“그러지.”

“알았어.”

“…….”

사양의 말도 없이 순식간에 기다렸다는 듯이 말하는 둘의 말에 콱 다시 존댓말로 하라고 말하려다가 말았다. 어쩌겠나, 이왕 말한 걸. 그렇게 생각하고 스킬을 시전했다.

“은신.”

그와 동시에 내 모습이 흐릿하게 변하면서 사라졌고, 안시리움과 스이렌이 드디어 무표정에서 약간 놀란 얼굴로 표정으로 바꼈다. 하지만 곧 스킬이란 것을 알아차리곤 다시 표정이 원상태로 복귀된 채로 스이렌이 말했다.

“왜 스킬을 쓴 거지?”

“…도적은 원래 은신으로 모습을 숨긴 뒤에 공격하는 것이 공격 방법입니다.”

내 설명에 알았다는 듯이 고개를 끄덕이면서 걸어갔다. 그들에게 간략하게 설명을 해준 나는 조금 어이가 없었다. 아무리 솔로잉이라고 해도 도적이 은신해서 공격하는 것 정도야 알아야 정상 아니야?

그런 내 마음도 모른 채로 안시리움과 스이렌은 그냥 걸어갈 뿐이었다. 그렇게 조금 걸었을까?

앞쪽 나무 옆의 수풀에서 소리가 들렸다.

부스럭.

"……!"

그 소리에 안시리움과 스이렌은 재빨리 수풀을 향해 공격 자세를 취했고, 나 또한 몸을 긴장시켰다. 잠시 소리가 들리지 않더니 큰 형체가 갑자기 수풀에서 튀어나왔다.

크아앙!

그 수풀의 정체는 갈색의 큰 곰이었다. 기분이 나쁜 듯 울음소리를 낸 곰은 매서운 눈빛으로 우리들을 쳐다보다가 이를 드러내며 돌진해 왔다. 안시리움이 제일 앞에 있었기 때문인지 곰은 안시리움을 향해 돌진했고, 안시리움은 재빨리 옆으로 피하려고 했다.

그러나 곰은 앞발을 이용해서 속도를 늦추더니 안시리움이 피한 방향으로 몸을 돌렸다. 피한 자세가 수습되지 않은 안시리움은 최대한 검면을 이용해서 방어 자세를 취했고, 그 모습을 본 스이렌이 재빨리 화살을 곰의 옆구리에 맞혔다.

크앙!

옆구리에 화살이 꽂히자 잠깐 휘청하는 듯했지만 변함없이 안시리움을 향해 돌진했고, 결국 둘이 서로 부딪쳤다. 그래도 화살이 속도를 늦추는 역할을 했는지 안시리움은 튕겨져 나가지 않은 채 검면으로 곰의 공격을 간신히 막고 있었다.

나는 은신을 한 상태로 조심스럽게 곰의 배후로 다가갔고, 곰은 안시리움을 공격하는 데 정신을 쏟고 있었기에 내 접근을 알아차리지 못한 것 같았다.

'아니면 곰에게는 은신을 감지할 수 있는 능력이 없는지도 모르지.'

그렇게 생각하며 스킬을 시전했다.

"기습!"

스킬을 시전하자 단검에 어두운 기운이 어렸고, 그 기운을 보기도 전에 손에 들린 단검을 재빨리 등에 꽂은 후 비틀었다.

크아아!

고통을 느끼는지 곰은 안시리움을 거칠게 떨쳐 내고는 붉은 눈빛으로 내게 고개를 돌렸고, 공격을 하는 바람에 은신이 풀린 나를 발견하곤 세게 뒷발질을 했다.

"으윽!"

단검을 교차해서 최대한 충격을 줄여봤지만 버틸 힘이 없어선지 안시리움과 다르게 뒷발에 차인 충격으로 뒤로 밀려나 나무에 강하게 부딪쳤다.

"크……!"

욱신거리는 통증이 등에서 밀려왔지만 아프다고 끙끙거리기에는 상황이 좋지 않았기에 정신을 차리면서 앞을 바라보왔다.

'쳇······.'

보기만 해도 오싹한 붉은 눈을 굴리면서 곰이 천천히 나에게 다가오고 있는 모습이 보이자 입술을 깨물면서 공격 태세를 취했다.

'이럴 줄 알았으면 마비독을 발라둘 걸 그랬는데?'

뒤늦은 후회감이 들었지만 이제 와서 어쩌랴. 점점 다가오고 있는 곰을 보며 침을 삼키는데 곰의 뒤쪽에서 한 그림자가 날아와 곰의 뒷다리에 검을 내리꽂으려 했다. 그러나 곰은 눈치 챘다는 듯 잽싸게 몸을 돌리고 앞발로 그림자를 쳐내려고 했다. 하지만 방해자에 의해서 실패할 수밖에 없었다.

"애로우 블로우!"

그와 함께 새하얀 빛을 머금은 화살이 곰의 한쪽 눈에 박혔다.

크아아앙! 쿠오오오오!

괴로운 비명을 지르는 곰을 향해 화살을 다시 장전한 스이렌은 짧게 말했다.

"조준하는 데 시간이 좀 걸렸어. 그냥 맞추기만 해선 별 소용 없을 것 같아서."

그러더니 다시 신중하게 화살을 곰에 조준했다. 곰은 그제야 고통을 떨치고 정신을 차렸는지 한쪽 눈에서 피를 흘리면서 매섭게 자신에게 고통을 준 이를 쳐다보았고, 그 덕분에 옆에서 빠르게 쇄도하는 나를 보지 못했다.

"절개!"

그냥 맞추기만 하면 소용이 없을 거란 말에 나도 마나 생각은 하지 않고 스킬을 시전하기로 했다. 단검은 곰의 옆구리보다 약간 아래쪽으로 파고들어 갔고, 곰은 다시 비명을 질렀다.

크오옹! 쿠아아아앙!

그에 재빨리 단검을 빼려고 하던 나는 당황할 수밖에 없었다.

"이런!"

파고들어 간 단검이 빠지질 않는다. 순간적으로 당황해 몸이 굳은 나를 본 곰이 세차게 앞발을 휘둘렀고, 단검을 꽂은 자세로 굳어버린 나는 피하지도 못한 채 강한 충격에 단검을 놓치고 뒤쪽으로 날아갔다.

"억!"

겨우 땅에 단검을 놓쳐 버린 한 손을 짚고 일어선 나는 입에서 뭐가 울컥 나오는 것에 흠칫하다가 그 정체가 피인 것을 확인하곤 흠칫 몸을 떨었다.

지금까지는 내상을 입는 일이 적고, 체력을 닳게 한 것이 대부분 직접적으로 상처를 입은 것 때문인 것이 다였기에 이런 경우는 처음이었다. 하지만 곧 정신을 차리고 단검을 놓쳐버린 손을 이용해 다시 허리의 단검집에 손을 넣어 새 단검을 꺼냈다.

곰이 왜 날아간 나를 마무리하지 않나 싶어 쳐다보자 안시리움과 스이렌이 앞에서 곰을 막고 있는 모습이 보였다. 하지만 매우 위험스러워 보였기에 나는 단검에 마비독을 발랐다. 그러자 단검이 녹색으로 물들었고, 나는 비틀거리며 일어나 곰에게 다가갔다.

그렇지만 이 상태에서 다시 한 번 공격을 당할 경우 로그아웃될 게 뻔했기에 가까이 다가가지는 못했다.

'역시 사제가 필요했는데……'

입맛을 다시며 다시금 상황을 보았다. 그때, 안시리움이 곰의 앞발을 향해 검을 휘둘렀다.

"베쉬!"

휘둘러지는 검에 잠깐 빛이 어리는 것이 보였고, 그 검에 맞은 곰의 앞발은 잘려지지는 않았지만 피투성이가 되어버렸고, 그 고통에 괴성을 지르는 사이 스이렌이 날린 화살이 뒷발에 맞았다.

그러자 곰은 몸을 부들 떨더니 안시리움을 향해 그대로 돌진했다. 안시리움은 피할 수 없다는 것을 깨닫고는 검으로 방어 자세를 취했다.

나는 곰이 돌진하는 모습에 보며 씨익 웃으며 잽싸게 곰의 뒤로 다가가 점프해서 곰 위로 올라탔다.

쿠워어?

순간 멈칫하며 돌진의 속도를 늦춘 곰의 행동에 마비독을 바른 단검을 곰의 목에 박아 넣은 후 뺄 생각은 하지 않은 채 이번엔 그대로 옆으로 뛰어내리며 외쳤다.

"지금!"

내 말이 뜻하는 바를 알았는지 안시리움은 방어 자세를 풀고 스킬을 시전하려 했고, 스이렌 또한 스킬을 시전해 곰의 머리를 공격했다. 곰은 피하거나 쳐내려는 듯 앞발을 움직이려 했지만 마비독의 효과로 잠시 몸이 마비되어서 움직일 수 없었다.

"베쉬!"

"샤프 스팅!"

안시리움의 검이 곰의 머리를 공격함과 동시에 스이렌의 화살이 곰의 목덜미에 꽂혔다. 안시리움은 공격을 한 뒤 재빨리 물러났고, 스이렌은 긴장이 풀리지 않은 얼굴로 곰을 주시했다.

곰은 부들거리며 앞발을 한 발자국 움직였다가 옆으로 쓰러지더니 회색으로 변했다.

"하아!"

긴장이 풀린 나는 그렇게 안도의 한숨을 내쉬면서 주저앉으려다 시체가 사라지면 곰에게 박힌 두 개의 내 단검도 사라진다는 것을 깨닫곤 비실비실 곰에게로 가서 단검을 뽑으려고 하는데 잘 뽑히질 않았다.

끙끙거리면서 단검과 씨름하고 있는데 옆으로 안시리움이

다가오더니 단검을 잡고 힘을 주더니 뽑아내었다. 그렇게 다른 단검도 뽑아낸 안시리움은 그 상태로 털썩 옆에 주저앉았다. 스이렌도 슬쩍 다가오더니 옆에 앉아서 곰의 시체를 바라보았다.

곰은 천천히 사라지기 시작하더니 아이템 두 개를 남기고 완벽하게 사라졌다. 아, 옆에 흘려진 피를 제외하면.

나는 먼저 아이템을 잡으며 가볍게 말했다.

"일단 감정부터 할게요."

"…감정 스킬이 있나?"

"예, 에. 감정."

곰의 가죽.
포근해 보이는 갈색 곰의 가죽.

무딘 칼날의 마체테.
공격력:10—14
내구력:23/28
무딘 칼날을 가진 마체테. 그럭저럭 쓸 만해 보이기는 하다.

나는 말없이 고민하다가 무딘 칼날의 마체테를 안시리움에게 건넸다. 그는 잠깐 의아한 표정을 보이다가 아이템을 확인했는지 스이렌과 나를 쳐다보았다.

"…가져도 되나?"

"전사형 무기라면 별 상관 없어요."

"전 퀘스트 때문에 시작한 거니까 퀘스트 아이템만 주시면 돼요."

내 말에 그는 고개를 끄덕이더니 자신이 쓰던 검과 마체테를 바꿨다. 새로 얻은 것이 더 좋나 보군. 문제는 난데…….

난 힐끔 스이렌의 눈치를 보았다. 스이렌은 날 쳐다보다가 곰 가죽을 건네며 무심히 말했다.

"어쩐지 파티 이름이 곰 가죽 세 장이라더니……."

"아, 감사합니다."

건넨 곰 가죽을 인벤토리에 넣으면서 히죽 웃었다.

'이 정도라면 곰 사냥, 할 만하네. 사제만 있으면 좋겠는데.'

그렇게 한동안 셋이서 가만히 자리에 앉아 체력과 마나를 회복했다.

"아, 다 모았다."

나는 세 장째 곰 가죽을 확인하면서 말했다. 그러자 스이렌과 안시리움이 쓸데없는 말 말고 아이템이나 마저 확인하라는 시선으로 쳐다보는 것이 느껴졌다.

"…마저 하면 되잖아요. 감정."

[잿빛 나무 활]
공격력:8—15
내구력:29/30
잿빛의 나무로 만든 활. 회색이어서 그런지 전체적으로
느낌이 묘하다.

나는 싱긋 웃고는 스이렌에게 활을 넘겨줬고, 스이렌은 아
이템을 확인하더니 밝은 얼굴을 했다. 그러니까 분위기 자체
가 부드럽게 바뀌었다.

그런 모습을 살짝 놀란 눈으로 쳐다보자 그녀는 금세 자신
의 표정을 다시 무표정으로 바꾸더니 자신이 원래 들고 있던
활과 바꿨다.

'헤, 분위기가 그렇게 변할 수도 있었네?'

의외의 모습을 본 나는 속으로 피식 웃고는 생각했다. 16번
째로 잡은 곰에게서 활이 나오다니 다행이군.

지금까지 곰에 관련된 잡화점으로 갈 아이템들이 나왔을
뿐 스이렌의 무기가 나오지 않는 것이 좀 걸렸는데 잘됐다 싶
었다.

나야 퀘스트 아이템만 받기로 했으니 무기가 나오지 않아
도 상관없지만 그녀는 다르니까.

벌써 16마리째 곰을 잡은 우리는 계속 그랬던 것처럼 내가
아이템을 확인하고 각자 필요한 물품만 챙기고 별말 없이 조

용히 쉬었다. 지금까지 잡화점으로 갈 아이템은 곰 가죽을 제외하고는 스이렌과 안시리움이 나눠 가졌다.

그리고 우리 셋 전부 최소 두 번씩 레벨 업을 했는데 사제가 있었다면 앉아서 회복하는 시간 없이 더 많이 사냥했을 터이다. 조금 아쉬운 마음이 들지만, 뭐, 어쩔 수 없지.

─제한 시간까지 30분 남았습니다.

"…이런."

"왜 그러지?"

내가 내뱉은 소리에 안시리움이 의아한 듯 묻자 나는 머리를 긁적이면서 대답했다.

"벌써 제한 시간이 30분밖에 안 남았어요. 마을로 가야 될 것 같은데……."

말끝을 흐리면서 둘을 쳐다보니 그들도 고개를 끄덕이며 긍정을 표시했다.

"나도 슬슬 시간이 다 되어가니까 같이 가지."

"그러고 보니… 그러네."

그 말에 일어서서 가볍게 옷을 털고는 도시 쪽으로 향해 걸어갔다. 그렇게 각자 이것저것 생각하면서 걸어가자 잠시 후숲을 벗어날 수 있었다. 곰을 잡을 수 있는 능력이 되었지만깊이 들어가면 위험하다는 판단 아래 숲의 가장자리만 돌아다녔기 때문이다.

그리고 도시에 도착한 다음엔 스이렌과 안시리움과의 파

티를 해제한 후 간단한 인사만 하고 접속을 끝냈다.

"우으으으으!"

고글을 벗은 나는 온몸이 찌뿌드드해 기지개를 켰는데, 기묘한 음성이 흘러나왔다. 별로 신경 쓰지 않고 머리만 긁적인 후 빈속을 달래기 위해 주방으로 향하는데 거실에서 퍼 자고 있는 누군가가 보였다.

자세는 소파에 다리를 걸쳐 올린 편안한 자세였는데, 자세 자체는 뭐라고 할 마음이 없다. 문제는 또 치마를 입은 상태에서 다리를 올리고 잔다는 것.

"…그러니까 치마를 입은 상태에서 그러지 말란 말이야."

어쩔 수 없다는 듯이 중얼거린 나는 잠깐 그녀를 쳐다보다가 고개를 돌렸다. 담요라도 덮어줄까 했지만 여름이어서 별로 춥지도 않으니 괜찮을 것 같았다.

주방에 간 나는 냉장고를 뒤적거렸지만 역시나 먹을 만한 것은 보기 힘들었다. 달걀 몇 개와 반찬으로 있는 김치통 하나.

'…너무 썰렁하네.'

밥통을 열어보니 다행히도 밥은 들어 있었다.

"뭐, 오랜만에 솜씨 좀 발휘해 볼까?"

조미료까지 없는 것은 아니었기에 나는 가볍게 프라이팬을 꺼낸 후에 달걀을 풀어서 달걀 프라이를 했다.

그리고는 약간 넓은 그릇에 밥을 푼 후 김치통을 열어서 김치를 작게 썰어 넣은 후 참기름을 한 수저 넣고 비볐다. 비빈 후에는 완성한 달걀 프라이를 올려놓은 후 씩 웃었다.

"훗! 이것이 바로 오빠표 특제 비빔밥!"

…….

"으음, 혼자서 하니까 이 짓도 재미없구나."

무척이나 무안한 기분을 느끼면서 수저를 들어서 일단 한 입 먹어봤다. '특제' 란 말은커녕 '비빔밥' 이라는 말도 빈약해 보일 정도로 간단히 만들었지만 꽤나 맛있었다.

'간단해도 맛은 좋단 말이야?'

깨끗이 그릇을 비운 나는 자동 설거지통에 넣은 후 물을 틀어서 설거지를 끝마치고 다시 방으로 들어가 바로 잘까 생각하다가 그냥 홈페이지나 뒤적거리다가 자기로 했다.

특별히 피곤하지 않았기 때문이다. 약간 부스스한 머리를 한 채 아쉬드르의 홈페이지에 들어간 나는 별 생각 없이 올라온 글들을 훑어보다가 순간 어느 글의 제목이 눈에 들어오자 머리가 띵해지는 것을 느꼈다.

[곰 사냥 유저 등장! 작성자:kim2423.]

설마… 내 얘기? 띵해지는 머리를 부여잡으면서 글을 클릭하자 짧은 글이 떴다.

곰 사냥 유저 등장! 처음에는 도적님이 모으더니 전사님에 이어서 궁수님이 등장하여 파티해서 곰 잡으러 가더군요! 이야, 전사님이나 궁수님은 그렇다 쳐도 도적님이 곰 잡으러 갈 줄은 몰랐네요.

그나저나 곰 사냥이 성공했나 궁금하네요. 사제도 없는데.

성공은 했지⋯ 만서도. 그래도 이름을 올리지 않았으니 매너 유저라고 생각한 뒤, 다시 목록을 선택해서 그 글의 아래쪽들을 살펴보다가 그대로 굳어버렸다.

[곰 사냥 가는 유저 셋. 작성자:깡통맥주.]

[도적, 전사, 궁수 셋이서 곰 잡으로 Go Go~! 작성자:v8월 19일 V.]

[질문! 지금까지 곰 잡으러 가셨던 분 손⋯⋯. 작성자:s451라파엘.]

[곰 레벨은 30대 가능? 작성자:인도11.]

⋯⋯.

Part 4

고블린

　한숨 자고 난 뒤 아쉬드르에 접속한 나는 바로 잡화점으로 향했다. 잡화점에 들어가 제프가 있는 것을 확인하고 싱글싱글 웃으면서 그에게 다가갔다.

　"음? 아아, 너로구나. 그래, 무슨 일이냐?"

　다가간 나를 흘끗 쳐다본 그는 가볍게 말을 걸었다. 퀘스트를 다 끝마쳤는지 묻지 않는 것을 보아 다 완료했다고는 생각하지 않는 모양이다. 나는 씨익 웃으면서 곰 가죽 세 장을 꺼냈다.

　"곰 가죽 세 장을 다 모았어요."

　"뭐? 벌써 모았어? 아직 보름이나 남았는데?"

"물론이죠!"

내 대답에 다시 봤다는 듯이 위아래로 나를 내려다본 그는 껄껄 웃더니 곰 가죽 세 장을 받았다.

―제프의 연계 퀘스트. '곰 가죽 세 장을 구해라'를 완료했습니다.

그와 동시에 기계음이 들렸고, 상태창을 보니 경험치가 상승한 것이 보였는데 곧 레벨 업을 할 것 같다.

가죽을 받아 든 제프는 잠깐 기다리라고 하더니 잡화점 안으로 들어가 버렸고, 잠시 시간이 흐르자 무언가를 가지고 나왔다. 나는 말똥거리는 시선으로 '그것'을 볼 수밖에 없었다.

"그게… 뭐죠?"

"후후후, 이것은 바로 네가 준 거미줄을 이용해서 만든 그물 침대다."

"…그물 침대요?"

거미줄을 이용해서 그물 침대를 만들었다고? 무슨 그런 웃기지도 않는 말을? 항의의 시선으로 쳐다보자 그는 쯧쯧거리면서 검지를 저었다.

"너는 이 물건의 진가를 모르는군."

'…그물 침대에 진가랄 것이 있나?'

그 말에 기가 막혔지만 그는 씨익 웃고는 그물 침대를 내게 건넸다. 거미줄로 만들었다지만 보기엔 전혀 달라 보이고 끈적끈적하던 거미줄 특유의 점성은 하나도 없었다.

받지 않을 수도 없어서 어쩔 수 없이 받긴 했는데, 이게 보상의 끝은 아니겠지? 그렇겠지? 간절한 시선으로 쳐다보았지만 제프는 그 시선에 고개를 갸웃거리면서 내 시선에 되물었다.

"왜, 뭐 팔 거라도 있냐?"

"……."

이게 보상의 끝이구나. 나는 한없이 우울한 기분을 느끼면서 손에 들린 그물 침대를 쳐다보았다. 잠깐 허망한 시선으로 바라보았다가 일단 이게 무슨 능력을 가지고 있는지나 확인해 볼 마음에 말했다.

"정보."

[거미줄 그물 침대]

그물 침대에서 휴식 시 체력 MP가 30%의 속도로 빠르게 회복.

그물 침대에서 휴식 시 자동 은신 효과 발동(MP 필요없음), 공격 및 스킬 사용 시에 자동 해제.

제프가 정성을 다해 만든 그물 침대로 거미줄을 특수한 방법으로 가공한 후 엮어 만들었다.

나는 눈을 크게 뜨고 그물 침대에 대한 정보를 보다가 황급히 제프를 쳐다보았다. 그는 내 눈빛에 껄껄 웃더니 다른 유저들을 상대했다. 그 모습에 마음속 깊이 진심으로 말했다.

'고마워요, 제프.'

아쉬드르에서 처음으로 대박 맞았다.

기분 좋게 잡화점을 나온 나는 헤벌쭉 벌어지려는 입을 원상태로 하려고 애썼지만 쉽게 되지 않았다. 그물 침대의 그 옵션이라니!

그렇다면 사냥터 한가운데서도 그물 침대를 만들어놓은 다음 쉬면 은신을 감지하는 몬스터를 만나지 않는 이상 공격당할 확률이 없다는 소리가 아닌가!

더군다나 체력 MP가 30%의 속도로 빠르게 회복된다는 것은 나처럼 혼자 다니는 유저들한테는 무척이나 유용한 아이템이다. 솔로잉을 위한 아이템이랄까? 특별히 솔로잉 지향은 아니지만 직업의 특성상 거의 솔로잉을 하게 되는 나로서는 정말 좋은 아이템이다.

한동안 우울한 기분만을 맛보면서 다니던 나로서는 오랜만에 기분 좋게 하는 일이었기에 쉽게 기분이 가라앉지 않았다.

그래도 가까스로 헤벌쭉거리는 얼굴을 수습한 후 발걸음도 가볍게 대장간으로 가서 아이템을 수리했다. 수리 후 돈을 내고 나는 별 생각 없이 광장으로 발걸음을 향하다가 멈췄다.

'…광장에 가서 또 곰 파티를 모으자니… 좀 그런데…….'

사실 곰을 잡을 때, 나는 정말 한 마리를 잡을 때마다 마나가 휘청했다. 단검으로 일반적인 공격을 하자니 제대로 데미지를 줄 수 없었기 때문이다. 이번에 내가 광장으로 가서 파티를 모으게 되면 사제가 낄 가능성이 농후하다.

레벨이 30에 못 미쳐도 20대 후반쯤의 사제로. 그리고 지금의 사제는 마나를 회복하는 스킬이 없었기에 체력을 회복해 줘도 마나가 회복되지 않는 나는 짐덩이란 소리가 된다.

안시리움과 스이렌이 한 파티야 사제가 없었기에 체력을 회복하려고 쉬었을 때 같이 마나도 회복할 수 있었지만……. 나는 광장으로 가던 걸음을 멈추고 고민했다.

'거미를 잡자니 경험치가 거의 안 오르고, 곰을 잡자니 짐덩이만 되고…….'

곧 생각을 멈추고 머리를 살짝 긁적였다. 곰을 잡고 싶지만 짐덩이가 되고 싶지는 않기에 이내 곰 사냥은 포기하기로 했다.

'하지만 거미는 싫은데. 어디, 새로 사냥할 곳 없나?'

그러나 안타깝게도 새로 발견된 사냥터가 없다는 것을 떠올리곤 가볍게 생각했다.

'이번에도 내가 찾아보지, 뭐. 이제 특별히 해야 하는 퀘스트도 없는데…….'

한적한 골목에 들어가 인벤토리에서 '소나기 단망토'를 착용하고 모자를 눌러쓴 나는 경비병이 막고 있는 남문과 내가 발견한 거미가 있는 북문, 곰이 있는 동문을 제외한 다른 한 문인 서문으로 향했다.

'아무래도 아무것도 발견되지 않은 곳이 가능성이 높겠지?'

그리고는 골목길을 사용해서 서문으로 향했다. 사실 이 차림새, 그러니까 NPC로 알려져 있는 차림새로 한 이유는 유저들과 어느 정도 같이 움직이기 때문이다.

혼자서 사냥터를 찾아다니다가 죽고 싶지는 않으니까. 아무래도 NPC라고 알려진 특성을 이용해 서문 밖에서 사냥하는 유저들만 끌어 모으기 위해.

그렇게 해놓고 새로운 사냥터를 발견하지 못하면 좀 난감하긴 하지만, 은신을 사용해서 사라지면 되니 별 문제 없다고 생각했다. 뭐, 그렇게 되어서 유저인 것을 알아차려도 상관없고.

골목길 사이사이를 지나가다가 서문 바로 옆으로 나갈 수 있는 골목길의 입구가 보이자 모자가 제대로 눌러씌워져 있는지를 확인한 후 서문을 향해 직선으로 뻗은 대로로 나갔다.

골목길에서 나온 나를 놀란 눈초리로 쳐다보는 몇몇 유저들의 시선이 느껴졌지만 사뿐히 무시하고 서문을 통과해서 서문 앞에 있는 들판으로 나갔다. 들판에서 토끼를 잡고 있는 유저들 중에 한 유저가 문득 날 쳐다보더니 놀란 목소리로 말했다.

"어어? 도적 NPC다!"

그 목소리가 꽤나 컸기에 그 주변의 유저들이 나를 쳐다보았지만 신경 쓰지 않고 그냥 직선으로 쭉 걸어갔다. 일부러 약간 느린 걸음으로 걸어서 뒤의 유저들이 따라올 수 있게.

역시나 잠깐 시간이 흐르자 토끼를 잡던 유저 몇 명이 호기심 어린 표정으로 내 뒤를 따라왔다. 서문에서 날 본 유저 몇 명도 마찬가지였다. 나는 내 예상대로 되어감에 모자 안에서 흐뭇하게 미소 지었다.

그렇게 쭉 걸어가자 늑대가 있는 서쪽 숲이 보였고, 나는 잠깐 멈췄다가 다시 걸어나갔다.

'늑대가 있으면 좀 싫은데. 하긴, 내 레벨에 늑대는 이제 쉽게 잡겠지만… 그래도 늑대한테 목을 물리면 레벨에 관계없이 거의 죽으니까 조심해야지.'

그렇게 생각하고 걸어나가는데 늑대를 잡으려고 파티를 맺은 몇 무리가 눈에 들어왔다. 한참 사냥 중인 듯 늑대 두 마리와 싸우고 있었는데 나는 그들은 보다가 오른쪽으로 약간 틀어서 걸어나갔다.

그리고 다시 유저들이 파티를 맺고 늑대를 잡고 있으면 다시 왼쪽으로 걸어나갔고, 유저들이 늑대들을 잡고 있을 때마다 방향을 반대로 해서 걸어갔다. 뒤를 돌아보니 한 2~30명 정도의 유저가 따라오고 있는 것이 보였는데, 토끼를 잡는 초보 레벨이 아닌 늑대를 잡을 정도의 레벨 유저들이었다.

아마 하던 사냥을 관두고 나를 따라오는 것 같다. 토끼를 잡을 만한 레벨의 유저들은 돌아가고.

'저 정도라면 어떤 새 몬스터가 등장해도 은신으로 슬쩍 튈 수 있겠지?'

약은 생각이라고 욕할지도 모르겠지만, 따라온 사람이 잘못한 것 아닌감? 그렇게 약간 남은 죄책감을 털면서 계속 앞으로 걷다가 문득 걸음을 멈추고 인상을 찡그렸다.

'이 장소는……'

내가 그 빌어먹을 무개념 파티원과 파티를 맺었다가 죽은 곳이다. 기분이 나빠진 나는 그곳에서 확 꺾어서 오른쪽으로 향해 걸어갔다. 뒤따라오던 유저들이 웅성거리는 것이 느껴졌지만 신경 쓰지 않고 한참을 걸었다.

한 10분을 계속 걸었을까? 지루한 표정으로 주변을 보면서 걷고 있는 내 눈에 나무에 X로 새겨진 흔적이 보였다. 가까이 다가가서 바라보니 검으로 그은 흔적 같았고, 그 흔적을 따라 나무에서 흘러나온 진액이 아직 굳지 않은 채 그대로 인 것을 보니 얼마 되지 않은 것 같았다. 이에 나는 입꼬리를 말아 올렸다.

'찾았다.'

잠시 그 표시를 보다 나는 조용히 스킬을 시전했다.

"추적."

─추적이 성공했습니다.

추적을 시전하자 엷은 연두색의 빛이 작은 발자국 모양으로 빛나고 있었다.

'…작은 발자국?'

의아함을 느끼면서 한쪽 무릎을 꿇고 그것을 자세히 쳐다보았다. 분명히 어린아이 정도의 발자국이 꽤나 무리 지어서 표시되어 있었다.

'숲 속에… 어린아이?'

고개를 갸웃거리면서 꿇었던 무릎을 펴 탁탁 털고는 엷은 연두색 빛을 따라갔다. 뒤의 유저들도 잠시 내가 취한 행동에 당황했다가 지루한 표정을 지우고 흥미가 동한 눈빛으로 걸어나가기 시작했다.

난 주의 깊게 주변을 살피면서 걸어가다가 엷은 연둣빛이 두 무리로 나눠서 간 흔적에 당황했다. 추적 스킬의 지속 시간도 끝났는지 이제 엷은 연둣빛의 빛도 사라진 상태다.

나는 두 갈래로 갈라져 버린 작은 발자국을 생각하다가 왼쪽을 선택하기로 마음먹고 그쪽으로 걸어가려고 했다. 수풀 속에서 내 쪽을 향해서 눕혀져 있는 작은… 뭐랄까, 나무 대롱만 아니었으면.

그러고 보니 수풀 사이로 나무 대롱이 꽤 여러 개가 있었다. 나는 잠시 그 대롱을 보다가 주위의 돌멩이를 하나 주어서 그곳을 향해 세게 던졌다.

무기 숙련도 중 '투척 무기류'가 상당히 올라 있는 내가 던진 돌멩이는 빠르고 정확하게 목표물에 맞았다.

딱!

돌멩이와 충돌한 나무 대롱은 움찔거리더니 속으로 들어 가 버렸다.

'…잠깐, 들어가 버렸다고? 움직여?'

내 생각을 읽은 듯 뒤쪽의 유저들이 놀란 목소리로 말하는 것이 들렸다.

"저, 저거 봐! 저거, 움직였어!"

"뭐야, 저게?"

"저게 신 몬스터야?"

'…아냐. 나무 대롱이 몬스터일 리가 없잖아? 작은 발자 국… 대롱… 설마?!'

지금까지 내가 몇 번 했던 몬스터 중 하나가 생각난 나는 망토로 내 몸을 감싸며 외쳤다.

"조심해! 독침이다!"

소리 지르기가 무섭게 수풀에서 작은 침들이 튀어나와서 유저들을 찔렀다.

"꺄악! 뭐야, 이거!"

"독침이야? 악!"

"따가워! 이거… 마비독이야!"

유저들의 목소리에 나는 혀를 차면서 망토로 몸을 가린 채 로 잠시 있다가 나무 대롱 하나가 비죽 나와 있는 수풀을 향해서 빠르게 접근했다. 그리고는 그 나무 대롱을 그대로 단검을 내질러서 잘라 버렸다.

캐, 캐애!

나는 귀에 들린 작은 괴성을 놓치지 않으며 이어서 수풀을 향해 무작정 발차기를 날렸다. 수풀을 향해 날린 내 발에 무언가 타격감이 느껴졌고, 곧바로 타격감의 비명 소리가 퍼졌다.

키이에!

내 모습을 본 침착한 몇몇 유저들이 나를 따라 나무 대롱이 나와 있는 수풀을 공격했다. 그러자 점차 유저들에게 향하는 독침이 줄어들고 결국 멈추었다.

솔직한 마음으론 수풀에서 내 발에 맞은 타격감의 정체를 알기 위해 수풀 안으로 들어가고 싶지만 적이 얼마나 되는지 모르는 상태에서는 자살 행위다.

침묵이 흐르자 한 유저가 조심스럽게 다가오더니 물었다.

"저, 저기… 방금 공격한 몬스터가 뭐죠?"

정확히 모르기에 대답을 해주지 말까 생각하다가 이 정도라면 '그것' 이 확실하기에 그냥 대답해 줬다.

"고블린."

"고, 고블린?!"

"고블린이래! 또 신 몬스터야!"

"그러게. 진짜 NPC였나 봐. 모습도 안 보였는데."

"그러고 보니 다른 게임에서 고블린이 이랬는데……. 아, 이제야 생각난다."

"나도 나도."

웅성거리면서 수다를 떨기 시작한 유저들을 보다가 어깨를 으쓱했다.

하긴, 그제야 생각나는 것이 이상한 것이 아닐지도 모른다. 다른 게임에서야 고블린은 식은 죽 먹기보다 간단하게 죽일 수 있는 허접 몬스터로 분류되어서 스킬 한 방이면 죽었으니까 신 몬스터라고 생각하지 않았는지도 모르지.

아무튼 그런 유저들을 보다가 수풀을 유심히 바라보았지만 고블린은 그냥 가버린 것 같다. 그러고 보면 지성까지 있는 고블린이 자기보다 많은 유저들을 상대로 싸움을 건다는 것이 이상한 일이다. 그에 안심하고 '은신'을 사용했다.

"은신."

그러자 나를 주시하고만 있던 몇 유저들의 당황한 목소리가 들렸다.

"어? 없어졌다!"

"진짜?"

"어디로 간 거지?"

유저들의 당황한 목소리를 귓등으로 들은 채 나는 다시 도시로 향했다. 내가 온 길은 어느 정도는 기억하고 있었으니 되돌아가는 것은 별 문제가 없었다. 나는 도시로 가는 도중에 히죽 웃으며 생각했다.

'아무리 힘을 세게 주었다지만 발차기에 비명을 지를 정도라면 그리 강한 것은 아니야. 하지만 늑대들이 사는 곳보다 더 깊숙이 있으니까 늑대보다는 강하겠고, 무리로 있는 것은 확실하고… 헤헤, 어쨌든 사냥터 하나 더 찾아냈네. 기분 괜찮은데?

가벼운 걸음으로 간 나는 도시에 도착하자마자 로그아웃한 후 홈페이지에 글을 올리고 잠에 빠졌다. 아마도 고블린이 어느 정도면 잡을 수 있는지는 내가 잠을 잔 뒤 홈페이지에 누군가가 착실히 올려줄 터이니, 지금 나는 부족한 잠을 푹 자두기로 했다.

[고블린 등장. 작성자:도적.]

잠에서 깨어 홈페이지에 올라온 글을 읽은 후 아쉬드르에 접속했다. 오늘 접속 제한 시간을 다 사용하지 않은 채로 로그아웃했기 때문에 다시 접속이 가능했다.

─아쉬드르에 오신 것을 환영합니다.

그 소리에 눈을 떴다. 그러자 사람이 없는 한적한 골목길에서 로그아웃했기 때문에 다시 로그인된 곳도 한적한 골목길이었다.

골목길에서 나온 나는 '소나기 단망토'를 벗어 인벤토리에 넣어둔 망토를 꺼내 착용한 후 망토에 달린 모자를 쓴 후 광장으로 가면서 생각했다.

'고블린들의… 특징이 보통 3~4마리씩 같이 움직이고, 아이템은 유저가 쓸 만한 것으로 주로 떨어뜨리고.'

다른 게임에서의 고블린의 특징을 떠올리던 나는 고개를 끄덕였다. 만만해 보였던 고블린. 그것을 보면 일 대 일로는 문제없이 잡을 것 같다. 3~4마리가 같이 움직인다는 것이 문제지만.

'그거야 파티를 하면 되니까. 그런데 고블린 가죽이 곰 가죽보다 질기지는 않겠지?'

그렇게 생각을 마치자 광장이 눈앞에 보였다. 생각하는 사이에 도착했나 보다. 광장에 있는 유저들을 쳐다보는데 아직까지는 거미 파티랑 늑대 파티가 압도적으로 많은 수를 차지하고 있었다.

'고블린 파티가 있으려나? 내가 글을 올릴 때 곰보다 약하다고 올렸으니까 있을 것 같기는 한데.'

기대하는 눈빛으로 살펴보는데 과연 한 남자가 파티를 모으려는지 큰 목소리로 외치고 있는 모습이 보였다.

"고블린 사냥하시려는 분!"

그 모습에 쪼르르 그 남자를 향해 가자 그쪽도 나를 발견했는지 밝은 표정으로 쳐다보았다.

'저러다가 아니면 어쩌려고 그러는 걸까? 옆으로 슬쩍 지나쳐 버릴까?

잠시 짓궂은 생각이 떠올랐지만 다가온 그 남자는 내가 무슨 생각을 하는지도 모른 채 밝게 웃으면서 말을 건넸다.

"고블린을 사냥하시려고 하는 분이죠?"

"예. 도적이고 레벨은 32입니다. 스노라고 부르시면 됩니다."

"예? 스노요?"

놀란 눈빛으로 쳐다보자 의아하게 바라보았다. 그러자 남자는 잠깐 머리를 긁적이다가 나를 보며 물었다.

"혹시 곰 파티를 갔던 스노님이 맞죠?"

"…맞습니다만…….."

"오! 그때 레벨 업을 하신 거군요?"

그렇긴 한데 말이지, 댁, 어떻게 나를 알고 있지? 남자는 나를 싹 무시한 채 자기 할 말만 했다.

"이야, 그 스노님을 볼 줄은 몰랐네요. 님 이후로 가명 쓰는 유저가 꽤 늘은 것 아세요? 하하, 모르시려나? 하긴 가명 쓴 유저하고 파티하기는 웬만해서는 좀 꺼리니까요. 사실 그때 이후로 본 사람이 없어서 실패했다고 생각했는데… 성공했군요? 축하해요."

"…예에. 감사합니다만 파티 신청을…….."

간신히 감사하다고 말한 뒤 서둘러 파티만 맺고 뒤에서 기다리기 위해서 먼저 파티 신청이란 말을 꺼냈다. 왠지 이 남자, 살살 긁는 것 같은 느낌이어서 별로 마음에 들진 않았지만 일단 파티를 해야 됐기에 꾹 참았다. 내 말에 그 남자는 깜빡했다는 시늉을 하면서 미안한 표정으로 말했다.

"하하, 죄송합니다. 제가 좀 말이 많은 편이어서……. 저는 에디스라고 합니다. 직업은 전사입니다. 레벨은 28이죠."

네 소개가 아니고 일단 파티 신청을 하자니까!

"…파티 신청을 부탁드립니다만……."

"아차차! 정작 중요한 것을 빼먹었군요. 스노님께 파티 신청."

―에디스님께서 파티를 신청하셨습니다.

"수락."

― '고블린의 독침을 모으자!' 파티에 가입되셨습니다.

파티의 이름이 고블린의 독침을 모으자?

'퀘스튼가 보네. 부럽군.'

살짝 입맛을 다시며 눈앞에 뜬 파티창을 쳐다보았다.

'나 말고도 한 명 더 있네. 이름이… 시에클, 사제, 레벨 26. 으음, 좀 낮긴 하지만 어차피 회복 쪽만 맡으면 되니까.'

그렇게 생각하면서 에디스에게 시선을 돌렸다. 파티창에 뜬 파티원에 대한 간략한 정보만으로는 시에클이란 사람이 어디에 있는지 알 수 없었기 때문이다.

"에디스님, 시에클이란 분은 어디 있죠?"

"잠깐 잡화점에… 아, 저기 오는군요! 시에클!"

에디스는 친근한 어투로 시에클이란 사람을 불렀고, 나도 시선을 이동해서 뛰어오고 있는 한 사제 복장을 한 여성 유저를 바라보았다. 꽤나 귀엽게 생긴 여자 아이였는데 나보다 어려 보였다. 내 동생 또래쯤으로 보이는 외모였으니까.

여기까지 뛰어왔는지 숨을 가쁘게 내쉬었다. 그 모습에 에디스는 난처한 웃음을 짓더니 물었다.

"괜찮니?"

"으응. 괜찮아, 오빠."

'…오빠?'

나이 차가 다섯 살 정도 나는 것 같은데……. 잠깐 고민하다가 에디스에게 물었다.

"에디스님, 친남매 사이인가요?"

"예? 네. 그런데 왜 그러시죠?"

'전혀 안 닮아서.'

솔직하게 말할 수는 없어서 그냥 가볍게 고개만 저었다. 시에클은 왠지 약해 보이는 이미지를 가지고 있는 반면 에디스는 능글맞은 느낌을 준다.

'성격 차이가 꽤 나는 남매군.'

특이한 남매인 것은 분명했다. 나도 남 말할 처지는 못 되지만. 시에클은 잠깐 머뭇거리다가 수줍게 웃으면서 다가와 자신을 소개했다.

"저, 제 이름은 시에클이고 사제예요. 레벨은 26이구요."

이미 파티창을 봐서 다 아는 사실이지만 그냥 고개를 끄덕이고 나도 간단하게 소개했다.

"이름은 스노라고 부르면 되고, 도적, 레벨은 32… 입니다."

잠깐 반말을 할까도 생각했지만 아무리 어리다고 해도 허락도 받지 않은 채 반말하기는 조금 뭐해서 존댓말을 해줬다. 그에 시에클은 고개를 끄덕이더니 에디스 옆으로 쪼르르 가서 달라붙었다.

그 모습이 잘 챙겨주는 오빠와 여동생의 표본같이 보여서 잠깐 쳐다보다가 픽 웃었다.

저 모습과 집에서 서로 툭탁거리는 내 여동생과 나 사이가 완전히 다르게 보여 이질감이 느껴졌기 때문이다. 좀 부럽기도 하고.

아무튼 그렇게 한 10분이 지나도 더 이상 파티에 오려는 사람이 없자 에디스는 이 파티원으로 괜찮냐고 물었고, 나는 상관없다고 대답했다. 그래서 결국 셋이서 고블린이 나오는 곳으로 향했다.

"여기가 고블린이 나오는 사냥터를 표시하는 곳이라더군요."

에디스는 나무에 X자로 표시된 곳을 친절하게 가리키면서 말했다.

'나도 아는데 말이지.'

그러나 특별히 말하지 않고 고개만 끄덕인 후에 에디스를 쳐다보자 에디슨은 잠시 무안한 듯 웃다가 앞으로 향했다. 시에클은 잠시 내 눈치를 살피다가 에디스의 바로 뒤에 붙어 가려는 것을 내가 어깨를 잡았다.

"…시에클님, 사제인데 전사 바로 뒤에 있어도 되는 건가요?"

"넵? 네에, 죄송해요."

시무룩해지더니 곧 내 뒤로 돌아갔다. 아까부터 내가 틱틱거리는 것은 이것 때문이다. 도대체 사제가 전사 뒤에 달라붙어서 뭐 하려는 건데? 몇 번이나 말해도 금세 에디스의 옆에 찰싹 붙으려고 하니 열이 받는다. 브라더 콤플렉스냐? 아까 물었더니 아니라면서? 이게 브라더 콤플렉스가 아니면 뭔데?

'기껏 한 파티는 이제 브라콤인 여자 애냐?'

정말 다 때려치우고 싶은 기분을 느끼면서 차마 여자 애를 노려볼 수가 없어서 매섭게 에디스의 뒤통수를 노려보았다. 괜한 화풀이지만 이렇게라도 하지 않으면 속이 답답해서 도저히 안 될 것 같은 기분 때문이다.

솔직히 저 녀석도 문제이긴 하다. 아무리 자기 동생이라도 그렇지 사제로서의 본분을 망각하면 따끔하게 말하란 말이야!

배실거리면서 웃으며 넘어가니까 자꾸 저러는 거라고. 아아, 이러다가 진짜 이 남매에게 안 좋게 기억되겠군. 흐, 어차피 한 번 스쳐 가는 인연이니까 별 상관은 없지만.

"잠깐만요. 저기 대롱이 보입니다."

갑자기 앞서 가던 에디스가 조용히 허리의 검을 잡으면서 내게 그렇게 말했다. 그에 시선을 따라 옮기니 나무 대롱 두 개가 수풀 밖으로 삐죽 튀어나와 있었다. 그 모습에 나는 '은신' 을 쓰려다가 잠깐 멈췄다.

"제가 시선을 끄는 스킬이 있는데… 한번 써봐도 될까요?"

내 물음에 나를 쳐다보며 잠시 고민하더니 고개를 끄덕였다. 그에 나는 인벤토리 창에서 주머니 하나를 꺼내 양손으로 잡은 후 스킬을 시전했다.

"혼란."

스킬이 시전되자 주머니에 잠시 푸른빛이 감돌다가 사라졌다. 나는 그 주머니를 수풀 뒤쪽으로 던졌다. 의아한 눈초리로 내 행동을 보던 에디스는 주머니가 수풀의 뒤쪽으로 사라지자마자 들리는 소리에 당황했다.

키에! 키에에엑!

캑! 캐애애애애!

그와 동시에 한 손에 나무 대롱을 든 고블린이 수풀에서 튀어오더니 수풀을 향해 나무 대롱을 겨눈 채 독침을 날렸다. 그 모습을 에디스는 이해가 안 간다는 듯이 바라보았고, 나는 휘파람을 불었다.

'생각보다 쓸 만하네.'

그렇게 생각한 후 멍청하게 있는 에디스를 툭 치며 말했다.

"공격 안 해요?"

그러자 정신을 차린 듯 고블린을 향해 빠르게 가더니 스킬을 시전해 공격했다.

고블린들은 갑자기 뒤쪽에서 기척이 감지되자 무척 흥분한 듯 에디스가 가까이 다가가 한 녀석의 목을 단번에 잘려버릴 때까지도 흥분해서 엉뚱한 방향으로 독침을 날렸다.

물론 한 녀석이 죽자 에디스에게로 독침의 방향을 바꿨지만 이미 상황은 끝났다.

고블린을 처치한 에디스는 나를 감탄한 눈으로 쳐다보았다.

"대단하군요. 무슨 스킬이죠?"

"음, 적을 혼란에 빠뜨리는 것… 정도. 한계는 있는데 고블린들은 지능이 낮아서 그런지 쉽게 걸리네요."

"호, 연속으로 할 순 없나요?"

"당연히 없습니다."

내 대답에 잠깐 말을 이해 못한 듯 어색하게 웃더니 고블린이 사라지고 떨어뜨린 아이템을 가져왔다. 나는 그 아이템을 들고 스킬을 시전했다.

"감정."

[조악한 나무 대롱]

공격력:2—3

내구력:7/10

조악하기 그지없는 약간 긴 나무 대롱. 독침을 날릴 수 있지만 가벼운 충격에도 부서질 것 같다.

고블린들도 참 불쌍하게 사는구나. 나는 말없이 에디스에게 아이템을 넘겨줬고, 그는 잠시 침묵하더니 말했다.

"일단 이것은 제가 갖고, 다음에 다른 것이 나오면 스노님께 우선권을 드리겠습니다."

"예."

그렇게 정한 후 다시 앞으로 천천히 나아갔다. 돈이 없어서 한 개에 20쿠퍼나 하는 냄새 주머니를 세 개밖에 사지 못했기에 앞으로 혼란은 좀 아껴 써야겠다.

아까는 실전에서 어떤지를 보기 위해 시험용으로 쓴 거니까. 다시 한 번 에디스의 뒤에 붙으려고 하는 시에클을 잡아서 뒤로 보낸 후 앞으로 나아갔다.

어느 정도 앞으로 나아간 후 다시 한 번 에디스가 멈췄다. 하지만 이번에는 수풀 어디에도 대롱은 보이지 않았다. 의아한 눈초리로 쳐다보자 에디스는 난처한 표정으로 웃으며 말했다.

"길을 잃었는데 어쩌죠?"

"……."

저 자식, 한 대 칠까?

우리는 왔던 길로 되돌아가고 있었다. 다행히 내가 추적 스킬이 있는 덕분에 우리가 고블린을 잡았던 그곳까지 다시 되돌아올 수 있었다. 그곳까지 되돌아온 나는 살벌한 눈초리로 에디스를 쳐다보았고, 에디스는 슬쩍 시선을 피했다.

시에클은 여기까지 오는 그새를 참지 못하고 에디스의 등 뒤에 찰싹 달라붙어 있었다.

'…시에클은 이제 그렇다고 쳐도 오빠는 길치냐?'

직선으로만 가면 되는 길을 잘못 갈 수가 있는지 이를 갈았지만 내 책임도 일부 있기에 별다른 말은 하지 않았다. 원래 다른 사람도 같이 길을 찾으면서 가는 건데 다른 생각을 잠시 하느라고 길에 신경을 쓰지 않았기 때문이다.

그래도 이곳에서 직선으로 쭉 가면 그때의 양 갈래 길이 나오는 곳에 도착할 수 있는데, 여기서 길을 잃은 것은 솔직히 너무했다. 한숨을 내쉬면서 에디스에게 말했다.

"제가 앞서서 가겠습니다. 두 분은 그냥 뒤에서 사이좋게 오세요."

"예? 에, 괜찮겠어요? 만약 공격을 당하면 체력이 약한 도적은 별로 안 좋을 텐데."

"괜찮습니다. 그냥 따라오세요."

별로 좋지 않아도 너를 앞에 세우는 것보다는 훨씬 낫다는 말을 차마 입 밖으로 꺼내지 못하고 나는 휘적휘적 걸어갔다. 그렇게 앞으로 걸어나가자 두 갈래 길이 나왔다.

'그때 나는… 왼쪽으로 갔었지.'

이번에는 오른쪽으로 갈 생각으로 오른쪽으로 걸어갔다.

"어? 그쪽이 아닌데요?"

"괜찮아요. 이쪽으로도 가보자구요."

"그, 그렇지만……."

뒤에서 뭐라고 말하는 그를 무시한 채로 걸어나갔다. 에비스는 포기했는지 더 이상 별말 않고 얌전히 따라오고만 있었다. 주변에 대롱이 있는지 없는지 살펴보면서 전진하고 있던 나는 순간 내 눈앞에 보인 광경에 그저 멀뚱멀뚱 쳐다만 보았다.

갑자기 멈춘 나를 의아하게 쳐다보던 에비스 또한 시선을 앞으로 향했다가 그대로 침묵했다.

"어, 그러니까… 저거, 음… 뭘까요?"

"글쎄요. 부락인 것 같은데, 꽤나 많네요."

'…네 눈엔 저게 '꽤나' 냐?'

한 원시적인 부락이 보였는데, 거기에서는 얼핏 봐도 약 50마리 이상의 고블린이 활발하게 움직이고 있었고, 꼴에 2m 높이의 금방이라도 쓰러져 버릴 것 같은 초소에서는 고블린 한 마리가 졸고 있었다.

역시 지능이 딸리는 고블린은 어쩔 수 없군. 만약 저 녀석이 깨어 있다면 우리를 발견했을 텐데 말이지. 나는 미련없이 다시 뒤로 돌았는데, 순간 에비스와 시에클이 사라진 것을 발견했다.

"어디 갔지?"

두리번거리면서 그들을 찾았는데, 그때 뒤에서 고블린의 비명 소리가 들렸다.

캐애애애애! 캑!

아니겠지? 아닐 거다. 설마 달랑 세 명으로 고블린 50마리에게 싸움을 거는 멍청이가 존재할 리는 없으니까. 그래, 그런 멍청이는 존재할 리가 없다.

"흐아압! 베쉬!"

왜 존재하고 있는 거냐고?! 하필이면 내가 파티원으로 있는 놈 중 하나가! 창백하게 질린 얼굴로 뒤를 돌아보자 그 금방이라도 쓰러져 버릴 듯한 초소가 무너져 있고, 고블린의 시체 한 구와 시에클과 에비스가 내 눈에 들어왔다.

그리고 고블린이 죽으면서 지른 비명 때문에 그 초소에서 가까이 있던 고블린 몇 마리가 그쪽을 쳐다봤다. 그러자 고블린들은 각자 자신들의 조악하기 그지없는 무기들을 꺼내며 외쳤다.

케케에에에!

키에!

케에에!

나는 모여드는 고블린의 모습에 당황한 에비스와 시에클의 모습을 보다가 눈물을 머금고 주머니 하나를 꺼냈다.

"혼란!"

그리고는 최대한 고블린들의 눈길을 끌 수 있는 방향으로 힘껏 던진 후 무슨 일이 일어나는지 돌아보지 않고 말했다.

"에비스! 시에클! 튀어요!"

"아, 네에!"

"헉! 예!"

내 말에 대답하는 소리가 들렸지만 난 그들을 보지 않고 그냥 온 힘을 다해서 내달렸다. 그런데 달리는 도중 옆의 나무에 탁 부딪친 나뭇가지를 스치듯 지나가며 보았다.

'화살?'

순간 픽, 웃었다.

"하! 이게 화살이야? 차라리 돌멩이를 던지는 게 낫겠네."

약간 큰 목소리로 그렇게 말했다. 정말 화살이라고 부르기 미안할 정도로 조악하다 못해 부실했지만, 형상 자체만은 화살이 분명했다.

맞춘다고 해도 별 느낌이 없을 것 같은 화살이랄까? 차라리 돌멩이라면 이 조악하기 그지없는 화살보다 충격감이라도 더할 것 같았다.

키에에에!

키익!

왠지 그 소리에 고블린들의 소리가 좀 더 거칠어진 것 같은 느낌은 착각인가?

'착각이겠지?'

그렇게 생각하면서 앞을 보자 두 갈래로 갈라졌던 그곳이 보였다. 거기에서 조금만 더 걸어가면 고블린의 영역을 벗어난다.

'조금만 더……!'

감격스러움에 더욱 힘차게 다리에 힘을 주려는 순간 다리에 따끔한 느낌이 든 동시에 기계음이 들려왔다.

―미약한 마비독에 중독됐습니다.

저릿한 다리에 힘이 빠져 비틀거리는 순간 다시금 팔에 따끔한 느낌이 들었다.

―미약한 마비독에 중독됐습니다.

그리고 몸이 전체적으로 굳은 동시에 수많은 기계음이 귓가에 메아리치듯이 울렸다.

―미약한 마비독에 중독됐습니다.

―미약한 마비독에 중독됐습니다.

―미약한 마비독에 중독됐습니다.

―미약한 마비독에 중독됐습니다.

'자, 잠깐…….'

그와 동시에 어깨에 무언가 약간 충격이 전해졌다. 마비독 때문에 움직여지지 않는 고개를 애써 움직여서 어깨를 쳐다보았다.

"화… 살……?"

그러면서 무의식 중에 고개를 더 돌리자 묵직한 것들이 날아왔다.

픽!

픽! 퍼퍼벅!

퍼퍽!

팍!

딱!

'…돌멩이…….'

마지막으로 그렇게 생각하면서 눈앞이 어둡게 변하는 것이 느껴졌다. 나를 울리는 수많은 돌멩이들의 느낌을 온몸으로 맛보면서 나는 마지막으로 생각했다.

'…이… 이럴 줄… 알았으면 비웃지나 말걸…….'

―사망하셨습니다. 사망 페널티로 인해 24시간 동안 접속하실 수 없습니다.

나는 축 늘어지려는 팔에 애써 힘을 넣으면서 고글을 벗었다. 허망했다. 기껏 캐릭터가 그럭저럭 강한 편이라고 생각될 때에 돌에 맞아 죽어버리다니.

한심하기도 했고 열받기도 했다.

'정말이지… 칼 맞아 죽은 것도 아니고 돌에 맞아 죽다니. 너무하잖아!'

한숨이 절로 나왔다. 왠지 아쉬드르를 하면서 한숨이 늘은 것 같은 기분은 착각이 아닐지도. 나는 고글을 침대 옆의 서랍에 올려놓은 채 힘을 빼고 침대에 누웠다. 그리고 천장을 보면서 생각했다.

'복수하고 싶은데… 복수해야 하는데… 어떻할까나. 부락인 것을 보니까 전부 합하면 100마리 정도는 있을 것 같고. 으음, 뭐… 어쩔 수 없지. 왼쪽 길에서나 사냥해야겠다. 에휴! 돌에 맞아 죽은 것은 좀 충격이지만, 게임하다 죽은 건데 어쩌겠어.'

그렇게 마음을 정리하고 안정을 찾으면서 나는 고개를 폭신한 베개에 푹 묻었다. 그러자 정신적인 피로가 누적되어서인지 잠이 몰려왔다.

―아쉬드르에 오신 것을 환영합니다.

무뚝뚝한 기계음을 들으면서 눈을 뜨자 광장의 모습이 눈에 들어왔다. 접속하자마자 일단 상태창을 열어서 레벨이 몇이나 떨어졌는지 확인했다.

이름:스노드롭

직업:도적

레벨:31 HP:100% MP:100% EXP:57%

힘:25 민첩:52 체력:30 지능:15 지혜:15

"…1 떨어졌군. 다행이네."

그래도 1밖에 떨어지지 않아서 다행이다. 만약 레벨이 3 이상 떨어졌다면 무척이나 슬펐을 거다.

레벨이 30 위로 올라간 이상 그 아래로는 떨어지고 싶지 않아서 말이야. 상태창을 보며 안심한 후 인벤토리를 열었다.

"어디 보자… 음, 음, 최하급 마비독 두 개, 희석된 소형 체력 포션 한 개, 미약한 해독 포션 한 개, 냄새 주머니 한 개, 소나기 단망토, 기타 잡다한 아이템 몇 개……?"

뭔가 좀 허전하다. 뭔가 잊은 것 같은데? 고개를 갸웃하면서 다시 인벤토리를 확인했는데 역시나 뭔가가 빠진 것 같은 기분이 들었다.

그러다가 그 빠진 무언가를 확인하곤 머리 속에서 벼락이 치는 것 같은 착각이 들었다.

"···그, 그물 침대······."

부들거리면서 인벤토리를 재차 확인했지만 아쉬드르에서 처음으로 대박 맞은 그 아이템이 사라져 버렸다.

"이, 이럴 수가······."

정말 주저앉고 싶은 기분을 느끼면서 비틀거렸다. 거미줄 그물 침대를 떨어뜨리다니! 정신이 아득해지는 것을 느끼면서 광장의 벤치에 비틀거리며 다가가 주저앉았다.

광장에서 주저앉을 수는 없는 일이었으니까. 벤치에 앉자마자 다리에 힘이 완전히 풀리는 것을 느끼면서 고개를 푹 숙였다.

"······."

진짜 눈물이 나올 것 같다. 왜 하필이면 거미줄 그물 침대지? 어째서? 다른 것도 많잖아!

'아쉬드르··· 관둬 버릴까? 이 게임을 하는 도중에 운 좋은 일이 어째서 한 번도 없는 거야?!'

정말 아쉬드르를 관두고 다른 게임에서 고렙을 목표로 새로운 출발할까, 진지하게 생각하는데 내 앞을 어떤 유저 둘이 대화를 하면서 지나갔다.

"어? 정말?"

"그렇다니까. 진짜 황당했어. 내가 떨어뜨린 아이템을 고블린이 들고 있다니."

"이야~! 인간형 몬스터는 유저가 떨어뜨린 아이템을 사용

할 수도 있는 건가?'

그 말에 고개를 번쩍 들고 그 유저에게 다가가서 물었다. 그 유저는 갑자기 다가간 내 모습에 약간 당황한 눈초리로 보았지만 신경 쓰지 않고 물었다.

"진짭니까?"

"예, 예?"

"진짜로, 진짜, 정말 유저가 떨어뜨린 아이템을 고블린이 씁니까?"

"예? 예. 정… 말이긴 한데……."

얼떨떨한 얼굴로 대답하는 유저의 모습은 이미 눈에 들어오지 않았다. 오직 유저가 떨어뜨린 아이템을 고블린이 쓴다는 소리만 귀에 울려 퍼졌다. 나는 잠시 부르르 떨다가 그 유저의 손을 잡고 말했다.

"감사합니다!"

"예?"

어이없다는 듯한 말투로 반문했지만 이미 그의 안중엔 아무것도 들어오지 않았다. 잽싸게 광장에서 빠져나와 근처의 한적한 골목길로 들어온 나는 손으로 벽을 짚은 채 음침하게 중얼거렸다.

"후… 후후후, 고블린이 유저가 떨어뜨린 아이템을 쓴다면… 거미줄 그물 침대도 있을 거야. 그래, 그럴 거야."

하지만 그 수많은 고블린 중에 누가 거미줄 그물 침대를 사용하는지 어떻게 알 수 있겠는가? 천상 그곳의 모든 고블린을 없애야 한다.

"부락 한 개… 고블린 100마리… 후후후, 그 정도는…….."

음침하게 웃은 나는 인벤토리에서 소나기 단망토와 닳아 해진 망토를 바꿔 입고는 모자를 눌러썼다.

"…다 쓸어버리겠어."

'거미줄 그물 침대를 위해서!'

속으로 굳게 결심하면서 중얼거렸다. 아쉬드르에서 처음으로 대박 맞은 아이템, 그 아이템을 위해서!

그러고선 소나기 단망토의 모자를 깊게 눌러쓴 나는 눈을 빛냈다. 그렇게 집착의 화신 복수극은 막을 올렸다.

"어?"

한 유저는 눈을 크게 뜬 채로 한곳을 쳐다보았다. 옆에 있던 유저가 왜 그러냐는 듯이 그 유저를 쳐다보자 눈을 크게 뜬 유저는 얼떨떨한 얼굴로 손가락으로 한곳을 가리켰다.

"저기… 그 도적 NPC 아니야?"

"뭐? 어? 진짜잖아?"

그 둘을 시작으로 주변의 유저들이 웅성거렸다. 현재 특수 NPC로 알려진 도적 NPC가 도시에 등장했다. 이것은 뭔가 특별한 퀘스트의 시작일지도 모른다.

유저들은 서로를 쳐다보았고, 조심스레 도적 NPC를 따라 광장으로 향했다. 도적 NPC는 광장에 도착하자 주변을 두리 번거렸다. 깊이 모자를 눌러썼기 때문에 잘 보이진 않았지만 간신히 보이는 입이 씨익, 호선을 그리는 것이 느껴졌다.

그 웃음을 본 몇몇의 유저는 알 수 없는 오싹함에 몸을 떨었다. 왠지 모를 불길함을 느꼈기 때문이다.

광장에 있던 유저들도 도적 NPC를 보면서 웅성거렸다. 도적 NPC는 주변을 두리번거리다가 광장 중앙에 있는 작은 분수대 위로 가볍게 올라갔다. 가볍고도 빠른 몸놀림에 주변의 유저가 '와아' 하면서 감탄했다.

도적 NPC는 분수대 위로 올라가서 모여 있는 유저를 잠시 돌아보더니 말했다.

"방랑자 여러분, 잠깐 이곳을 주목해 주십시오."

그 말에 유저들이 웅성거렸다. 분명히 '방랑자' 라고 칭한 것이 NPC라는 것이 맞다는 반응이다. 하지만 아직 몇몇 유저들은 의심스러운 눈초리로 쳐다보고 있었다.

"저의 이름은 루피너스. 어둠의 길을 가는 자입니다."

유저들은 반짝이는 눈빛으로 그다음 말을 기다리고 있었다. 도적 NPC, 아니, 루피너스는 그 모습에 슬쩍 웃더니 말을 이어 나갔다.

"저는 방랑자 분께 부탁할 것이 있어서 찾아왔습니다."

'부탁할 것' 이 있다는 말에 유저들은 속으로 '퀘스트' 를 외치면서 즐거워했다. 그 모습에 루피너스는 싱긋 웃었다.

"…만, 그전에 여러분의 실력을 확인하려고 합니다."

실력을 확인한다는 말에 의아한 눈빛으로 그를 쳐다보자 그는 서쪽을 향해 살짝 몸을 움직이면서 말했다.

"일렌의 서쪽 숲에 고블린이 있다는 사실은 아실 겁니다. 거기에서 제가 안내한 두 갈래 길 중 오른쪽으로 가시면 고블린의 부락이 있습니다."

그때 왼쪽으로 간 바람에 오른쪽으로는 가지 않았던 유저들은 서로 웅성거렸다.

"그 부락에는 총 약 100마리 정도의 고블린이 있습니다. 그 고블린 중에 저의 소중한 것을 가져간 빌어먹… 아니, 고블린이 있습니다."

그 말에 유저들은 혀를 차거나 투덜거리면서 놀람을 표했다.

"배, 백 마리?!"

"그걸 어떻게 잡아?"

"헐……."

그러자 유저들을 달래려는 듯 루피너스는 부드럽게 말을 이어갔다.

"걱정 마십시오. 꼭 전부 다 잡을 필요는 없습니다. 단지 제 소중한 것을 가져간 그 고블린을 찾아 그 물건을 가져다주시면 됩니다."

"저기, 소중한 그것이 뭡니까?"

루피너스의 말에 한 유저가 손을 들고 물어오자 루피너스는 선생이 학생을 가르치듯이 상냥한 어조로 말을 이으면서 사라졌다.

　　"그 물건을 보시면 알게 될 겁니다. 그 물건을 찾으신 분은… 어둠 속에서 꽃이 피는 곳으로 저를 찾아 오십시오."

　　"아앗! 사라졌다!"

　　"어디로 갔지?"

　　유저들은 그렇게 한동안 수군거리다가 흩어져 갔다.

　　'휴, 이제 다 흩어진 것 같군.'

　　은신을 사용한 채로 분수대 위에 쪼그리고 앉은 나는 속으로 안도의 한숨을 내쉬었다. 유저의 특성상 퀘스트를 줄 수 없기에 시험해 본다는 식으로 말해서 찾아 오라는 것이었다.

　　'뭐, 재주껏 말이지. 소중한 것이 나도 뭔지 모르는데 줄 수 있을 리가 없잖아? 비슷한 것을 찾았다고 해도 날 찾을 수도 없을 텐데.'

　　어둠 속에서 꽃이 피는 곳으로 찾아 오라고 해봤자 실제로 그 장소가 있을 리 만무했다. 대충 어렵고 멋스러운 말로 꾸며낸 허상의 장소였기 때문이다.

　　'…진짜 어둠 속에서 꽃피는 곳이란 장소가 나중에 등장하는 건 아니겠지? 그럼 좀 난감한데 말이지.'

　　그럴 리는 없다고 생각하며 은신을 시전한 채로 슬쩍 분수대 아래로 내려간 나는 히죽 웃었다.

"훗, 고블린, 씨를 말려주마."

실제로 게임인 이상 계속 등장하겠지만. 나는 악마나 지을 것 같은 음침한 미소를 지으면서 아쉬드르에서 로그아웃했다.

아무리 고블린 한 마리만 찾아서 소중한 것을 찾아오라고 했지만 기본적으로 고블린을 잡을 수 있는 유저는 20대 후반에서 30 이상이다. 그래서 최근에야 고블린 파티가 생긴 상황이기 때문에 마무리 작업이 필요하다.

이번에 자신이 고블린을 잡는 방향으로 유도하기는 했지만 한계가 있으니까.

'고블린, 내 거미줄 그물 침대를 찾을 때까지 무한 척살이다!'

물론 도중에 유저가 가져갔다면야 말이 다르겠지만.

"으흐흐흐."

음흉스러운 웃음소리가 울려 퍼졌다.

아쉬드르에서 나간 나는 홈페이지에 글을 올렸다. 내가 올리면 '도적' 이란 이름으로 오르기 때문에 동생을 꼬드겨 아이디를 새로 만든 후 동생의 아이디로 올렸다.

[루피너스의 시험! 님들 여기 클릭! 작성자:/크레이지/ 여동생.]

님들, 광장에서 루피너스란 NPC가 한 말 아시죠? 그런데 고블린을 잡는 것은 고렙만 가능하잖아요?

그럼 고렙만의 퀘스트가 되어버리잖아요. 그럼 좀 그렇죠?

그러니까 X월 X일 X시에 광장에 모여 다 같이 가는 건 어때요? 아무리 고블린이라도 다굴 치면 죽지 않고 배기겠어요? 유저가 200명 정도만 모여도 어느 정도 잡을 순 있을 거예요.

그리고 소중한 것, 아마도 제가 보기에는 액세서리류 같은데 님들 생각은 어때요? 뭐, 아님 단검 같은 것 같기도 하고. 아무래도 도적 NPC잖아요.

물론 200명 가지고는 불가능할 것 같다고 개인적으로 생각하지만… 뭐, 그래서 '어느 정도' 란 말까지 붙여준 것이 아니겠는가? 더불어서 소중한 것을 '액세서리' 나 '단검류' 쪽으로 자연스럽게 생각하도록 유도했다. 물론 그렇게 생각하지 않는 사람들도 많을 것이고, 내가 NPC 흉내를 내며 말한 것 자체를 미심쩍어하는 사람들이 여전히 있을 테지만… 광장의 반응을 보니 꽤 많은 사람들은 그대로 믿는 것 같기에 나는 슬쩍 입꼬리를 올리며 웃었다.

"그날이 기다려지는군."

드디어 X월 X일 X시.

난 두근거리는 마음으로 아쉬드르에 접속했다. 좀 전까지만 해도 많은 수의 리플이 '좋아요!', '님아, 낚는 거 아니죠? 낚는 거면 죽이겠삼', '오옷! 다굴 치자!' 같은 긍정적인 반응들이 올라왔다.

'그래, 좋아. 적어도 200명 정도만 돼라! 아니, 그 정도도 안 바란다. 한 150명만 돼라.'

눈을 빛내면서 광장으로 향했다. 소나기 단망토를 닮아 빠진 망토로 바꿔 입었기에 별 문제될 것도 없었다. 빠른 걸음으로 광장으로 간 나는 큰 소리로 웃고 싶은 것을 애써 참았다.

광장에는 평소 존재하던 파티를 구하는 사람들의 숫자를 제외하고도 족히 200명은 넘어 보이는 유저들이 서로 웅성거리면서 이야기하고 있었다.

'예스!'

속으로 쾌재를 부르면서 은근슬쩍 그 무리에 합류했지만 파티를 하지는 않았다. 나야 일단 레벨 업은 미뤄두고 그물 침대를 가진 놈만 발견하면 바로 들고 잽싸게 튈 거다.

꼭 잡을 필요도 없이 가져오기만 하면 되니까. 뒷마무리는 저 님들이 알아서 하겠지. 불가능하면 어쩔 수 없는 거고. 한동안 합류하다가 시간이 좀 지나자 한 사람이 벤치로 올라가더니 큰 소리로 외쳤다.

"님들! 우리 그냥 가죠? 글 올렸던 님은 알아서 오시겠죠. 아니면 왔는데 막상 부끄러워서 안 나타나거나!"

그 유저의 말에 여기저기서 긍정의 대답이 나오더니 광장의 유저 무리가 천천히 서쪽으로 향했다. 그 모습을 보고 나는 웃음을 참을 수 없었다.

'으흐흐흐흐, 이 정도 인원이면 어떻게든 시간은 벌겠지? 이히히, 그물 침대, 그물 침대~'

희희낙락거리면서 나도 유저들의 뒤를 따라갔다.

서쪽의 고블린 영역 안으로 들어간 유저 무리는 서서히 긴장하기 시작했다. 이 정도의 인원이 움직여서일까? 늑대들은 아주 가끔 만날 뿐 고블린의 영역에 올 때까지 별다른 문제는 없었다. 하지만 난 오히려 그게 더 이상했다. 뭔가 기분이 좋지 않다고나 할까?

'이상해… 이상해. 이상한데……. 뭔가 느낌도 안 좋고.'

이상했다. 고블린 녀석들은 부실하긴 하지만 분명히 초소를 가지고 있으니 이 정도로 진입했다면 벌써 눈치 채고 반응이 있어야 정상이다. 이미 유저가 간 적이 있는데 고블린들이 미쳤다고 다시 조는 놈을 초소에 올려 보냈을 리는 없고.

난 잠깐 침묵하다가 그물 침대를 보다 빨리 찾기 위해 선두에 있던 몸을 슬그머니 뒤로 움직여서 유저 무리의 뒤쪽에 도착했다.

그렇게 몸을 옮긴 후 약간을 더 걸어가자 양 갈래 길이 보였다. 유저들은 서로를 보다가 오른쪽으로 천천히 향했다.

아직도 고블린의 모습은 보이지 않았다. 갈수록 찜찜한 나와는 달리 주변의 유저들은 이 정도의 인원이 움직였으면 됐을 거라 생각하는지 약간 긴장이 풀어진 모습이었다.

사실 다구리에는 장사가 없는 것처럼 저렙이라도 유저 200명과 고블린 100마리가 맞붙으면 이길 거란 생각이 조금은 머리에 들어 있을 거다. 그래서 이렇게 여유가 있는 거고. 나도 별로 반대할 마음은 없다. 유저 200명과 고블린 100명이 '정면으로' 충돌한다면 가능성이 있는 것은 사실이니까.

'어디까지나 정면으로 말이지.'

그렇게 생각하는 사이 선두의 궁수 유저가 들뜬 목소리로 소리쳤다.

"저기요! 저기 있습니다. 저기 부락이 보여요!"

"오옷! 고블린들, 이 몸이 와서 다 도망간 거 아니야?"

"설마~?"

화기애애한 목소리들이 들렸지만 난 마음을 놓을 수가 없었다. 떨떠름한 얼굴로 부락까지 빠른 걸음으로 가는 유저들의 뒤를 따랐다. 그리고 부락에 유저들이 들어가기 직전 일이 벌어졌다.

캐애애애애애애애!

한 고블린이 부락 바로 옆에 있는 수풀에서 일어나 기분 나쁜 괴성을 지르더니 주변의 숲 속에서 갑자기 나무 대롱이 등장해 독침을 쏘아댔다.

수십 개의 독침이 하늘을 채우는 모습은 장관이었지만 유저들은 느긋하게 감상할 시간 따위는 가지고 있지 않았다.

"꺄아악!"

"미친!"

"따, 따가워!"

여기저기서, 주로 선두에서 비명이 들려왔다. 가벼운 마비독이기에 지금은 따갑거나 저릿한 정도였지만 이렇게 몸이 불편한 상태에서 고블린 100마리가 공격해 온다면? 나는 살짝 입술을 깨물었다.

'역시나! 빌어먹을 인공지능!'

아쉬드르에서의 머리가 똑똑한 몬스터들은 유저들이 대거로 침입해 오는 것을 눈치 채고 자신들끼리 머리를 굴려서 함정을 파놓았던 거다.

설마 아무리 몬스터의 인공지능이 똑똑해도 고블린이 함정을 파놓고 기다리고 있을 거란 생각을 미처 하지 못한 유저들의 실수였다.

'하지만 아무리 똑똑해도 초보자 도시 주변에 있는 고블린이 이 정도로 머리가 돌아가진 않을 텐데……'

그렇다. 만약 고블린이 이 정도를 쉽게 구상한다면 고블린보다 똑똑한 오크는? 리자드맨은? 유저들이 절대로 잡을 수 없을 거다. 한마디로 뭔가 있다는 소린데……. 감이 잘 잡히질 않는다.

내가 이렇게 뒤쪽에 있다는 이유로 여유있게 생각하고 있을 때 드디어 쏟아져 내리던 독침이 그쳤다. 그리고 돌멩이가 날아왔다.

"캑! 무, 무슨 고블린이?!"

"돌 맞긴 싫어!"

"겨우 돌 따위에 죽을 순 없… 컥!"

그 소리를 들으면서 입을 삐죽 내밀었다.

'겨우 돌 따위에 죽어서 미안하네.'

유저들이 이제 정신을 차렸는지 궁수들과 마법사들이 독침이 날아왔던 곳, 아니, 이제 돌멩이가 날아온 곳으로 공격을 시작했다. 그러자 고블린의 비명이 들리는가 싶더니 여러 마리의 고블린이 불쑥 모습을 드러내며 유저들을 향해 각자의 무기를 꼬나 쥐고 돌진했다.

키에에에에!

캐애애!

캐, 캐캐캑!

그러자 전사 유저들과 사제들이 재빨리 준비해서 궁수와 마법사 쪽으로 돌진하는 고블린들을 막았다. 물론 앞에서 막은 것이 전사이고, 사제는 뒤에서 회복을 시켜줄 준비를 하고 있고.

그 모습을 보던 나는 머리만 긁적이면서 쳐다보았다. 일 대 일이 전문이긴 해도 혼전 중 슬쩍슬쩍 모습을 드러내서 공격하는 것이 가능하긴 했다. 하지만 내 관심사는 오로지 그물 침대이기 때문에 도와줄 마음이 별로 없었다.

그래도 양심상 열심히 유저를 공격해 대는 고블린을 보다가 인벤토리에서 주머니 하나를 꺼냈다.

"혼란."

그리곤 '혼란' 스킬을 시전해서 그 주머니를 힘껏 돌진하고 있는 고블린 무리 뒤쪽으로 던졌다.

케애?!

키이이!

소란스러운 소리와 함께 전사들과 싸우고 있던 고블린들의 진형이 조금 무너졌다.

진형이라고 하기에도 미안한 수준이지만, 어쨌든 나름대로 전사들을 상대하고 있던 진형의 한구석이 흔들렸다. 그러자 전사들은 그 틈을 노려 재빨리 그곳을 집중적으로 공격했다. 난 그 모습을 보고 속으로 무운을 빌었다.

'부디 내가 그물 침대를 찾을 때까지만이라도 좋으니까 버텨주길.'

그리곤 유저들의 눈치를 보다가 '은신'을 시전했다.

"은신."

그와 함께 내 모습이 희미하게 변하면서 곧 사라졌고, 난 조심스럽게 고블린 부락 쪽으로 향했다. 고블린들은 유저들이 부락에 들어오기 전에 끝을 내려는 심산이었던 듯 부락을 지키는 고블린은 열이 채 되지 않았다.

그래도 혼자서 상대하기에는 꿈같은 일이기에 들키지 않도록 조심하면서 주변을 살폈다. 설마 싸우면서 그물 침대를 챙기지는 않았을 테니 부락에 얌전히 있을 것이다. 그러나 열심히 두리번거리며 찾았지만 어찌 된 일인지 보이질 않았다.

'설마 안 주운 건가? 그럴 리는 없겠지. 꿍. 아직 부락 초입이라 그런가? 아님 저 천막들에 들어가서 일일이 확인해야 하나?'

잠시 고민하다가 좀 더 깊숙이 들어가려던 순간, 갑자기 들리는 큰 소리에 흠칫했다. 단순히 큰 문제라면 별 문제 없겠지만 사람의 목소리가 아니어서 반사적으로 고개가 돌려졌다.

"케! 인, 간! 케케케! 어, 캐액! 리셕! 크엑! 은, 인간!"

'고, 고블린이 말을 해?'

뒤를 돌아보니 검은색의, 다른 고블린보다 더 큰 고블린이, 뭐랄까, 비웃는 표정으로 언제 준비한 것인지 모르는 작은 단상 위에서 말하고 있었다.

"……."

'비웃는 표정?'

뭔가 속에서 기분 나쁜 감정이 슬금슬금 기어올라 오는 것을 느끼며 떨떠름한 시선으로 계속 그 고블린을 쳐다보았다. 고블린과 싸우는 유저들도 간간이 공격을 하면서 '저건 뭐야? 란 시선으로 그 고블린을 보고 있었다. 그 시선에 도취된 것인지 그 고블린은 더욱더 입꼬리를 올리면서 기분 나쁘기 그지없는 목소리로 말했다.

"케케케케케! 고, 껙! 블린보, 키엑! 멍청, 한, 케에에! 인, 간!"

고블린보다 멍청한 인간이라……. 그 말에 상당수의 유저들의 안색이 조금 안 좋게 바뀌었다. 오크보다 못한 고블린한테 그런 소리를 듣고 있으니 그럴 만도 하다. 문제는 거기서 끝이 아니라는 것에 있다.

"위, 케케케! 대한, 고, 껙! 블린, 키엑! 찬양해, 라! 크케케케케! 바, 보! 키엑! 같은 인, 간, 크엑! 들아!"

그냥 저런 말을 하는 것은 상관 않겠는데 듬성듬성 고블린 특유의 비웃음과 흡사한 울음소리가 들리니까 무척 기분이 나빴다. 그 고블린은 말을 하다가 흥분한 모양인지 몸을 부들거리면서 크게 외쳤다.

"어, 케케케! 서, 이 몸, 키에! 앞, 에, 케케케! 무, 릎, 키키키! 꿇, 케케! 어라! 케케케케케케케케!"

그 말을 듣는 순간 심각하게 고민했다.

'던져 버릴까?

손에 쥔 단검이 부들부들 떨리는 것을 느끼면서 초인적인 인내심으로 애써 내리눌렀다. 여기에서 저 녀석을 공격하는 것은 가능하지만 그렇게 되었다간 내 위치를 알아버린다.

그러면 그물 침대와도 안녕이기에 인상을 찡그리면서 참았다. 하지만 다른 유저들은 그게 아닌가 보다. 한 궁수 유저가 기가 막힌다는 듯 말하며 활에 시위를 매겼다.

"웃기고 있네! 고블린 주제에! 닥쳐!"

그리고는 그의 활에서 빠르게 화살이 날아갔는데,

휙!

그 검은색의 고블린이 여유만만한 표정으로 멋들어진 검을 움직여서 화살을 쳐내 버렸다. 그에 놀랐는지 큰 눈으로 변한 유저들을 보며 고블린은 다시 한 번 말했다.

"키, 키키키키! 이, 몸은, 케에엑! 홉, 고블린, 케에에에에! 중, 에, 키키! 서, 도! 키! 뛰어, 난, 케에에! 존, 재, 케케케케케! 다, 키케케케케케! 너, 희, 키키킥! 약, 해 빠진, 킥! 인, 케에! 간들, 은, 케케케! 내, 몸에 키킥! 손, 가락도, 키키킥! 못, 케켁! 건드, 린, 다!"

'…하, 한 대 치고 싶어.'

마음속 깊이 울컥거리는 것을 느끼면서 단검을 세게 쥐었다. 말 한마디 한마디가 저렇게 재수가 바닥일 수가!

이렇게 사람을 손쉽게 말 몇 마디로 화나게 할 수 있는 것도 재주라면 재주다. 아니면 저 검은 고블린, 아니, 홉고블린에게 '도발'이란 스킬이 있다거나. 간신히 반쯤 던질 뻔한 단검을 도로 넣고는 이를 갈며 노려보았다. 아무리 홉고블린이라고 해도 그렇… 잠깐. 홉고블린?

'홉고블린이라면… 고블린 보스 아니야?'

묘한 눈빛으로 저 녀석을 쳐다보다가 저 녀석이 가진 검이라기보다 단검에 가까운 검을 보곤 입꼬리를 올렸다.

'잘하면… 흐음.'

내 묘한 눈빛을 알아차리지 못한 홉고블린은 다시 한 번 주먹을 불끈 쥐게 하는 웃음소리를 들려주더니 갑자기 뚝 멈췄다. 그리고는 딴에는 좀 위엄있게 보이려고 했는지 검을 높이 들고 외쳤다.

"케엑! 위대, 한, 케엑! 고, 키엑! 블린들, 키키키! 이, 여, 공, 키키킥! 격!"

그 말이 끝나자 수풀에서 유저들이 상대하고 있던 고블린들의 뒷쪽 수풀에서 이삼십 마리의 고블린이 더 튀어나와서 다시 유저들을 몰아붙였다.

"키키키킥! 키~키키키키킥! 케케케케케… 객, 객."

그리고 그 모습에 홉고블린은 숨이 넘어갈 듯이 웃다가 객객거렸다. 그렇게 웃어댔으니 숨이 막힐 만하지. 혀를 차면서 중얼거렸다.

'역시 고블린은 고블린이네. 뭐~ 열심히들 싸우시라고.'

생각을 마친 난 고블린들의 부락 이곳저곳을 들락날락거렸다. 근처의 그 초라한 천막 안에까지 큰맘 먹고 들어가 봤지만 역시 보이지 않았다.

'고블린들도 아이템을 볼 줄 안다면 줍지 않을 리가 없을 텐데? 지능으로 봐선 그럭저럭 좋고 나쁜 아이템은 볼 줄 아는 것 같은데, 그게 아니었나?

잠깐 고민하며 서 있는데 부락 깊숙한 곳에 자리 잡은 한 천막이 눈에 들어왔다. 그 천막은 유독 붉은색이 칠해져 있었는데 주변의 천막보단 덜 초라한 모습이었다.

'저기에 있으려나?

천천히 그 붉은색의 천막 안으로 들어갔다. 다행히 부락을 지키는 고블린들은 앞 부근에서만 어슬렁거릴 뿐 붉은색의 천막이 있는 뒤 부근에는 없었기에 소리가 나지 않게 조심스레 들어갔다.

들어가자 몇 가지 단검류가 가지런히 놓여 있는 모습이 보였고, 천막의 중심에는 그물 침대가 놓여 있었다.

'아자자자잣!

당장에 환호를 지르고 싶은 것을 참으면서 일단 주변의 단검류를 인벤토리에 쓸어 담았다. 크게 좋아 보이지는 않지만 일단 단검이기만 하면 투척류로도 사용할 수 있으니 보이는 대로 싹 쓸어 담았다.

그리고선 음흉한 미소를 지으면서 두 개의 나무 기둥에 묶인 그물 침대를 보다가 일단 묶여 있는 끈을 풀었다. 잠깐 사이에 곧 다 풀 수 있었고, 그물 침대는 내 품에 얌전히 돌아올 수 있었다. 아, 눈물이 날 것만 같은 기분이다.

조심스레 그물 침대를 인벤토리에 넣으려는 순간, 천막 문이 열렸다.

　"…키이?"

　"…하, 하하, 안… 녕?"

　난 어색한 얼굴로 천막 문을 열고 들어오는 홉고블린을 향해 인사했다. 은신은 아이템을 인벤토리에 넣는 순간 풀린 지 오래다. 홉고블린은 잠깐 내가 쓸어 담은 단검류들이 있어야 할 곳과 내 손에 들린 그물 침대를 보더니 나를 쳐다보고 씨익 웃었다.

　"키키키키키!"

　"아하하하하."

　나도 마주 보며 웃었다. 그러다가 갑자기 서로의 웃음소리가 동시에 그쳤다. 나는 뒤로 천천히 물러나면서 상큼하게 웃으며 말했다.

　"아디오스, 고블린!"

　그리고 천막을 베어버리면서 그대로 내달렸다. 붉은색의 천막을 나오자마자 뒤에서 큰 괴성이 귓가를 때렸다.

　"…케케에에에에에에에에에!!"

　그 괴성과 함께 홉고블린은 붉은 천막에서 잽싸게 빠져나오더니 주위에 있던 작은 항아리를 들어서 내게 강하게 던졌다. 하지만 일직선으로 날아오는 항아리 정도야 피하지 못할 이유가 없다. 가볍게 고개를 움직인 것만으로 피해 버리자 홉고블린은 광분하면서 나를 쫓아왔다.

'아아아! 어쩐지 운이 좋다 했더니만.'

속으로 한숨을 내쉬면서 쉴 새 없이 발을 놀렸다. 독침 같은 것에 맞지만 않는다면 홉고블린은 이 몸을 따라올 수 없지만, 문제는 유저들과 고블린이 싸우고 있는 저곳을 통과해야 한다는 거지. 달리는 도중에 힐끔 홉고블린을 보자 눈이 붉게 충혈된 채로 따라오고 있는 것이 꽤나 오싹한 모습이었다.

"음?"

어느새 부락 앞 부근에 있던 고블린들이 앞쪽에서 나를 포위하면서 엉거주춤 막고 있었다.

그 모습에 다시 한 번 상큼하게 웃은 나는 앞쪽에서 포위하고 있는 고블린 바로 앞에서 지금까지 달려온 속도를 이용해 높이 점프한 다음 우아하게 뒤쪽으로 착지했다. 그리고는 뒤를 돌아 얼빵하게 나를 쳐다보고 있는 고블린을 비웃었다.

"후후후후훗, 내가 괜히 도적인 줄 아냐? 이런 것이 가능해서 도적인 거다, 멍청한 고블린들아!"

그리곤 가볍게 가운뎃손가락을 뻗은 후 유저와 고블린이 싸우는 현장으로 힘껏 달렸다.

키이이!

케, 케에엑!

케케케케! 케켁!

뒤에서 고블린 특유의 괴성이 들려왔지만 어떠하리? 나는 만족한 표정으로 달리면서 생각했다.

'이제야 좀 속이 시원하네.'

나는 무척이나 속이 좁은 남자다.

홉고블린이 아까 말했던 것에 맺힌 앙금을 '조금' 이나마 털어버린 나는 기쁜 마음으로 유저와 고블린이 싸우고 있는 곳에 도착했다. 그리고는 그 중앙으로 가서 그물 침대를 넣었다.

한 번 떨어진 아이템이 연속으로 떨어졌다는 소문은 못 들었으니 이제 죽는다고 해도 별 문제는 없을 거다.

'뭐, 죽는다는 것 자체에도 좀 문제가 있긴 하지만.'

24시간 접속 불가 페널티는 생각보다 큰 타격이기에 속으로 마저 중얼거렸다. 더불어 레벨이 떨어지는 것도 내 목표에서 떨어지는 것이기에 마음에 들지 않지만, 그물 침대를 얻었으니 그 정도야, 뭐. 그리곤 다시 뒤도 돌아 홉고블린과 보초를 서던 고블린이 아직까지 따라오는지 보다가 그대로 굳어 버렸다.

홉고블린은 유저와 고블린이 싸우고 있는 싸움터와 얼마 떨어지지 않은 지점에서 검은 기운을 풀풀 날리면서 서 있었고, 눈은 정확히 나를 노려보고 있었다.

"으… 음."

눈이 마주친 순간 등골이 오싹하여 반사적으로 뒤로 몇 걸음 물러났다. 그리고 그 순간 홉고블린의 괴성이 주변을 떠나가라 울려 퍼졌다.

"키에에에에에에에에에에!"

그러자 유저들과 싸우던 고블린들이 일제히 눈이 충혈되면서 더욱 광포하게 유저들을 몰아붙였다. 그 모습에 놀라서 흠칫하며 주위를 둘러보았다.

"뭐, 뭐야?"

"이 자식들, 이상해!"

"우왓!"

그럭저럭 밀리지 않던 유저들이 조금씩 밀려나고 있었다. 나는 당황한 눈으로 홉고블린을 쳐다보았고, 홉고블린은 나를 씹어 먹을 듯 노려보며 말했다.

"어, 리, 석, 키익! 은, 인, 케에엑! 간! 들! 우, 리, 키이익! 부, 족의, 케에엑! 명예를, 케케케케케! 걸, 고, 키이이이! 죽, 여, 케케케켁! 버, 케엑! 리겠, 다!"

─모든 유저 분들께 돌발 퀘스트가 발생했습니다. [서쪽의 늑대 이빨 일족의 장, 홉고블린의 공격]이 시작되었습니다.

─홉고블린을 아쉬드르 시간으로 3일 내에 죽이지 않는다면 서쪽 숲을 고블린들이 장악하게 됩니다.

─고블린들이 서쪽 숲을 장악할 경우 늑대와 고블린이 좀 더 흉포해지면서 강화됩니다.

─퀘스트 발생 후 하루가 지날 때마다 고블린의 수가 30마리씩 늘어나게 되니 참고하시기 바랍니다.

"…읍스."

귀로 들려오는 기계음에 땀방울이 크게 달려지는 것을 느꼈다. 주변의 유저들에게도 그 기계음이 들렸는지 놀라거나 당혹스러운 표정으로 주춤거리고 있었다.

"뭐야?"

"이런 퀘스트도 발생할 수 있는 거야?"

"말도 안 돼!"

아아아! 죄송합니다, 유저 여러분. '말도 안 돼'는 '이런 퀘스트'를 받게 된 것의 80% 이상이 제 탓인 것 같거든요. 입으로 내뱉은 순간 다굴 맞을 것 같은 예감에 속으로만 마음속 깊이 사과했다.

"케에에에에엑! 숲, 키익! 속, 의, 케에에! 모, 든, 키! 인, 간, 키이이이이! 을, 죽, 케에에에! 여, 라!"

케에에에에에!

키이이이이이이!

홉고블린의 말에 다시 고블린들은 일제히 소리를 지르며 날뛰었고, 그 모습에 식은땀이 흘렀다.

'…여기에서 튀어버릴까?'

그 생각에 초를 치는 소리가 다시금 귓속에 울려 퍼졌다.

─만약 퀘스트 실패 시에 퀘스트를 발생시킨 것에 대해 70% 이상의 책임이 있는 '고블린의 분노를 일으킨 자'란 칭호를 받게 되며 모든 NPC와의 친밀도가 하락합니다.

'…울고 싶다.'

그 생각밖에 들지 않았다. 가뜩이나 친밀도가 낮아서 골머리를 앓고 있는데 여기에서 더 떨어지면 죽으란 소리잖아! 내 인생은 왜 이런 걸까 생각하며 애써 속으로 눈물을 머금었다.

정말 슬프기 짝이 없다. 이렇게 된 이상 좋든 싫든 퀘스트를 성공시켜야 하는 막대한 부담감이 온몸을 타고 흘렀다.

그러나 이미 밀리고 있는 유저들의 모습을 보자 한숨이 폭폭 나왔다. 잠시 입술을 깨문 나는 닳아 빠진 망토를 깊숙이 뒤집어쓴 뒤 근처의 바위에 올라가서 큰 소리로 외쳤다.

'어차피 승산이 없는 거라면 최대한 피해라도 줄여야 된다! 그래야 다음 기회를 노릴 수 있어!'

"여러분! 어차피 지금의 인원으로는 승산이 없습니다! 그러니 일단은 피하세요!"

처음에는 싸우는 소리 때문에 묻혔지만 몇 번 그 말을 반복해서 소리치자 유저들이 조금씩 서로를 쳐다보면서 눈치를 살폈다. 그 모습에 나는 다시 크게 외쳤다.

"제게 몬스터의 시선을 끌 아이템이 있습니다! 30초 후에 그것을 던질 테니까 각자 큰 스킬을 쓰고 물러날 준비를 해주세요!"

그리곤 재빨리 냄새 주머니를 하나 꺼냈다. 다른 것이 있다면 꺼내고 싶었지만 애초에 세 개 정도밖에 사놓지 않아서 마지막 남은 냄새 주머니였다.

'이걸로 얼마나 시선을 끌지는… 알 수 없지만…….'

그래도 어느 정도 시선을 끌 것 같기에 입술을 꾹 다물면서 속으로 시간을 세었다.

'…21, 22… 25, 26, 27, 28…….'

스킬을 시전해서 던져야 했기에 나는 28초 정도 세고 나서 스킬을 시전했다.

"혼란!"

그리고는 고블린이 가장 많이 모여 있는 곳을 향해 힘껏 던 졌다. 그리고 혼란이 사용된 냄새 주머니를 던지고 30초가 지나자 여기저기서 스킬을 시전하는 소리가 들려왔다.

"하압! 베쉬!"

"샤프 스팅!"

"애로우 블로우!"

"큭, 매직 미사일!"

이미 냄새 주머니가 던져진 곳을 중심으로 고블린의 진형이 순간 흐트러지면서 무너진 가운데 스킬들이 작렬하자 고블린의 비명 소리가 들렸다.

케케에에엑!

키익!

케에에에!

그 소리를 귓등으로 들은 채 나는 주변을 살피며 고블린이 가장 적게 쌓인 곳을 눈으로 빠르게 찾았다.

"저기입니다! 일단 저쪽으로 가서 되돌아가요!"

'저기' 나 '저쪽' 이란 말만 사용하면 못 알아듣겠지만 몇몇 유저들이 나를 쳐다보면서 어떻게 해야 할지 보고 있었기에 내가 손으로 가리킨 곳을 볼 수 있었고, 몇몇 유저들이 먼저 움직이기 시작하면 다른 유저들도 따라 움직이기 시작할 것이기에 별 문제가 없었다.

그렇게 말한 나는 먼저 가리킨 곳을 향해 빠르게 달려갔고, 전사 유저들을 지나쳐 그 유저들이 상대하고 있는 고블린들의 뒤로 가 목덜미를 향해 단검을 휘둘렀다.

"절개!"

혹시 몰라서 스킬을 시전해 목덜미에 단검을 꽂아 넣었다가 뺐다. 그러자 고블린이 비명을 길게 내지르며 쓰러졌다.

'역시!'

고블린 같은 인간형 몬스터는 일정 급소가 정해져 있기에 도적들이 상대하기 좋은 몬스터였다. 그렇기에 내가 곰 대신 고블린을 찾은 거였고. 살짝 기뻐하고 있는데 그 고블린을 상대하던 전사 유저가 얼빵한 표정으로 나를 쳐다보고 있었다.

그 모습에 싱긋 웃은 나는 다시금 전사를 공격하고 있는 고블린들의 목덜미에 차례차례 단검을 쑤셔 박았다. 고블린의 관심이 내가 아닌 전사 유저들에게 있었기에 가능한 방법이랄까. 더불어 혼전이었기 때문에 내 기척을 고블린들이 느끼기 어려운 탓도 있었다.

그래도 가끔은 고블린이 피하거나 막기도 했지만, 그런 고블린은 그냥 지나치고 다른 고블린의 목덜미에 단검을 꽂아 넣었다.

원래 스틸이라면서 욕먹을 행동이었지만 그것을 각오하고 '길'을 뚫는 데만 신경을 썼다. 그렇게 마음먹고 고블린들을 처리해 나가자 금방 하나의 '길'이 생겼고, 뒤에서 멍하니 구경만 하고 있는 유저들에게 다시 크게 소리쳤다.

"이제 오세요! 빨리요!"

소리친 후 길이 도로 고블린으로 채워지기 전에 유저들이 실제로 오든 말든 먼저 뛰었다. 고블린의 포위망에서 벗어난 내가 그제야 조금 마음을 놓고 뒤를 힐끔 보자 뒤에 따라오는 유저들이 눈에 들어왔고, 그 모습에 살짝 안심하며 그대로 뒤로 돌아 '전력 질주'를 시전했다.

숲 속에선 위험하기 때문에 어지간해서는 쓰는 것을 꺼려했지만 유저들 뒤를 따라오는 고블린들의 모습에 그냥 시전했다.

"전력 질주!"

빠르게 유저들 간의 거리가 벌어지는 것이 느껴졌다.

'내가 할 수 있는 것은 끝냈어. 이젠 각자 알아서들 도망치라고.'

앞을 막는 나무들을 간신히 피하면서 그렇게 중얼거렸다.

도시에 도착한 나는 광장의 구석진 곳, 사람들 눈에 별로 띄지 않는 한 벤치에 쭈그리고 앉아 한숨만 푹푹 내쉬었다. 세상의 모든 고민을 다 짊어지고 있다는 표정으로 우울하게 하늘을 쳐다보았다. 어쩌다 일이 이렇게 되어버렸을까?

'홉고블린쯤 되면 단검 몇 개 가져온 것쯤이야 별거 아니잖아. 그 정도로 그런 돌발 퀘스트까지 줘? 밴댕이 소갈딱지 같으니.'

속으로 홉고블린을 욕하며 투덜거렸지만 그런다고 3일이라는 카운트다운이 더 늘어나는 것도 아니고, 홉고블린이 저주를 받아서 죽는 것도 아니기에 더욱 우울했다. 어째서 저주 개념이 아직 없는 거야.

초보 도시라서 그런가? 저주로 죽일 수 있다면 전 재산을 털어서라도 할 텐데. 전 재산이라고 해봤자 몇 푼 되지 않기는 해도. 머리를 굴리며 생각을 해봤지만 어떻게 할 방도가 생각나지 않았다.

'어쩌지? 어쩌지? 어쩐다? 거미줄 그물 침대를 가져온 것까지는 성공적이었는데. 하아! 이제는 무슨 일이 있어도 홉고블린을 죽여야 되잖아?'

처음부터 그냥 오기로 시작했던 일이고, 뒤처리는 생각조차 하지 않았기에 끙끙거리면서 돌아가지도 않는 머리를 다시 한 번 굴렸다.

'암살이라도 해버려?'

내 실력에 무슨. 은신한 상태로 부락이나 통과하면 다행이 겠는데. 적어도 그 많은 고블린을 통과하고 홉고블린을 암살 할 수 있는 실력이 되려면 못해도 한 레벨 60은 돼야 가능성 이 생길 거다.

현재 내 레벨로는 꿈같은 소리랄까? 이리저리 생각하고 있 는데 귀에 잡음이 걸려들었다.

"야아, 이런 퀘스트도 주네? 하하! 재밌는데? 그럼 실패하 면 서쪽 숲을 고블린들이 장악하는 거야?"

"어, 뭐, 그렇다는데 별 상관 없지 않아?"

상관없기는 뭐가 상관없다는 거냐?! 죽고 싶어? 당사자가 되어보란 말이다! 매서운 눈초리로 그 말을 한 유저의 뒤통수 를 쏘아보았지만 그 유저는 아무렇지도 않다는 듯이 옆의 유 저와 태연히 말을 이으면서 히죽거렸다.

"그럼 그… 뭐냐, 고블린의 분노를 일으킨 자? 그거였나? 그 사람만 불쌍하게 된 건가?"

"자업자득이지, 뭐."

자업자득이라니? 누가 그러고 싶어서 그런 줄 알아? 이를 뿌득뿌득 갈면서 으르렁거리며 노려봤다. 어차피 이 퀘스트 가 실패하면 NPC 친밀도가 극악으로 떨어질 텐데, 그렇게 될 바에야 PK도 한번 해봐?

그렇게 생각하며 진심으로 고민하는데, 그 히죽거렸던 유 저가 갑자기 뭔가 생각났다는 듯 손바닥을 쳤다.

"그러고 보니 그… 루피너스란 특수 NPC가 한 부탁은 그럼 어떻게 되는 거야?

"어? 그러게. 그게 좀 문제네."

'아, 맞다. 그러고 보니 소중한 것을 찾아오라고 했지?'

나도 잊어버렸던 것을 기억하면서 고개를 저었다.

'어차피 거미줄 그물 침대를 찾으려고 이용한 것뿐인걸. 볼일은 끝났… 어라? 이용해?'

순간 머리에 벼락이 치는 것 같은 착각을 느끼면서 벌떡 일어났다.

다행히 주변에 있는 유저라고는 그 수다를 떨고 있는 그 둘밖에 없었기에 이상한 시선은 받지 않아도 됐다. 벌떡 일어난 나는 한동안 이곳저곳을 기웃거리면서 유저들의 대화를 엿들었다. 대부분이 루피너스의 부탁 어쩌고나 고블린 어쩌고다.

'관심이 아직 충분히 남아 있단 얘기지?'

조사까지 마치자 입꼬리를 올리며 웃었다.

"후후훗… 굳이 이용을 한 번만 하라는 법은 없지 않아? 으흐흐흐흐……"

재빨리 아쉬드르에서 로그아웃한 나는 초스피드로 모니터 앞에 앉아 아쉬드르 홈페이지에 접속했다. 항상 눈 깜짝할 정도로 빠르게 느껴지던 속도가 지금은 너무나도 느리게 느껴졌다.

'빨리, 빨리, 빨리, 빨리……'

내 마음이라도 아는 듯 그 어느 때보다도 빠른 속도로 접속한 나는 눈에 불을 켜고 게시판들을 둘러보았다. 역시나 게시판도 대부분이 루피너스의 부탁이나 고블린의 공격에 대한 내용뿐이었다.

[고블린 공격! 막나, 못 막나? 작성자:깡통맥주.]
[NPC 루피너스의 연계 퀘스트일지도……. 작성자:눈앞의 눈물.]
[홉고블린, 재수없는 고블린! 누가 좀 죽여라! 작성자:물에 빠진 찐빵.]
[서쪽 숲 고블린들, 죽어버려라! 아이템 떨궜다! 작성자:체육 선생님 사마.]
[도대체 고블린퀘 받게 한 놈이 누구냐? 작성자:영샘민집.]

마지막 말에 움찔했으나 그런 양심을 사뿐히 즈려밟은 채로 다시 한 번 동생의 아이디로 글을 올렸다.

[고블린 퀘스트, 고블린 막을 사람은 클릭! 작성자:크레이지 여동생.]

먼저 님들, 그때 님들 많이 와주셔서 감사했어요. 그리고 죄송해요. 설마 고블린이 함정을 파두고 공격할 줄 몰랐거든요. 글구 홉고블린이란 보스도 예상 외였고요.

저두 가서 그 홉고블린 봤거든요? 정말 재수없더라고요. 아, 죽이고 싶었어요. 고블린 주제에… 아니, 이게 아니지.

어쨌든 그 홉고블린을 죽이라는 퀘스트, 아마 다 받으셨을 거라고 생각해요. 그리고 퀘스트에 대해 들어보셨을 텐데, 생각보다 문제의 심각성을 모르는 분들이 많더라고요.

만약 고블린이 서쪽 숲을 차지하고 늑대랑 고블린이 더 세진다면 초보 때 늑대를 잡을 때도 더 힘들 것은 분명하구, 이제 슬슬 레벨이 올라서 더 강한 몹을 잡기 시작했죠?

그 강한 몹 중에서 밝혀진 것이 고블린이랑 곰인데, 곰은 너무 세서 고블린을 잡아야 할 텐데 그놈들이 더 강해져 봐요. 끔찍하지. 레벨 올리는 거 정말 극악일걸요?

그러니까 우리 또 다 같이 막아요. 저번에는 약간 레벨이 떨어지는 유저님들—저 포함이니까 화내진 마세요^^;;—만 모였지만 이제 고렙님들도 오실 테니까 가능성이 있잖아요?

설마 고렙님들이 이 퀘스트 무시하겠어요? 그죠?

고렙님들도 별로 원하시지 않을 테고, 솔직히 우리보다 더 문제가 있으신 님들이 고블린을 잡아야 하는 고렙님들인데.

뭐, 잘하면 어떤 한 사람이 루피너스란 NPC가 말한 소중한 것을 찾을 수도 있구요. 아, 그리고 잘 아는 어떤 NPC가 말하던데, 루피너스란 NPC가 전에 꽤나 유명한 도적이었대요. 수도에서 끗발 좀 날렸다나?

그런데 무슨 이윤지 도적이 쓰는 기술이 아니라 다른 기술도 썼다고 하더라구요. 설마 히든으로 전직하는 건 아니겠죠? ㅋㅋ

아무튼 막으실 분은 하루 뒤, XX시에 광장에서 만나자구요. 시간 끌어봤자 고블린들만 더 늘어나니까.

완벽하다, 완벽해! 이 정도라면 유저들은 오지 않고 못 배기겠지? 아아, 그럴 거다. 나 같아도 이 정도로 써놓으면 조금이라도 기대되는 마음에 고블린퀘를 하러 오겠다. 그리고 '히든으로 전직하는 건 아니겠죠?' 란 한마디로 좀 더 기대에 부풀게 한 이 말!

절대적으로 거짓말이지만 내가 다른 유저라면 막연한 기대감 때문에라도 갈 것이다. 어차피 이런 퀘스트는 안 할 사람이 별로 없겠지만.

'그러고 보면 아쉬드르에서 처음 있는 대규모 퀘스튼가?'

아까 아쉬드르에서 이것저것 엿들으면서 들은 얘기 하나가 생각났는데, 바로 레벨 12 이하는 그 퀘스트를 못 받았다는 거다. 모든 유저가 받지는 못했다는 말이다. 그래서 레벨 12 이하의 유저가 투덜거리는 것도 많이 들었지만 어쩔 수 없을 거다.

솔직히 레벨 12 이하의 유저들은 너무 약해서 고블린의 공격에 버틸 수가 없을 테니까. 몰래 껴도 나쁘지는 않지만.

'가다가 고블린은커녕 늑대한테 죽을 확률이 높지.'

퀘스트를 받을 때는 없던 내용이지만 광장에서 늑대를 잡을 정도의 유저들이 투덜대는 소리도 들었다. 늑대의 수가 너무 늘고 마치 광견병에 걸린 것처럼 날뛰어서 포기하고 돌아왔다고.

'아마 고블린한테 영향을 받은 것 같은데 잘 모르겠단 말이야? 그 고블린 놈들이 무슨 늑대 이빨 부족… 이었나? 그래서 관련이 있는 걸까?'

잠깐 늑대랑 고블린의 관계에 대해 생각해 봤지만 별로 연관성을 찾지 못해서 신경을 껐다. 설마 고블린이 늑대를 다룰 수 있겠어?

'오크라면 모를까. 설마 오크가 있을 리는 없고. 별거 아니겠지?'

여유있게 생각하며 침대에 몸을 눕혔다. 내일 있을 결전—이라고 하기엔 좀 그렇지만—을 준비하기 위해 푹 자두기로 마음먹은 것이다.

난 말없이 주먹을 꾹 쥐고서 벽을 세게 쳤다. 그렇지 않고서는 지금의 감정을 주체하기 힘들었기 때문이다. 부들부들 떨리는 몸을 애써 멈추게 하려고 노력하면서 동시에 웃음이 터져 나오려는 것을 참았다.

현재 내가 있는 골목은 광장에서 조금 떨어진 어두운 골목으로 잘 알려지지 않은 상태다. 하지만 광장에서 어떤 상황이 벌어지는지는 잘 알 수 있는 장소이기에 내가 선호하는 골목 중 하나라고 할 수 있다. 여기에서 보이는 광장의 광경은 약

400~500 사이의 유저들이 바글거리는 모습이었다.

아아, 아무리 한 명이 선동하면 다 같이 따라 나서는 것이 우리 나라 사람의 심리, 아니, 사람의 심리라고는 해도 너무 잘 모였다. 전보다 많을 거라는 생각은 했지만 한 300명 안팎으로 예상하고 있었는데.

'이 정도라면… 훗, 가능하겠는데?'

광장에 모인 유저 500명 중 약 100명 정도가 독침 및 돌멩이에 당한다고 쳐도 400이 남는다. 고블린들의 두 배보다 많은 숫자다. 이 정도라면 아무리 고블린이 유저들의 레벨보다 더 높다고 해도 이길 수 있을 것이 틀림없다.

'사실 이번에 실패하면… 좀 끔찍하긴 하지.'

이번에 모인 유저들이 만약 실패한다면 꼼짝없이 서쪽 숲을 고블린이 장악할 것이다. 이 정도라면 그럭저럭 잘 따르는 유저들은 전부 모였다고 쳐도 되는데, 이들이 죽으면 24시간 하루 동안 접속 불가다.

그렇다면 그 24시간이 지나고 나서 그 유저들이 접속할 텐데, 그전에는 아무리 내가 다시 글을 올려도 실패할 일에 참가할 유저는 없을 것이 분명하지. '어차피 실패할 일'이라고 하면서 죽은 유저들도 다시 도전할지는……. 한마디로 이번 한 번으로 이겨야 된단 소리다. 다른 유저들도 그렇게 생각할 테고, 나도 별반 다를 것 없다. 오히려 더 절박하다면 모를까.

"기필코 성공시킨다. 기필코……!"

그렇게 다짐하면서 닳아 해진 망토를 푹 눌러쓰고 광장으로 향했다. 광장에 도착하고 어느 정도 시간이 흐르자 마침내 글에 제시됐던 시간이 다 됐다. 약간 떨어진 곳에 레벨이 20대 후반 정도로 보이는 몇몇 유저─아이템을 보고 알았다. 이 레벨 때에는 아이템이 뻔하니까─끼리 웅성거리다가 한 유저가 벤치에 올라가서 크게 외쳤다.

"이제 서쪽 숲으로 갑시다!"

몇 번 그렇게 외치자 다른 유저들이 긍정의 반응을 나타내면서 서쪽 숲으로 천천히 걸음을 옮겼다. 그전에 약 200명 정도의 유저들이 전멸한 적이 있어선지 그리 여유있어 보이지는 않은 모습. 오히려 약간 긴장되어 보인다는 것이 맞을 거다.

'잘됐어. 긴장이 없으면 별로 좋지 않으니까. 이 정도가 딱 좋아.'

나? 나는 그냥 적당히 마음만 다짐하고 가는 중이다. 애초에 나는 무슨 일이 있어도 홉고블린을 죽여야 한다. 만약을 대비해서 거미줄 그물 침대는 제프 아저씨에게 맡겨둔 상태다. 또 떨어뜨렸다가는 정말 게임을 접어야 할지도 모르니.

아쉬드르만큼 오감이 효과적으로 느껴지고 몸이 매끄럽게 움직이는 가상 현실 게임은 찾기가 쉽지 않지만, 그 정도로 운이 극악하다면 한번 생각해 볼 만하지. 나는 내 팔자를 탓하면서 터벅거리며 유저들의 뒤를 따라갔다.

앞서 갔던 유저들의 선두가 독침에 당했기 때문인지 조금 신중한 유저들은 무리의 뒤쪽에 있으려 했고, 울며 겨자 먹기로 전사들은 어쩔 수 없이 가장자리나 선두 쪽으로 몸을 움직였다. 죽이지 못하면 몸빵이라도 돼야 하는 것이 전사의 숙명이니.

뭐, 나도 여기저기서 눈총을 줬지만—공격력 낮은 도적은 몸빵이라도 되는—특별이 중심 쪽의 뒤쪽—한마디로 가장 안전한 부근—에 있어도 별말이 없었다. 모르는 사이에다가, 그렇다고 방해주는 것도 아니니까.

'그러라고 해도 내가 거절하겠지만.'

이런저런 약간의 소동을 겪으면서 걸어가다가 마침내 서쪽 숲에 도착했다. 유저들은 서로 눈치를 보다가 결국 높은 레벨의 유저들이 제일 먼저 조심스럽게 들어갔다.

일단 고블린의 영역에 가려면 늑대들이 있는 숲을 지나야 하니까…음?

'잠깐, 고블린들이 그 영역에 그대로 있으려나?'

그러고 보면 퀘스트에는 분명 고블린들이 '공격'을 한다고 했다. 그렇다면 자기들의 영역에서 얌전히 기다릴 리가 없을 텐데? 순간 나는 걸음을 멈췄다.

그새 늑대 영역의 중반부에 들어왔는데 늑대는 한 마리도 안 보이고 어떤 소리조차 들리지 않는다. 현재 유저들은 나무 때문에 넓게 퍼져서 가고 있는 상태. 거기까지 생각을 마친 나는 크게 외쳤다.

"모두 조심해요! 고블린이 늑대 영역에 숨어 있을지도 모릅니다!"

"뭐, 뭐?"

"무슨 소리야?"

"고블린은 자기들 영역에 있을 텐데?"

"……?"

유저들의 의문 반응에 나는 다시금 소리쳤다.

"퀘스트를 잘 보세요! 고블린들이 분명 '공격'한다고 했습니다! 그러면 고블린은 자신들의 영역에서 얌전히 있지는 않을 거예요!"

하지만 그럼에도 별로 믿지 않는 분위기다.

"설마……."

"아무리 인공지능이 좋다고 해도 그렇지."

"맞아. 다른 영역에 있진 않지. 원래 가상 현실 게임에서 몬스터는 자기 영역에서 벗어날 수 없잖아?"

그 소리에 나는 인상을 찡그렸다. 여기는 다른 가상 현실 게임이 아닌, 사람 돌아버리도록 인공지능이 똑똑한 게임이다. 그건 지금까지 몬스터에게 시달린 나도 잘 아는 사실인데.

다시 소리치려는 순간 이상한 소리가 들렸다.

사사삭.

스스스슥.

사삭.

'무슨… 소리지?'

나는 소리치려다 말고 주위를 두리번거리다가 놀라운 사
실을 발견했다.

'수풀이… 움직이고 있어? 고블린은… 저렇게 빨리 움직이
지… 못하는데?'

주변의 유저들도 수풀이 움직인다는 사실을 눈치 채고 황
급히 두리번거렸다. 조금씩 들려오던 소리가 이제는 확연히
귀에 들릴 정도로 많이 움직이고 있었다. 그 빠름에 침을 삼
켰다.

'설마, 설마… 아니겠지?'

그때, 한 유저의 비명을 시작으로 여기저기서 소란이 일어
났다.

"꺄아아아악!"

"컥! 뭐, 뭐야?!"

"느, 늑대다!"

늑대들은 기다렸다는 듯이 수풀에서 뛰어올라 유저들을
공격해 왔다. 그것도 레벨이 떨어지는 후반부의 유저들을.

'빌어먹을 인공지능!'

나는 얼굴을 일그러뜨리면서 내게로 천천히 다가오고 있
는 늑대들을 보며 단검을 세게 쥐었다.

크아아아앙!

날카롭게 튀어 오르는 늑대를 보며 재빨리 뒤로 물러났다. 이제 레벨이 올라 한두 마리는 여유있게 처리할 수 있지만 지금은 한두 마리가 문제가 아니었다.

일단 내 앞에 있는 늑대만 해도 6~7마리 이상 되어 보였고, 내 주위엔 달랑 나를 제외하고선 두 명의 유저밖에 없는 상태다. 그것도 별로 강해 보이지 않는.

그나마도 두 명 다 가운데 있던 사람 중 하나였기에 둘 다 궁수였다. 차라리 사제였으면 더 좋았을 텐데……. 그래도 그 두 명은 나름대로 늑대들을 견제하며 화살을 날리고 있어서 늑대들이 내게 쉽게 접근할 수는 없었다.

참고로 그 두 명의 위치를 말하자면 내 뒤에서 한 4~5m 정도 떨어져 있다고나 할까. 아까 분명히 바로 뒤였는데 언제 거기까지 간 거야?

크르르르!

"치잇!"

달려드는 늑대를 단검을 교차해 막고는 발로 강하게 차버렸다. 그러자 깨깽 소리를 내면서 뒤로 물러났다. 하지만 곧바로 늑대 두 마리가 쌍으로 덤벼들어 나는 이를 악물었다.

아무리 레벨이 높아져도 목덜미 같은 중요 급소 부분을 다치면 죽는 것이 아쉬드르의 세계다

레벨 100이 넘든 200이 넘든 목이나 심장을 다치면 죽을

확률이 80%~90%란 소리다. 리얼리티를 위해서라나 뭐라나? 몬스터를 상대할 때는 좋은데, 그게 유저한테 적용되면 정말 이가 갈린다.

그렇게 생각하며 다시 돌진해 오는 늑대 두 마리를 보며 낮은 목소리로 중얼거렸다.

"난도질."

단검의 속도가 향상되는 느낌을 받으면서 돌진해 오는 늑대 두 마리 중 왼쪽의 늑대에게 달려들었다. 그 늑대는 오히려 내가 달려들지는 짐작 못했는지 당황한 눈초리와 함께 머뭇거렸다. 하지만 그것에 신경 쓰지 않고 늑대의 옆면에 순식간에 도착한 난 늑대의 목덜미에 단검을 쑤셔 박았다.

크아아아아앙!

개과 특유의 비명이 크게 울림과 동시에 나는 쑤신 단검을 비틀려서 빼내고—그래야 더 데미지를 줄 수 있기도 하고 그게 더 잘 빠진다—내게 크게 뛰어올라서 달려드는 늑대를 보며 입꼬리를 올렸다.

'그런 점프 공격은 거미한테 신물나게 당했다!'

순간적으로 단검을 쥔 손을 움직여 단검을 역(逆)으로 잡은 나는 달려드는 늑대의 목덜미를 정확하게 노리고 손을 뻗었다.

케엥!

단검이 늑대의 목을 꿰뚫자 잠시 움찔거리면서 몸을 움직이다가 축 늘어졌다. 그 모습에 꿰뚫은 단검을 휘둘러서 늑대를 떨쳐 낸 나는 그 틈을 노리고 물어뜯으려는 늑대를 그대로 팔꿈치로 찍어버렸다.

크르르!

비틀거리면서 뒤로 물러나려는 늑대를 향해 다시 발로 차서 공중에 띄워 버렸고, 뒤의 궁수 유저가 그 기회를 노려 화살로 늑대의 목을 꿰어버렸다. 늑대는 잠시 부들거리다가 곧 행동을 멈추었다.

"이제… 그럭저럭 정리는 돼가네."

그런 식으로 다시 늑대 몇 마리를 해치운 뒤 나무에 몸을 기대며 중얼거렸다. 애초에 아무리 늑대가 많다고는 해도 300마리는 넘지 않을 테고, 그에 비해 기본이 레벨 12 이상인 유저가 약 500이 넘는다. 그러니 초반에는 조금 당황했어도 그 후에는 안정적으로 착실하게 없앨 수 있을 것이라고 생각한 그때 기묘한 소리가 숲 전체에 울렸다.

아우우우우우!

아우우우우우우우~!

아직 살아 있는 몇십 마리의 늑대가 일제히 목청을 돋워서 특유의 소리를 내기 시작한 것이다.

"뭐야?"

의아하게 생각한 것은 나뿐만이 아닌지 주변의 유저들도 그렇게 목청을 돋우는 늑대를 보고 의문 어린 시선을 보냈다.

지금까지 늑대의 이런 모습은 본 적이 없는 탓이다. 한 전사 유저가 그 모습에 머뭇거리다가 다시 늑대를 공격하려고 높이 검을 쳐들었다.

그에 다른 유저들도 잠시 고민하더니 다시금 공격 자세를 취했고, 그다음에 일이 벌어졌다.

크르르릉!

캬르르릉!

늑대들의 보스, 붉은색의 늑대, 일명 적랑이라고 불리는 늑대가 20마리 이상이 수풀에서 튀어나온 것이다. 그뿐이 아니라 다른 수풀에서는 다시 100마리는 족히 되어 보이는 늑대가 모습을 드러냈다.

"…진짜 개떼로군. 빌어먹을! 도대체 왜 늑대가 공격하는 거야?!"

욕설을 내뱉으면서 거칠게 나무에 단검을 찔러 넣은 나는 그렇게 소리쳤고, 그와 동시에 귓가에 기계음이 울렸다.

─[서쪽의 늑대 이빨 일족의 장, 홉고블린의 공격]의 내용이 추가되었습니다.

─서쪽 숲의 늑대들이 갑자기 등장한 대규모의 유저들을 보며 강한 적대감을 품게 되어서 고블린과 힘을 합쳐 유저들을 몰아내기 위해 공격을 시도합니다.

─지금부터 고블린 보스 '홉고블린' 과 늑대들의 보스 '흑랑' 을 시간 내에 죽여야 합니다.

"······!"

뭐, 뭐야? 퀘스트 내용이 추가된 것은 이제 상관없다고 치더라도 늑대들의 진짜 보스가 적랑이 아니라 흑랑이었어? 한 번도 못 봤는데?

당혹스러운 눈초리로 서로를 보던 유저들은 곧 공격해 들어오는 늑대들의 모습에 다시 공격 자세를 잡았다.

나도 다가오는 늑대들의 모습에 나무에 박았던 단검을 빼내어 공격하려는데,

휘익!

갑자기 오싹해지는 순간 나는 뒤로 황급히 물러났고, 내가 있던 자리에 한 마리 늑대가 등장했다. 그 늑대는 일반적인 회색 늑대도 아니었고, 그렇다고 지금까지 보스로 잘못 알고 있던 붉은 늑대도 아니었다. 바로,

"···흑랑······."

내 말을 알아듣기라도 한 듯 천천히 몸을 돌린 흑랑은 노란 두 눈동자로 나를 보면서 이를 드러냈다.

크르르르!

"윽!"

고개를 휙 젖혀서 간신히 얼굴을 향해 달려드는 흑랑을 피한 뒤 최대한 멀리 떨어졌다.

'뭐가 이렇게 빨라?'

그냥 빠르기만 하면 말도 안 한다. 한 번 스칠 때마다 얼마

나 체력이 뭉텅뭉텅 깎여 나가는지……. 정말 어이가 없다. 아무리 늑대들의 숨겨졌던 '보스'라도 그렇지, 늑대는 레벨 14~15 이상 레벨부터 잡을 수 있는 10대 중, 후반 몬스터이다. 그에 비해서 이 몸은 무려 30이 넘어가는 레벨을 가지고 있는데…….

'어째서 공격은커녕 피하기 바쁜 건데?'

속으로 억울함을 토로하면서 다시 달려드려는 흑랑을 향해 단검을 휘둘러 물러나게 만들었다. 처음엔 뒤의 궁수 두 명이 날 도와주다가 아무런 소용이 없자 포기하고 다른 유저들을 도와줬다. 날아오는 화살을 앞발로 쳐내고 이빨로 부서뜨리니까 말 다했지.

캬아아아앙!

"욱! 그만 좀 달려들라고!"

하다못해 독이라도 바를 시간이라도 주면 좋겠는데, 그것도 힘들어서 끙끙거렸다. 도대체 틈을 주지 않고 나만 집요하게 공격하는 이유가 뭔데? 딴 유저들도 널렸잖아, 짜샤!

"에잇! 난도질!"

크르르!

처음으로 간신히 시간을 내어 스킬을 시전해 흑랑의 앞발을 향해 휘둘렀다. '절개'를 시전해서 아예 큰 타격을 주고 싶지만, 절개 같은 기술은 붉은 기운이 서릴 때까지 기다려야 하는 스킬 타임이 있다. 뭐, 2초 정도밖에 안 되긴 하는데 이럴 때는 무척이나 긴 시간이다.

이렇게 빠른 흑랑이 2초 동안 스킬 타임 중에 움직이지 못하는 날 물어뜯는 것은 그야말로 순식간일 테니까.

단검이 앞발을 흝으면서 지나가자 붉은 피가 조금 배어 나오면서 늑대가 뒤로 물어나 몸을 낮췄다. 노란 눈이 약간 충혈되어 보이는 것이 열받은 듯싶어서 어색하게 웃었다. 한동안 그렇게 서로 움직이지 않다가 결국 내가 먼저 공격했다.

"선수 필승!"

그와 동시에 슬쩍 허벅지의 단검집에 옮겼던 손을 빠르게 움직여서 낡은 단검을 꺼내 흑랑에게 던져 버렸다. 흑랑은 그것을 피하느라 땅을 박차면서 옆으로 몸을 날렸고, 그 모습에 눈을 빛내며 흑랑을 향해 최대한의 속도로 달렸다.

"좀 죽어라!"

카르르르르르르!

자세를 바로 잡으려는 흑랑에게 있는 힘껏 발로 차 위로 띄웠다. 그 와중에 다리가 부러질 듯 아팠지만 겨우 잡은 기회를 놓칠 수 없기에 눈물을 찔끔거리면서 단검을 녀석의 숨통에 있는 힘껏 찔렀다.

캬아아아아아아아아앙!

길고 처절한 비명 소리가 울렸고, 나는 이를 악물면서 박힌 단검을 비틀려고 했다. 하지만 돌려지지도 빼내지지도 않아 낑낑거렸다. 숨통이 관통된 흑랑은 노란 눈으로 무시무시하게 날 노려보며 주둥이를 벌려 물려고 했지만 그것뿐, 내게는 물려고 주둥이만 움찔거리다가 결국 노란 눈이 감기면서 흑랑이 축 늘어졌다.

　—서쪽 숲 늑대의 보스 '흑랑'이 죽었습니다. *지금부터 모든 늑대가 분노 혹은 두려움 상태에 들어갑니다.*

　흑랑을 죽이면 늑대들과는 '안녕' 하는 거 아니었나?

　도대체가 유저를 얼마나 괴롭히면 직성이 풀리는 게임이냐고 중얼거리면서 점차 사라지는 흑랑을 보다가 흑랑이 죽어 남긴 아이템을 챙겼다. 아이템은 죽인 사람의 특성에 맞춰서 나오는지, 달랑 단검 한 자루와 가방?

　"뭐야? 가방이 왜 나와?"

　허리에 맬 수 있게 가죽 띠가 달린 검은색의 작은 가방이었다. 고개를 갸웃거린 나는 일단 아이템이니 챙기고 봤다.

　'나중에 감정해 봐야지.'

　그렇게 생각하며 주변으로 시선을 돌렸다가 혀를 찼다. 유저들도 늑대들을 거의 다 처리하고 있었는데, 유독 적랑들만 더욱 거칠게 날뛰면서 유저들을 공격하며 버텼다. 다른 회색 늑대들은 몸을 움츠리거나 움찔거리고, 심지어는 도로 수풀로 들어가서 나오지 않는 녀석들까지 있었다.

　'흠, 적랑은 분노고, 회색 늑대는 두려움인가?'

　생각을 마친 나는 쪼르르 주변에 쉬고 있던 사제의 등을 콕콕 찔렀다. 반사적으로 시선을 돌린 사제는 이곳저곳에 상처를 입은 나를 보며 인상을 구기다가 한숨을 쉬더니 치료 마법을 시전했다.

"신의 은총을, 큐어."

"옷, 감사요~"

"파티하구 다녀요. 귀찮게……."

뒷말이 조금 거슬리기는 했으나 도움을 받았기에 아무 말 없이 오른쪽 귀 옆에 단검을 꽂았다. 기겁한 표정으로 쳐다보는 사제의 모습에 싱긋 웃으면서 박힌 단검을 뺀 나는 단검에 꽂혀 있는 놈의 모습을 보여줬다.

"그, 그건?"

"글쎄요?"

단검에 꽂혀 있는 녀석은 거미였는데 불길해 보이는 붉은 무늬가 유난히 눈에 띄었다. 그 모습을 보다가 그 녀석을 손가락으로 툭툭 쳐보았다.

—미약하고 미약한 마비독에 걸렸습니다.

"……."

그 목소리와 동시에 툭툭 친 손가락 '만' 저릿해 왔다.

'아무리 거미라도 그렇지 이렇게 작은 놈이 기본적으로 마비독 지침이냐…….'

혀를 찬 나는 문득 서쪽 숲에서 거미를 처음 봤다는 것을 깨달았다. 아무리 인공지능이 뛰어난 몬스터라지만 기본적으로 먼저 영역 이외의 곳으로 벗어나지 않기 때문에 서쪽 숲에는 늑대만 바글거렸다. 가끔 사슴이나 토끼는 초반 숲에 들어왔을 때 아주 가끔 본 적이 있긴 한데, 거미?

'설마 거미까지…….'

그렇게 생각하며 떨떠름한 얼굴로 그 작은 거미를 쳐다보는데 별안간 비명 소리가 들렸다.

"꺄악!"

"컥!"

비명의 근원지로 고개를 돌리니 비명을 지른 두 유저 옆의 나무에 하얀 거미가 다닥다닥 붙어 있는 것이 보였다. 그것만이 아니라 잠깐 까딱거리는 소리가 들린다 싶더니 뒤에서 녹색 거미 몇 마리도 모습을 드러내며 등장했고, 녹색 거미 뒤에는 붉은 거미 한 마리가 있었다.

"헐……."

황당해서 쳐다보는데 또 목소리가 귀에 들렸다.

─홉고블린이 거미를 도발해 서쪽 숲까지 불러왔습니다.

─거미 무리는 현재 분노 상태로 눈앞에 보인 모든 움직이는 것들을 공격하게 됩니다.

'…장난하냐?'

들려온 기계음에 이를 간 나는 당장 소리치고 싶은 마음을 애써 눌렀다. 서쪽 숲에서 같이 살고 있는 늑대들은 그렇다고 해도 홉고블린이 거미를 도발해 이쪽까지 끌고 오는 것이 가능해? 하냐고?!

신경질적으로 단검을 다시 양손에 쥔 나는 인상을 찡그렸다.

"…엥?"

단검을 쥐고 거미들을 향해 다가가려던 나는 순간 눈앞에 보이는 광경에 멈춰 설 수밖에 없었다.

캬아아아!

크르르르릉?!

케에에에에!

"……."

거미와 늑대가 한데 엉켜서 서로 싸우고 있었다. 잠시 이해가 되지 않아서 멍하게 보고 있던 나는 곰곰이 생각한 끝에 왜 그런지 알 수 있었다.

'분명히… 거미들은 분노 상태고, 눈앞에 모든 움직이는 존재를 공격… 한다고 했지?'

하지만 몬스터끼리 싸울 줄은 몰랐는데. 몬스터끼리도 싸우는 것 자체를 처음 보니까. 으음, 나는 멍청히 거미들과 늑대가 싸우는 모습을 지켜봤다. 우위는 거미한테 있었는데 늑대 쪽도 만만치 않았다. 죽자 사자 물어뜯고 있으니까.

거미가 거미줄을 뽑아 공격하면 한 늑대가 아예 그 거미줄 가운데로 달려들어서 다른 늑대들에게 피해가 가지 않도록 자신의 몸에 감아서 피해를 최소화했다. 거미들은 늑대가 다리를 물어뜯으면 아예 자기 다리에다가 거미줄을 뽑아서 같이 감아버렸다.

유저들은 서로를 쳐다보다가 슬그머니 뒤로 물러나며 구경꾼의 자세를 취했다. 지들끼리 싸우기 바쁜 채로 내버려 두는 것이 더 이익이라는 생각에서였다. 유저들은 조금씩 거미와 늑대들에게서 물러나더니 뒤도 돌아보지 않고 앞으로 향했다.

나는 잠시 늑대와 거미들을 한 번 보고 앞서 달려나가는 유저들을 한 번 보다가 어깨를 으쓱거렸다. 그리고는 유저들의 뒤를 따라서 그들을 쫓아가면서 생각했다.

'저 거미들, 유저 앞에 등장한 이유가 뭐야?'

뭐, 늑대를 해결해 주니 좋기는 한데……. 이해할 수 없는 시선으로 흘깃 뒤쪽을 돌아봤다가 머리를 긁적였다.

'좋은 게 좋은 거지.'

좀 더 깊숙이 들어가기 시작한 유저들은 각자 무기를 쥔 채 신경을 곤두세웠다. 몬스터들이 먼저 기다리며 선공을 할 수 있다는 것을 알게 된 유저들은 열심히 주위를 살피면서 몬스터를 탐지하기 위해 노력하고 있었다. 곧 있으면 고블린의 영역을 표시한 나무에 다다르기 때문이었다.

나는 한숨을 쉬면서 떨떠름한 얼굴로 선두 쪽에서 앞서 걸어나가고 있었다. 아까 내 행동과 흑랑을 죽인 실력이라면 홉고블린을 죽이는 데에 도움이 될 것이라는 눈빛이 내게 쏟아졌기 때문이랄까. 아까보다 더 심한 눈총에 결국 앞쪽 무리에 있게 되었다. 파티를 하지 않은 것을 알고 파티를 신청하려는 사람도 있었지만 단호하게─싸가지없게─거절했다.

거절한 이유는, 겉으로 드러나는 것은 파티에 들어가면 파티원과 같이 움직여야 하는데 도적의 경우는 파티원과 같이 다니며 사냥하는 것보다는 혼자서 은신을 써서 뒤치기를 하는 것이 더 효과적이기 때문이라 말했지만, 진짜 이유는 귀찮아서이다.

단순히 파티를 하겠다는 거라면 말을 않겠는데 말이지, 어째서 날 밥줄로 알고 부려먹으려 하느냐는 거다. 처음 파티 제의를 받았을 때는 약간 기분이 좋으면서 들까 말까 생각했었는데 파티원들의 눈빛을 보고는 마음이 싹 사라져 버렸다. 그들의 눈빛은 자기보다 고렙한테 달라붙어서 어부지리로 강해지려는 속셈을 한가득 드러내고 있었다.

뭐, 나 정도의 유저들은 이미 풀 파티로 빵빵하게 한 뒤여서 나 정도의 파티는 구할 수가 없었기에 그냥 혼자 사냥하기로 했다.

큐어가 필요하긴 하지만 솔직히 파티에 들어도 막상 혼전 상황이 되면 도적은 큐어를 거의 못 받는다. 기본적으로 사냥 도중에 큐어를 하진 않지만, 위험해지면 큐어를 해주는데 도적은 가장 뒤 순위라는 거랄까.

체력도 빵빵한 전사들보다는 체력 약한 도적을 회복해 주면 안 되겠냐고. 전사들이 앞에서 몸빵하며 버틴다고는 하지만……

처다보는 시선들을 애써 무시한 채 속으로 한숨을 내쉬었다.

'어째 도적으로 전직해서 좋은 것이 별로 없네. 이럴 줄 알았으면 전사나 할걸. 궁수도 나쁘지 않고… 마법사는 머리를 써야 돼서 싫지만. 사제는 천성에 별로 안 맞는 것 같고.'

여태껏 가상 현실에서 도적을 선택했기에 아쉬드르에서도 도적을 선택했건만, 실수였다는 생각이 강하게 들었다. 솔직히 고렙이 되기에도 전사가 훨씬 유리하고… 그렇다고 지금 와서 다시 키우기도 그렇고……. 이런 생각을 할 무렵, 문득 멀리서 나무 한 그루가 눈에 들어왔다. 그 나무는 바로 고블린이 영역을 표시한 나무였고, 나만이 본 것이 아닌지 내 주위의 유저들이 웅성거리다가 다시 조금씩 앞으로 나아갔다.

조금 더 신경을 곤두세우면서.

드디어 고블린의 영역에 본격적으로 들어선 우리들—그러니까 여기에 있는 모든 유저들—은 긴장된 눈초리로 서로를 처다보았다. 기분 나쁠 정도로 숲은 어두웠고, 그만큼 거슬려서 더욱 신경이 날카로워졌다.

망설이다가 전사들이 천천히 앞으로 걸어갔고, 마법사들은 금방이라도 마법을 날리려는 듯이 준비하고 있었으며, 이미 궁수들은 활에 시위를 매긴 채로 기다리고 있었다.

꼭 성공한다는 의지가 깃들어 있는 것 같아서―죽고 싶지 않다는 것 같기도 하고―매우 흐뭇했다. 저들이 잘하면 잘할수록 홉고블린을 죽일 기회가 더 많이 있다는 것을 뜻하니까.

내 목표는 홉고블린 그 녀석뿐이다. 죽어도 그 녀석은 죽인다.

어쩔 수 없이 선두에 선 나는―전에 말했지만 강제로 이곳으로 쫓겨났다―전사들 사이에서 그렇게 다짐했다.

그리고 앞으로 한 발을 내딛는 순간,

휘익!

"……?!"

갑자기 수풀에서 튀어나와 내게로 날아드는 괴물체에 의해 나는 반사적으로 몸을 숙였다. 도적이라서 숙여서 피하는 것 '씩이나' 가능한 거지 다른 직업이라면 어림도 없다. 적어도 지금 레벨에서 따지자면.

옆으로 몸을 움직여 최대한 안전을 확보한 후 괴물체를 확인하기 위해 시선을 돌렸다. 뒤의 유저들도, 옆의 전사 유저들도 긴장한 눈초리로 괴물체를 향해 시선을 옮겼는데…….

"…저기, 저게 뭔지 아시는 분?"

나는 어이없음을 최대한 숨기고 차분하게 말했다.

안타깝게도 내 노력은 별 소용 없는 듯 전부 꿀 먹은 벙어리가 되어서 내 말을 씹었다. 무례하기는. 그러나 한편으로는 그들을 이해했다. 하긴, 나 같아도 갑자기 수풀에서 '저것', 그러니까, 약간 타원형으로 생기고 가느다란 하얀 실을 온몸—이라기도 좀 뭐하지만—에 감고, 크기는 내 무릎에서 머물고, 건방지게 눈, 코, 입 전부 다 없는 주제에 통통 튀면서 스스로 움직이며 내 주위를 도는 녀석을 보면 누구나 다 저럴 거다.

'…몬스턴가?'

여기는 고블린 영역인데, 다른 몬스터가 있었나?

유저들은 서로를 말똥거리면서 보다가 한 전사 유저가 '그것'을 들어 올리려 손을 뻗는 순간, 그것이… 물었어?!

"아야!"

분명히 아까까지는 아무것도 없는 하얀색 실이 감긴 듯한 타원형 물체인 주제에 갑자기 실들이 벌어지면서 전사의 손을 물어버렸다. 전사는 큰 타격은 없는 듯 물린 왼손을 획획 휘둘러서 떼어냈다. 타원형의 그것은 데굴데굴 구르다가 하얀색 실들이 벌어졌던 곳이 원래대로 변하면서 다시 통통 튀기면서 내 쪽으로 기어들어 와 다리에 찰싹 붙었다.

"……."

뭐니, 너? 난 너를 모르거든?

내 눈초리가 보내는 말을 아는지 모르는지 그 하얀색 타원형 물체는 이제는 아예 내 다리에 비비적거렸다. 그러자 다른 유저들의 눈초리가 묘하게 변하는 것을 보며 황급히 손을 저으며 부정했다.

"아니에요! 이런 거 처음 본다고요!"

"…그러기에는 너무 잘 따르는데?"

"맞아. 마치… 뭐랄까, 애교 부리는 것 같은데?"

여기저기서 들리는 목소리에 울상을 짓다가 그 타원형 물체를 째려보았다. 모든 게 이 녀석 때문이다. 알아서 해결하라는 듯 유저들은 힐끗힐끗 날 보다가 먼저 가버리기 시작했다.

그에 난 인상을 살짝 찡그리다가 그 타원형 물체를 들었다. 아까의 전사 유저와는 달리 물지 않았다. 잠시 그 물체를 노려보다가 한마디 내뱉었다.

"넌 뭐냐?"

하지만 입도 없는 것이 대답할 리……. 아니, 그전에 입이 없으면 물지도 못하지 않나? 입이 있는 거야, 없는 거야? 잠깐 고민하다가 그냥 무시하면서 걸어가기로 했다. 보아하니 공격적인 것은 아닌 것 같은데. 그렇게 마음먹으면서 다시 타원형 물체를 본 순간,

나는 할 말을 잃고 말았다.

홉고블린님 거.

"……."

'이거 뭐야?'

타원형 물체의 아래쪽에 먹물 비슷한 걸로 엉성하게 쓴 글씨가 있었다. 한글로. 아, 참고로 얘기하자면 아쉬드르의 모든 글자는 내게 한글로 표시된다. 만약 미국 사람이라면 영어로 표시되고. 아무튼 나는 엉성하게 급히 휘갈겨 쓴, 한마디로 4~5살 어린애가 쓴 듯한 글자에 고민했다.

'이 녀석 정체가 뭐기에 '홉고블린님 거'라고 쓰여 있는 거지? 그리고 왜 나한테 친한 척하는 거야?'

알 수 없다는 눈빛으로 바라보는데 문득 감촉이 이상하다는 것을 느꼈다. 마치 실이 감겨져 있는 듯한, 실 특유의 매끄러운 느낌이 잡은 손에서 느껴지지 않고 오히려 약간 끈끈하고 실처럼 두께가 일정하지도 않은 가느다란 것에 감싸져 있었다. 이것과 비슷한 것을 본 적 있는 것 같은데 기억이 나질 않는다.

'뭐였지?'

기억나지 않아서 인상을 찡그리다가 생각을 포기했다. 잠시 글자가 쓰여져 있는 것을 바라보다가 손으로 문질러서 지웠다. 잘 지워지지는 않았지만 무척 흐려져서 그냥 얼룩이 묻어 있는 것 정도로 보였다. 만족한 나는 그 타원형 물체를 땅에 내려놓고 알아들을지는 미지수지만 어쨌든 말했다.

"너, 나 따라올 거냐?"

타원형의 물체는 통통 튕기면서 동그라미를 그렸다. 말을 알아듣기는 하네.

"나 싸우러 가. 홉고블린 죽이러. 그래도 갈래?"

그것은 잠깐 멈칫하더니 이번에는 엑스 자로 움직였다. 난 기특한 생각에 그 물체의 머리—쪽이라고도 좀—를 쓰다듬었다.

"착하다. 그럼 나중에 만나자고."

만날 수 있을지 없을지는 잘 모르지만. 가벼운 마음으로 걸어가다가 별 생각 없이 약간 손에 묻어 있는 끈끈한 것을 닳아 해진 망토에 닦다가 멈칫했다.

'…끈끈? 끈끈한 것?'

무언가 생각이 날 듯 말 듯하다. 생각이 잘 나지 않아 머리를 긁적이다가 문득 내 거미줄 그물 침대가 생각났다. 거미줄 그물 침대? 순간 나는 비명을 지르듯이 소리쳤다.

"거미줄!"

나는 재빨리 몸을 돌려서 타원형의 물체를 쳐다보았다. 그 물체는 통통 튕기면서 그 자리에 있었다. 황급히 다가간 난 흔들거리는 그 녀석을 무시한 채 다시금 자세히 살펴봤다. 거미줄, 분명 거미줄이다. 침을 삼킨 나는 만지느라 다시 끈적끈적해진 손을 무시한 채로 중얼거렸다.

"…너, 정체가 뭐냐?"

그러나 그 타원형 물체는 흔들거리면서 무슨 말인지 모르겠다는 제스처를 취했다. 아무것도 없는 주제에 저런 건 어떻게 표현이 가능한 거지? 의아함이 머리를 스쳤으나 폴짝거리는 그 물체를 보고 그 생각을 없앴다.

왠지 저것에 대해 생각할수록 머리가 이상해지는 것 같은 느낌이라서 무시하기로 마음먹었다. 어쨌든 적의(敵意)는 없어 보이니까. 고민하던 나는 타원형 물체에게 말했다.

"너, 따라와라. 아무래도 그냥 두면 좀 그럴 것 같아."

내 말에 동그라미 형상으로 움직이고는 쫄레쫄레 내 다리 근처로 굴러왔고, 잠시 그 모습을 보다가 먼저 간 유저들을 따라잡기 위해 약간 빠른 걸음으로 나아갔다. 옆에 따라붙은 타원형 물체도 더 빠르게 통통 튀거나 구르면서 나를 따라왔다.

어쩌 다른 사람이 보면 꽤나 우스울 것 같은 모습인데 말이지.

한참을 걸어가자 두 갈래 길이 나왔다. 그중 왼쪽의 고블린 부락으로 향했다. 아무래도 그 고블린은 자신들의 부락에서 유저들을 공격할 생각인가 보다.

'나쁠 것은 없지만… 이번에는 부디 함정에 빠지지 않았으면 좋겠는데.'

이미 한 번 당해봤으니까 명색이 인간이 또 인공지능에 당하진 않을 거라고 생각하지만, 솔직히 어쩌면 인공지능이 더 뛰어날지도 모른다. 인공지능이야 딱, 딱, 딱, 알아서 잘하니까 웬만해선……. 솔직히 인공지능이 어떻게 생겨먹고 어떤 원리로 하고 왜 인공지능마다 차이가 있는지도 잘 모르지만.

"아, 저기 있다!"

유저들은 조심스럽게 전진해서 그런지 아직 부락에 도착하기 전이었다. 저쪽에서도 나를 발견했는지 가볍게 손을 흔들었고, 나도 싱긋 웃으면서―보이진 않아도―손을 살며시 흔들었다. 그들과 합류한 나는 내 다리 근처에 있는 타원형 물체에 시선이 집중된 것을 느끼면서 어색하게 웃었다.

"아, 따라오고 싶어 해서요. 특별히 방해되진 않을 것 같기도 하고."

"…그렇다면 상관없지만."

"특이하네……."

'특이하다는 데는 공감 X1,000.'

그렇게 중얼거렸는데, 한 여자 유저가 귀엽다는 듯이 그 물체를 쳐다보는 것이 보였다. 넌 이게 귀여워? 미적 센스가 없네. 그 여자 유저는 눈을 반짝이다가 질문했다.

"이거, 이름이 뭔가요?"

"……."

당연히 없는데. 그보다 내가 왜 지어줘야 하는 건데? 그렇게 생각했지만 왠지 상황을 보아하니 이름 같은 것 없다고 대답하면 내가 굉장히 나쁜 놈이 될 것 같아 순간적으로 생각나는 대로 내뱉었다.

"스파이더 에그."

"······?"

"······?"

"그러니까… 줄여서… 으음, 이더? 스파? 아, 그냥 에그가 나으려나?"

내 말에 유저들은 나를 향해 맹렬한 시선을 던졌다. 민망하기도 한 그 시선에 부담을 느낀 나는 슬며시 고개를 돌리면서 말했다.

"뭐, 고블린이나 주의하자고요. 이름이야 뭐······."

고블린을 주의하자는 말에 유저들은 '너무하다'란 시선을 거두고 다시금 주위를 두리번거렸다. 뭐, 사실 애초에 이곳을 보고 있던 유저는 유저 무리 중의 일부일 뿐이니 별 상관 없기는 했다. 시선이 사라진 것에 안심한 나는 타원형 물체를 째려보면서 중얼거렸다.

'스파이더 에그가 뭐 어때서. 진짜 거미 알 맞는데. 쳇.'

'내 네이밍 센스는 분명히 부모님께 물려받은 거야'라고 생각하면서 툴툴거렸다. 타원형 물체, 스파이더 에그는 데굴거리면서 내 발치에서 어슬렁거릴 뿐이었다.

유저들이 주의하면서 전진하고 있을 때, 그 모습을 수풀 속에서 조심스럽게 보고 있는 한 무리가 있었다. 그 무리는 키가 작고 흉측하게 생겼으며 피부는 메마른 잔디 색을 띠고 있어서 한눈에도 비호감을 주는 외모였다.

그들은 자기네들끼리 키엑거리면서 눈동자를 굴리고 있었다.

그들은 '정찰조'로써, 공격해 오는 유저들을 다른 고블린에게 알려주는 역할을 하고 있었다. 사실 초소에서 적이 오는지 오지 않는지를 확인해야 할 터인데, 누군가로 인해 초소가 박살났기 때문에 그럴 수 없었다. 홉고블린은 초소를 억지로 만들어 세우려고 하다가 그 시간에 유저들을 대비하는 것이 낫다고 판단하고 급조해 정찰조를 보낸 것이다.

고블린들은 서로를 보면서 얼굴을 굳혔다. 그리고 큰 소리로 그들만의 언어를 외쳤다.

키에에에에에에에!

키에에에에에에에!

아니, 이러면 정찰조의 의미가 없지 않나? 정찰의 의미가 애초에 '몰래 적군을 살핌' 아니었어? '몰래'가 사라져 있는데? 누군가의 의문을 뒤로한 채 고블린 정찰조는 자신의 임무를 해내서 뿌듯하다는 듯이 돌출된 어금니를 드러내면서 씨익 웃었다.

키에에에에에에에!

키에에에에에에에!

갑자기 들려오는 고블린의 괴성에 유저들은 인상을 찡그린 채 주위를 살피면서 공격에 대비하는 동시에 그 소리의 근원지를 찾았다.

"저기네요."

어쩐지 익숙하게 들리는, 궁수용 모자를 푹 눌러쓴 한 유저에게 모두의 시선이 쏠렸다가 다시 그 손가락이 가리키는 방향으로 시선이 돌아갔다. 그 손가락이 가리킨 곳에는 고블린 3~5마리 정도가 서로를 향해 흉측하게 웃어대고 있었다.

유저들이 자신들을 바라보고 있다는 생각은 하지 못한 듯 싶었다. 유저들은 말없이 궁수들에게 시선을 돌렸고, 궁수들은 고개를 끄덕이면서 화살을 메긴 후 고블린의 머리를 목표로 쏘아대었다.

휘릭!

한 20여 발은 되어 보이는 화살이 일제히 고블린에게 날아들었고, 고블린들은 그제야 당황하며 허둥대다가 그대로 화살 꼬치가 되어서 삶을 마감했다. 그 작태에 나는 혀를 차면서 중얼거렸다.

'도대체 소리는 왜 지른 건지⋯⋯.'

정말 이해가 불가능하다고 생각하면서 고개를 절레절레 흔들었다. 밑에 있는 스파이더 에그는 내 흉내를 내듯이 마찬가지로 몸을 설레설레 저었지만 기우뚱거리는 모습으로밖에 안 보인다. 몇몇 유저들이 킥킥거렸고, 나는 괜히 창피해져서 스파이더 에그를 발로 슥 밀어버린 후 빠른 걸음으로 나아갔다.

스파이더 에그는 슥 밀려나면서 데굴데굴 굴러가다가 거미줄 하나를 쏘아내 내 다리에 붙었다.

"……."

할 말을 잃고 쳐다보는데 스파이더 에그는 실패에서 나온 실을 감듯이 자신의 몸에서 튀어나온 거미줄을 몸에 도로 말면서 내 다리에 도착했다. 다행인지 불행인지 스파이더 에그가 거미줄을 뽑는 걸 본 유저는 하나도 없었다.

죽어버린 고블린의 시체를 수거하는 궁수들에게 시선이 쏠려 있었기 때문이다. 그 사실에 안도의 한숨을 내쉰 나는 복잡한 시선으로 스파이더 에그를 쳐다보았다.

'원래 거미 알은 그 상태에서도 거미줄을 뽑는 게 가능한 거였나?'

절대로 아닐 텐데……. 역시 게임은 게임이라고 생각하면서 스파이더 에그를 들어 올리며 작게 말했다.

"거미줄 뽑지 마."

궁수들끼리 고블린이 죽어서 남긴 아이템의 분배를 끝냈는지 각자 다시금 무리에 합류한 뒤 무리는 앞으로 나아갔다. 사실 지금 유저 무리는 두 무리로 크게 나뉘어져 있었다. 궁수들이 아이템 분배로 시끄러운 동안 성질 급한 유저들이 먼저 앞서 나가기 시작했고, 그러자 그냥 기다리려는 유저와 먼저 가려는 두 부류로 나눠져 있는 상태였다.

내가 있는 곳은 물론 기다리는 무리 쪽이었다. 먼저 가봤자 좋을 것이 없다는 사실을 잘 알기 때문이다. 아니, 나 말고도 이전에 나와 같이 부락을 공격하러 갔던 유저들도 알고 있는 사실이지만. 그래서 그런지 많은 유저들이 남아 먼저 가는 유저들을 살짝 안됐다는 듯 비웃는 시선으로 쳐다보고 있었다.

먼저 간 유저들은 한 150명쯤 되는데, 나를 포함한 먼저 당했던 이들 전부는 아무런 충고도 해주지 않았다. 하긴, 먼저 간 저들이 가서 함정에 빠져 주면 뒤에 있는 우리들은 함정을 피해 갈 수 있으니 얼마나 좋은가? 충고를 해줬다가는 가지 않을 테니 하지 않은 거겠지.

뭐, 함정에 걸려줘도 상관없고 우리보다 먼저 앞서 싸워줘도 상관없었다. 앞서 싸워준다면 고블린이 독침 같은 것을 소비한 후일 테니까 한결 잡기 쉬울 테지. 꽤나 이기적인 생각을 하면서 가볍게 걸었다. 앞서 나간 무리를 따라잡으려는 생각에 조금 빨리 걷고 있는데 사람의 비명 소리가 들렸다.

"으아악!"

"꺄악!"

'럭키!'

비명 소리를 듣고 '럭키'를 외치는 사람은 무척이나 나쁜 놈이겠지만, 뭐 어떠리. 여긴 게임이고 저들은 유저이며 다시 살아날 수 있는데. 나 말고 다른 유저들도 같은 생각을 한 듯 멋쩍게 웃다가 빠르게 비명 소리가 들린 곳으로 향했다. 한 십여 초쯤 뛰자 사방에서 고블린에게 포위된 채로 가까스로 버티고 있는 유저들이 눈에 들어왔다.

약 150명 정도 되던 유저가 불과 몇 분이 지났을까 하는 시간 동안에 30~40명 정도밖에 남지 않았다. 독침에 당한 유저들도 많았지만, 아마 가장 큰 이유는…….

'저기에서 싸우고 있는 홉고블린 때문이겠지.'

메마른 연둣빛을 띤 고블린 사이에서 짙은 검은색의 홉고블린은 무척이나 튀어 보였고, 색 때문만이 아니라 홉고블린이 들고 있는 피와 비슷한 색의 단검이 눈에 띄었다. 그런데 잡은 손잡이 일부분에 하얀색이 살짝 보이는 것으로 봐선 원래 피와 비슷한 색의 단검이 아닌 하얀색의 단검이었을 확률이 높았다.

그렇다면 저건 피와 비슷한 색을 한 단검이 아닌, 피를 뒤집어쓴 것이겠군. 도대체 단검에 피가 엉겨서 저렇게 될 정도라면 얼마나 많은 유저들을 죽인 걸까?

'무슨 놈의 고블린이 저렇게 센 건지……. 저 자식은 나중에 다굴 쳐서 겨우 잡겠네.'

질린 시선으로 홉고블린을 바라보는데 주변의 유저들이 어느새 몽땅 사라진 것을 눈치 챘다. 두리번거리며 그 유저들을 찾다가 문득 유저들이 갑자기 나타나 압도적으로 고블린들을 밀어내기 시작하는 모습이 눈에 들어왔다. 홉고블린만 쳐다보고 있다가 다른 쪽을 보지 못한 사이, 그 짧은 시간에 벌써 유저들이 상황을 역전시킨 것이다.

갑자기 들이닥친 유저들에 당황한 듯 고블린들은 주춤거리면서 뒤로 물러나고 있었다. 홉고블린은 한참 유저들을 죽이고 있다가 밀리고 있는 상황을 파악한 건지 거칠게 말했다.

"키엑! 인, 간, 들! 케에에에에! 끝, 도, 키익! 없, 군!"

홉고블린은 그렇게 전장을 한 번 쭉 돌아보면서 인상을 구기고 있다가 괴성을 질렀다.

"키이이이이이이이이이이이이!"

그 소리는 전장을 잠시 울리다가 사라졌다. 그리고 잠시 뒤 유저들은 인상을 구기고, 고블린들은 그들 특유의 소리로 환호했다. 수풀에서 고블린 수십 마리가 도로 튀어나온 것이다. 현재 유저들과 싸우고 있는 고블린도 적은 수가 아닌데 더 튀어나오다니! 그래도 아직까진 유저들의 수가 훨씬 우위에 있었다. 문제는 일 대 일로 고블린과 붙어서 이길 유저가 거의 없다는 거지. 한마디로 질적 문제랄까?

'골치 아프네. 이 정도 유저들이라면 될 줄 알았는데…….여기에서 지면 안 되는데.'

생각보다 비등비등한 전투 상황에 인상을 쓰면서 한 손으로 턱을 받쳤다.

'지더라도 홉고블린만 죽이면 되는데… 힘들 것 같네.'

홉고블린 주위의 유저들은 거의 쓸리고 있다는 표현이 맞을 정도로 일방적으로 밀리고 있었다. 머리를 긁적인 나는 어떻게든 홉고블린을 죽이기에 좋은 방법이 없을지 고민하다가 스파이더 에그에게 시선이 갔다. 왠지 모르지만 눈이 없는 스파이더 에그가 홉고블린을 노려보고 있는 듯한 느낌이 들었다.

'착각인가?'

그렇게 생각할 무렵, 스파이더 에그는 잠깐 몸을 부르르 떠는 듯했고, 나는 스파이더 에그가 무슨 짓을 벌일지 상상도 못한 채 고개를 갸웃거릴 뿐이었다.

키에에에에에에에에에에! 캬아아아아아아아!

모든 시선이 스파이더 에그에게 몰렸다. 기묘한 소리로 전장을 떠나가라 울린 스파이더 에그의 소리에 시선이 몰린 것이다. 다시 말하지만 '모든' 시선이다. 고블린을 포함한. 당연히 그중에는 홉고블린의 시선도 존재했다.

스파이더 에그에게서 시선을 돌려 날 맹렬히 노려보는 홉고블린의 시선에 식은땀을 흘렸다. 전장 전체에 어색한 침묵이 돌면서, 대치 상태에서 머뭇거리면서 서로를 노려보길 한 10초쯤 지났을까? 나를 맹렬히 노려보는 홉고블린이 갑자기 웃는 것이 보였고, 그에 불안함이 온몸을 타고 흘렀다.

아니나 다를까, 홉고블린은 내게 시선을 거두고 두 팔로 자신의 가슴을 두들기면서—자신이 킹콩이라도 된 것처럼—크나큰 목소리로 외쳤다.

"키에에에에에에에에! 동, 족, 들이, 케엑! 여! 싸, 워, 라!"

─홉고블린 피어를 들었습니다. 공격 속도가 *10%* 떨어지고 방어력이 *15%* 떨어집니다.

─피어를 들은 모든 고블린은 공격 속도가 *10%* 상승되고 방어력이 *15%* 상승합니다.

─이 효과는 *10분간* 지속됩니다.

귀를 울리는 기계음에 반사적으로 낮게 내뱉었다.

"…미친."

어째서 고블린에게 '피어'가 있는 것이냐─! 그렇게 소리 지르고 싶은 마음을 꾹꾹 누른 채 원망스럽게 흔들거리는 스파이더 에그를 쳐다보았다. 애초에 넌 왜 소리를 지른 건데? 네가 소리만 안 질렀어도…….

"이렇게 쫓길 일은 없잖아아─!"

눈물이 흐를 것 같은 기분을 마음껏 느끼면서 스파이더 에그를 한 손에 들고 열심히 뛰어야 했다. 그렇지 않으면 뒤에서 붉은 안광까지 흘리면서 쫓아오는 홉고블린에게 죽게 될지도 모르니까. 홉고블린 피어를 내질러서 이 몸의 고귀한 입에서 상소리를 나오게 하신 장본인─사람은 아니지만─홉고블린께서는 그 직후 단검을 휘두르면서 나를 쫓아오고 있는 중이시다.

속도에서만큼은 그래도 크게 떨어지지 않고 오히려 약간 더 우위에 있기에 잡히지 않고 뛸 수 있지만 고역이 아닐 수 없었다. 아까까지만 해도 도와주려던 유저들은 이미 포기하고 나가떨어진 지 오래다. 도와주려고 화살을 쏘면 그대로 돌멩이를 던져서 맞추고는 화살을 쏜 궁수를 죽인 다음 다시 쫓아오고, 마법을 시전해 공격하면 그 마법을 그냥 몸으로 버티고는 마법을 시전한 마법사를 죽여 버렸다.

전사? 전사는 접근하기만 해도 그대로 단검으로 스걱 썰어버린다. 이러니 도와주고 싶어도 어쩔 수 없이 방관만 해야 한다는 거다.

'아무리 홉고블린이라고 해도 그렇지, 너무 세잖아!'

세상에, 아무리 현재 레벨이 낮고 홉고블린이 범상치 않은 놈이어도 그렇지, 어느 영화나 소설을 봐도 고블린이 저따위로 강하진 않았단 말이다!

"케에에에! 거, 기, 키익! 서, 라!"

너 같으면 서겠냐? 서는 즉시 댕강 하고 목이 날아갈 것 같은데! 아니, 목이 날아가거나 죽는 것은 둘째 치고, 나는 너랑 동반 자살하든지 해서 너를 필살(必殺)해야 한다! 굳게 의지를 불태우고 있기는 하지만 여전히 상황은 바뀌지 않았고, 고블린과 유저들이 싸우고 있는 전장을 빙빙 돌면서 쫓고 쫓기고 있었다. 나는 입술을 질근 씹으면서 달리는 채로 고민했다.

'어떻게든 이 상황을 바꾸긴 해야 하는데.'

아직도 고블린과 유저들은 치열하게 접전 중이었기에 함부로 홉고블린을 끌고 들어가서 휘저을 수도 없었다. 끌고 들어가면 일단 홉고블린을 떼놓기는 하겠지만, 그랬다간 홉고블린은 유저들을 학살해 버릴 테니까. 아마 자신에 대한 홉고블린의 적대감이 70~80%를 차지할 정도로 높기 때문에 자신만 쫓아오면서 죽이려고 하지만, 아무리 그래도 일반 유저들에게도 적대적인 것은 마찬가지라서 바로 옆에 접근한 유저부터 죽여 버릴 확률이 높았다.

뭐, 간단히 말해 유저들 사이로 들어가면 안 된다는 거다. 그렇다고 고블린들 사이로 들어갔다간 홉고블린 하나도 버거운 판국에 고블린들까지 줄줄이 사탕이 될 테니 절대 사양.

"좋아! 일단… 이거나 받아라!"

뛰는 도중 가볍게 발끝에 힘을 줘서 몸을 돌린 나는 허벅지에 꽂힌 투척용 단검을 홉고블린을 향해 강하게 던졌다. 그리고,

틱!

탁!

"…뭐, 뭐가 이래?!"

"키이이이이!"

나름대로 강하게 던진 단검 두 개를 홉고블린은 들고 있던 단검을 휘둘러서 귀찮은 파리를 내쫓는 듯한 동작으로 쳐내 버렸다. 그 모습에 뭔가 깊이 억울함을 느껴 쳐다보려… 고는 했지만 단검을 쳐낸 직후 더 거칠게 돌진하며 쫓아오는 홉고블린의 모습에 다시금 다리에 힘을 주면서 다리를 열심히 놀

렸다.

유저들은 도움도 안 되고, 단검을 던져도 소용 없자 이런 빌어먹을 상황에 어떻게든 타개할 방법을 생각해 내기 위해 고민에 고민을 하는 중 한 손에 들린 스파이더 에그에 시선이 갔다. 아무것도 모른다는 듯 그냥 대롱거리면서 흔들거리는 스파이더 에그의 작태에 마음속 깊이 무언가가 솟구쳐 오르는 것을 느꼈다. 아니, 이렇게 된 것이 다 누구 탓인데 태평하게 이러고 있는 거야? 뭔가 불공평한 상황에 나는 결심했다.

"네가 희생해라."

'자고로 자신이 한 일은 자신이 책임지는 법!'

그렇게 생각하며 다리에 힘을 줘서 멈춰 서면서 빠르게 몸을 돌렸다. 다시금 갑작스레 멈춘 나를 향해 순간 고개를 갸웃하면서 오만한 눈빛을 보내는 홉고블린.

"**키, 이이! 발, 악, 하, 케에! 는, 구, 키이이이이! 나, 인, 간! 케케케케케케케케!**"

주먹이 절로 쥐어지고 입꼬리가 굳어지는 것이 느껴졌다. 좋아, 분노 게이지 100%다! 실제로 그런 것 따위는 없어 보이지만. 그렇게 말하며 오만한 눈초리를 보내는 홉고블린에게 씨익 웃어준 뒤, 손에 들린 스파이더 에그를 있는 힘껏 홉고블린의 얼굴을 목표로 던졌다.

휘리릭!

이래 봬도 투척 숙련도가 상당했기에 스파이더 에그는 들기만 해도 소름이 돋는 소리를 내며 홉고블린을 향해 날아갔다.

'이… 정도였나?'

투척 숙련도가 상당하기는 했지만 '휘리릭'이란 파공성까지 들리면서 날아갈 정도는 아니었기에 던진 후 의문이 들었다. 눈으로 겨우 보일 정도로 빠르게 날아가는 스파이더 에그의 모습에 나도 당황했고 홉고블린도 당황했다. 하지만 명색의 보스여서 그런지, 아니면 다른 이유 때문인지 홉고블린은 당황하면서도 반사적으로 단검을 휘둘렀다.

그 모습에 이번에도 쳐내지나… 라고 생각 들었을 때, 놀라운 일이 벌어졌다.

스파이더 에그에서 거미줄 하나가 튀어나오더니 그대로 단검을 휘감은 것이다. 홉고블린은 당황하면서 단검을 들고 있지 않은 손으로 거미줄을 떼어내려 했지만, 스파이더 에그가 더 빨랐다. 스파이더 에그에게서 뿜어진 거미줄에 휘감긴 단검이 중심 역할을 하면서 스파이더 에그는 반회전을 하며 홉고블린의 뒤통수를 가격했다.

빠아악!

"……"

'단순히 가격당한 것 같지는 않은데…….'

말하자면 이런 거다. 빠르게 날아가던 공—스파이더 에그—에서 고무줄이 튀어나와서 앞에 있는 장애물—단검—에 휘감기고, 그 속도에 그 걸림돌을 되레 휘감으며 회전하는 바람에 그 도중에 가로막혀 있는 또 다른 장애물─홉고블린의 몸─을 가격한 것이다. 나는 눈을 깜빡이면서 멋지게 뒤통수를 가격 당한 홉고블린을 보았다. 홉고블린의 앞 얼굴의 표정은 그야 말로 꿈에서 볼까 무서울 정도로 그대로 굳어져 있었다.

그리고 그 상태로 움직여지지 않았다. 뒤통수를 가격한 스 파이더 에그도 마찬가지로 뒤통수를 가격한 그 모습 그대로 굳어 있었다.

"…어, 음, 스파이더 에그?"

한참 시간이 지나도 움직일 생각을 하지 않자 홉고블린을 부르기엔 뭣해서 스파이더 에그를 불렀다. 그에 스파이더 에 그는 뒤통수에 박힌 그대로 움찔거렸고, 홉고블린도 동시에 흠칫거렸다. 그리고 홉고블린의 몸이 그대로 무너지면서 땅 에 쓰러졌다.

─서쪽의 늑대이빨 일족의 장 홉고블린이 사망하였습니 다.

─[서쪽의 늑대이빨 일족의 장 홉고블린의 공격] 퀘스트 가 성공하셨습니다.

─보상으로 경험치가 상승하며 NPC들과의 친밀도가 상 승합니다.

─홉고블린을 죽인 '존재'에게 '고블린 슬레이어'의 호 칭이 주어집니다.

―레벨 업을 하셨습니다.

―레벨 업을 하셨습니다.

―레벨 업을 하셨습니다.

―레벨 업을 하셨습니다.

―레벨 업을 하셨습니다.

―레벨 업을 하셨습니다.

나는 엄지손가락을 치켜들면서 말했다.

"…굿."

내 말을 이해한 듯 스파이더 에그는 움찔움찔 비척거리며
몸을 세우고는 뽐내듯 흔들거렸다.

Part 5
패치

비칠거리면서 스파이더 에그한테 가까이 다가간 나는 사라져 가는 홉고블린의 시체를 멍청히 쳐다보았다. 아무리 그래도 그렇지, 스파이더 에그에게 맞아 죽다니. 그러니까 스파이더 에그, 거미 알에게 맞아 죽었다는 얘기잖아?

"네 녀석도 불쌍하게 죽는구나."

아무튼 이걸로 캐릭터를 없앨 일은 사라진 거다. 안심한 나는 홉고블린이 죽어 남긴 아이템을 인벤토리에 던져 넣은 후 스파이더 에그를 쳐다보았다.

"…그러고 보니까 홉고블린을 죽인 '존재' 에게 '고블린 슬레이어' 의 호칭이 주어진다고 했는데……."

일단 내가 죽인 것은 맞으니까 기대되는 마음으로 상태창을 열었다.

이름:스노드롭
직업:도적
레벨:37 HP:100% MP:100% EXP:94%
힘:25 민첩:52 체력:30 지능:15 지혜:15 포인트:12

'…뭐야, 폭렙에 가까운 레벨 업을 한 것 말고는 변한 것이 없는데?'

잠깐 머리를 긁적이다가 알게 뭐냐라는 생각에 기분 좋게 웃었다. 어쨌거나 레벨이 31에서 37로 순식간에 올라간 것만으로도 충분히 기쁘다. 체력과 힘에 2포인트씩 준 후 나머지는 전부 민첩에 올인했다. 상태창을 없앤 나는 어느새 내 다리 옆에서 통통 뛰고 있는 스파이더 에그를 보면서 피식 웃었다.

그러다가 고블린이 아직 남아 있단 사실에 고개를 돌려서 전장을 쳐다보았다가 다시 입꼬리를 올렸다.

홉고블린이 죽어서 그런지 고블린들은 자신들의 부락으로 도망치고 있었던 것이다. 다른 유저들도 레벨 업을 한 덕분에 체력과 마나가 회복되어 하나같이 쌩쌩해 보였다. 왠지 뒤끝이 허망하긴 하지만 뭐 어쩌리.

무사히 이 퀘스트를 마친 것이 다행인 거지. 몇몇 유저들이 태평하게 쭈그려 앉아 있는 나를 향해 다가왔다. 아아, 홉고블린이 마지막까지 쫓고 있던 것이 나니까 그런 건가? 하지만 내가 죽인 것은 맞는데 이상하게 호칭이 없는걸.

그렇게 생각하며 머리를 긁적이는데 다시금 기계음이 유저들의 귓속에 울렸다.

─모든 유저 분들께 안내 말씀드립니다. 잠시 후 패치를 위해 아쉬드르의 서버를 닫을 예정이오니 10분 안에 로그아웃하여 주시기 바랍니다. 또한 지금 사냥터에 나와 있는 모든 유저 분들은 로그아웃 시에 자동으로 도시 '일렌'에서 로그인됩니다. 패치 시간은 현실 시간으로 세 시간입니다.

"패치?"

의아한 생각이 들어서 고개를 갸웃거렸다. 아쉬드르는 오픈베타 이후 단 한 번도 패치를 하지 않았고, 이번이 처음이다. 뭐, 패치 자체는 별로 문제 없는데 이렇게 급하게 패치 공지를 띄우다니?

이상한 느낌이 들었지만 그렇다고 뭐 어떻게 하나, 얌전히 로그아웃해야지. 이상한 느낌이 든 것은 나만이 아닌지 다른 유저들도 잠시 웅성거렸지만, 곧 하나둘 로그아웃하기 시작했고, 나도 조용히 중얼거렸다.

"로그아웃."

뻐근한 몸에 이리저리 팔다리를 움직이면서 거실로 나왔다. 여태까지 머리를 쥐어뜯게 만들던 문제들이 싹 사라지니 마음이 홀가분해진 기분이다. 거실로 나오자마자 보이는 과자를 아그작거리며 먹고 있는 동생을 보며 기지개를 켜다가 슬며시 다가가 과자에 손을 뻗었다.

"하나에 100원."

"…치사한 것."

맛깔스럽게 보이는 과자 하나를 집자마자 여동생의 입에서 나오는 말에 치를 떨다가 도로 과자를 떨어뜨렸다. 안타깝게도 지금의 나는 과자 값을 지불할 100원도 없다. 서러움에 훌쩍거리는 나를 보며 혀를 쯧쯧 찬 동생이 놀리듯 말했다.

"그러게 그걸 왜 사? 몇 년째 용돈을 통째로 가불받아서 한동안은 동전 부스러기도 못 쥐잖아."

"시끄러!"

그녀가 말하는 것은 아쉬드르의 헤드셋이다. 헤드셋의 가격이 현재 들어선 많이 낮아졌다고는 하지만 일반 고등학생에게는 턱도 없이 높은 가격. 그 결과 몇 년치 용돈을 가불받아서 겨우 샀고, 그 후유증으로 아쉬드르 헤드셋을 산 이후 전혀 돈을 만져 보지 못한 상태다. 턱을 괴며 한숨을 내쉬면서 중얼거렸다.

"아르바이트라도 해야 되나?"

"어머나, 아쉬드르는 안 하시게?"

그건 안 되지. 애초에 안 할 거라면 사지도 않았다고. 그러고 보니 아르바이트를 하면서 아쉬드르를 같이하게 되면 그만큼 시간이 없어지게 되니까 고렙이 되긴 힘들겠군. 방법이 없음에 난 다시 한숨을 푹 내쉬었고, 여동생은 내 모습에 눈을 반짝이면서 가까이 다가왔다.

"뭐, 뭐냐, 그 역겨운 눈빛은?"

"…역겨워? 하나밖에 없는 여동생에게 역겹다니?"

'…사실인 것을 어쩌라고.'

그 말까지 내뱉었다간 돌이킬 수 없을 것 같았기에 그냥 시선을 피했다. 그녀는 잠시 나를 노려보다가 화를 가라앉히려는지 잠깐 눈을 감았다가 뜨더니 눈을 반짝이면서 히죽거렸다.

"오빠, 내가 한 시간에 이용료 500원 줄 테니까 아쉬드른가 뭔지 나도 좀 해보자."

"뭐?"

어이없다는 듯이 그녀를 쳐다보았다. 한 시간 이용료 500원은 그렇다고 쳐도 아쉬드르를 해보겠다고? 내가 아쉬드르 같이하자던 온갖 꼬드김에도 절대 안 넘어가던 인간이? 게임 자체를 우습게보고 코웃음만 친 네가? 믿을 수 없다는 듯이, 내 동생 맞느냐는 듯이 쳐다보는 내 눈빛에 동생은 인상을 구기다가 짜증스럽게 말했다.

"심심하단 말이야! TV 보는 것도 하루 이틀이지, 진짜."

"…그럼 애들 불러서 놀지?"

"나 잠수 중이니까 연락하면 죽인다고 애들한테 말한 뒤여서 안 돼."

그럼 애초에 잠수 중이라고 하질 말든가. 그전에 연락하면 죽인다고 했다고? 너, 진짜 여자 애 맞아? 최근 들어서 더욱 의심스러워진 그녀의 성별. 나는 의심의 눈초리를 가득 보냈다가 쿠션으로 한 대 맞았다.

'지, 진짜 아파. 진짜 여자 애 맞아?'

마음속 깊은 곳에서는 더욱 의심이 싹텄다. 어쨌든 대답을 기다리는 녀석의 모습에 한숨을 쉬며 말했다.

"아쉬드르를 하든 안 하든 상관없는데, 일단 나 하고 난 다음에 해. 아쉬드르는 하루에 무조건 열두 시간인 거 알지? 돌아가면서 하자고. 딱 열두 시간, 열두 시간, 이십사 시간. 잘됐네."

"으음, 난 그 정도까진 안 해. 댁처럼 강해지려는 것도 아니고, 그냥 심심풀이로 할 거야. 난 보고 싶은 TV 프로 때문에 조금만."

"그러시든지. 아, 아이디 알려줘?"

고픈 배를 달래기 위해 주방으로 가다가 멈칫한 내가 묻자 녀석은 잠시 고민하다가 고개를 저었다.

"아니, 괜찮아. 그냥 혼자 해볼래."

"그래라."

다시 한 번 하품을 한 나는 냉장고 문을 열었다.

"…여전히 별로 없네."

고개를 절레절레 흔든 나는 다시금 물었다.

"야! 밥 먹을래? 비빔밥 해줄게!"

"달걀 많이!"

"…오냐."

식모가 된 기분에 약간 뒤숭숭한 얼굴로 프라이팬에 달걀을 깨 넣었다.

'뭐, 가끔 이러는 것도 나쁘진 않지.'

비빔밥을 먹고 여동생과 가볍게 놀아준 뒤―놀아줬다고 해봤자 갈굼당해 준 것밖에는 없지만―만족한 얼굴로 내 방으로 들어왔다. 아쉬드르의 홈페이지를 확인할까 했지만 그만뒀다. 귀찮기도 하고 특별히 볼 내용도 없다고 생각했기 때문이다.

이제 원하는 것도 없고. 3시간이 지난 것을 확인한 나는 헤드셋을 썼다. 아직 하루에 할 수 있는 시간을 다 쓰지 않았으니까. 헤드셋을 쓰자 잠깐 시야가 차단되었다가 곧 새하얀 빛이 보였다.

―아쉬드르에 오신 것을 환영합니다.

―패치된 사항을 보시겠습니까?

Yes/No

"Yes."

긍정의 반응을 하자 반투명한 창이 눈앞에 보이면서 긴 글이 모습을 드러냈다.

아쉬드르 1.1 패치 사항.

1. 초보 도시 일렌을 제외하고도 다른 도시로의 길이 열렸습니다. 이제부터 다른 도시 간의 이동이 자유로워집니다.

2. NPC와 일부 몬스터들의 인공지능이 좀 더 향상되었거나 하락되었습니다. 좀 더 다양한 개성의 NPC들을 만날 수 있습니다.

3. 시각, 청각, 후각, 미각, 촉각의 기능이 좀 더 향상됩니다. 이후 조절은 불가능하며 단지 일정 이상의 고통만 차단됩니다.

4. 펫 시스템이 추가되었습니다.

5. 칭호 개념이 추가되었습니다. 칭호를 얻은 후에는 불이익이 또는 이익이 있을 수도 있습니다.

6. 피로도 개념이 추가되었습니다. 피로도가 80% 이상일 경우에 몸의 움직임에 이상이 생길 수 있습니다. 피로도는 여관에서 쉬거나 야영, 특정 아이템을 통해 낮출 수 있습니다.

7. 허기의 개념이 추가되었습니다. 허기가 80% 이상일 경우 몸의 움직임에 이상이 생길 수 있습니다. 허기는 음식물의 섭취로 높일 수 있습니다.

8. 상태의 개념이 추가되었습니다. 상태란 유저의 현 상태를 체크하는 것으로, 좀 더 자신의 상태를 잘 확인할 수 있습니다. 상태 이상에

걸릴 경우 지속적으로 체력이 떨어지거나 피로도가 상승할 수도 있습니다.

9. 인벤토리에 제한이 생겼습니다. 인벤토리를 열 때에는 5초의 시간이 필요하며, 종류를 무시한 채 150개의 아이템을 넣을 수 있습니다. 단, 같은 아이템의 경우 장착 아이템을 제외하고 일정 숫자 양만큼 겹쳐 놓으실 수 있습니다. 손쉽게 독병 혹은 포션, 약초 등 소비 아이템을 이용하고 싶으시면 가방을 이용하실 수 있습니다.

앞으로도 아쉬드르에서 환상을 즐기시기 바랍니다.

패치 사항을 훑어보던 나는 살짝 인상을 썼다. 앞으로는 더욱 주의해야 할 것이 많아졌다. 피로도도 그렇고, 허기, 상태, 칭호, 거기에 인벤토리에 제한까지 생겼다.

'그러고 보면 흑랑을 잡아서 나온 가방은 패치 후에 쓰는 거였군. 칭호도 그렇고.'

그래서 패치를 이렇게 갑작스럽게 했는지도 모른다고 생각하면서 상태창을 열었다. 이번에는 '고블린 슬레이어'가 확실히 있겠지?

이름:스노드롭
직업:도적
레벨:37

상태:양호

칭호:없음

피로도:0% 허기:100%

HP:100% MP:100% EXP:94%

힘:27 민첩:60 체력:32 지능:15 지혜:15

"없는데?"

이상함에 고개를 갸웃거리는데 발치에서 뭔가 통통 튀는 것이 느껴져서 고개를 숙였다가 눈을 크게 떴다. 현재 내가 있는 곳은 일렌의 광장 구석이다. 도시 안으로는 경비병이 떡 버티고 있기에 몬스터는 들어올 수 없다.

"…그런데 넌 뭐냐?"

스파이더 에그. 이 녀석은 여전히 내 발치에서 통통거리고 있었다. 이 녀석, 몬스터 아니었나? 설마 이 모습에 유저는 아닐 테고. 고개를 갸웃거리면서 스파이더 에그를 들어 올리는 데 기계음이 귓가에 울렸다.

— '아라크네의 혼혈 거미 알'을 펫으로 삼으시겠습니까?

Yes/No

"에, 에엥?"

펫이라니? 난 당혹스러운 눈초리로 스파이더 에그, 본명(?) 아라크네 혼혈 거미 알을 쳐다보았다. 아니, 원래 이렇게 쉽게 펫을 얻을 수 있는 거였나? 그보다 거미가 내 펫? 얼떨떨하여 있는데 스파이더 에그가 내 손에 들린 채 기분 좋은 듯 내 손등을 비비적거리는 모습이 보였다.

'뭐, 나름대로 애교가 있기는 한데…….'

"…Yes."

결국 승낙해 버렸다. 이름까지 지어준 녀석인데 어떻게 하겠어.

— '아라크네의 혼혈 거미 알'이 펫이 되었습니다. 앞으로 펫의 상태를 확인하고 싶으시면 '펫 상태창'이라고 말씀하시면 되며, 펫의 이름은 '스파이더 에그'로 먼저 입력되어져 있기에 수정하실 수 없습니다.

"펫 상태창."

이름:스파이더 에그
종족:아라크네의 혼혈
상태:양호, 알(부화 전)
레벨:51
칭호:고블린 슬레이어
HP:100% MP:100% EXP:94% 호감도:85%

"흐음, 펫 상태창은 이런 거네."

고개를 끄덕이면서 다시 창을 닫으려고 하던 나는 문득 보인 사실에 멈칫했다.

'…잠깐만. 레벨이 51? 칭호가 고블린 슬레이어?

잠시 기나긴 침묵이 흐른 뒤 나는 소리없이 좌절했다. 어째서 펫 따위가 주인보다 레벨이 훨씬 높은 건데?! 그보다 왜 네가 고블린 슬레이어야?! 널 던져서 맞게 한 것은 이 몸이라고! 무척이나 억울한 마음에 몸을 부들부들 떨었고, 스파이더 에그는 이해할 수 없다는 듯이 흔들거리더니 내 손에서 가볍게 뛰어내려 발치에 붙었다. 복잡한 시선으로 바라보는 내 모습이 보이지도 않는지 그 녀석은 내 발치에서 서성거리고 있을 뿐이었다.

'…그래, 내 운에 6레벨 업도 과분한 거였어. 주인보다 더 레벨 높은 펫이 있으면 좋은 거지, 뭐.'

애써 그렇게 생각하면서 창을 닫고는 인벤토리를 열었다. 확실히 5초의 시간이 지나서 열리는 것이 전투 중에 인벤토리를 여는 것은 자살 행위가 될 것 같은 느낌이 든다.

인벤토리에서 미확인한 흑랑을 잡고 나온 물품과 흡고블린을 잡고 나온 물품을 꺼내놓고 살폈다. 물론 몸은 광장에서 나와 한적한 골목 구석에 있는 상태다.

"어디… 야, 스파이더 에그. 가만히 좀 있어. 감정해야 된단 말이야."

데굴거리면서 앉아 있는 내 주변을 굴러다니는 모습에 입맛을 다시며 쳐다보다가 아이템을 집고 스킬을 시전했다.

"감정."

―감성의 숙련도가 올랐습니다.

기분 좋게 하는 기계음이 들리면서 감정된 아이템들이 모습을 드러냈다.

[복수의 단검]

공격력:15―25

내구도:52/55

힘:+1

누군가에게 복수에 불탄 자가 사용했던 단검. 강한 집념 탓인지 기묘한 힘도 깃들어져 있다. 새하얀 모습에 어울리지 않는 이름이기도 하다.

[작은 검은색 가방]

허리에 매는 간편한 가방으로 가지고 다니기에 편해 보인다. 흑랑의 가죽으로 만든 듯 질기면서도 부드럽다. 작은 것들을 넣으면 좋을 듯하다.

[어둠의 사냥꾼 나이프]

공격력:18―20

내구도:44/45

어둠 속에서 숨어 사냥하기에 좋아 보이는 묵빛의 나이프. 왠지 위험한 느낌을 풍긴다.

[갈라진 가죽 장화]
방어력:23
내구도:24/30
갈라진 가죽 장화. 갈라진 부분을 꿰맨 흔적이 보이지만 오히려 더 멋져 보인다. 전체적으로 암갈색을 띠고 있어서 더러워져도 표시가 나지 않을 것 같다.

나는 절로 벌어지려는 입을 닫으려 노력하면서 가방을 허리에 매고 '얼기설기 기운 털실 장화'를 당장 벗어 던지고 갈라진 가죽 장화를 신었다. 그리고 허리춤의 단검집에 있던 '낡은 단검'과 '낡은 잠비야'를 허벅지의 단검집에 각각 하나씩 꽂았다. 홉고블린에게 던졌던 소형 투척용 단검을 회수하지 못했기에 마침 텅 비어 있었다.

싱글싱글 웃으면서 '날카로운 주방용 나이프'와 '정원사의 나이프'를 꺼내고 원래 낡은 단검이 있었던 곳에 '복수의 단검'과 '어둠의 사냥꾼 나이프'를 꽂았다.

장비를 재정비한 나는 그제야 마음껏 기뻐했다. 무려 힘 +1이 있는 복수의 단검이라니! 공격력만 해도 내가 원래 가지고 있던 것보다 최소 4~5는 높았고, 갈라진 가죽 장화도 좋았다. 지금 내 소나기 단망토의 방어력이 10인 것을 생각하면 무척이나 대단한 아이템이다.

확실히 늦대의 진짜 보스인 흑랑과 흅고블린을 잡아서 나온 아이템이라 그런지 뭐가 달라도 달랐다.

"아아아~ 좋아라. 요즘 들어서 그나마 운이 좋아지는 것 같네? 이대로만 가라~"

흥얼거리면서 허리에 맨 작은 검은색 가방을 단검집에 거슬리게 하지 않으면서도 움직이기 불편하지 않게 느슨하게 기울여 맨 나는 인벤토리에 있던 최하급 마비독 두 개, 회석된 소형 체력 포션 한 개, 미약한 해독 포션 한 개를 넣었다.

확실히 게임이라 그런지 현실에서 그 정도 크기의 가방에 들어갈 리 없는 것들이 잘도 들어갔다. 그래도 '작은' 가방이라 그런지 그렇게 넣고 나니까 남는 공간이 없었다. 인벤토리에 남은 아이템을 살펴보니 흅고블린 천막에서 훔쳤던 다섯 개 단검들이다. 그걸 꺼내 기대되는 마음으로 살폈건만 일반 낡은 단검보다 못한 공격력을 가지고 있었다.

"쳇, 이런 거 훔쳤다고 그렇게 따라온 거야?"

투덜거렸지만 버리진 않았다. 만약을 대비해 단검 다섯 개 정도야 인벤토리에 있는 게 좋겠지. 그거 말고는 든 것도 없는데. 흅고블린에게 쫓기느라 일반 고블린들을 잡으면서 아이템을 챙길 수 없었던 탓에 내 인벤토리 창은 깨끗하다 못해 썰렁했다. 머리를 긁적인 나는 인벤토리 창을 외면하고는 스파이더 에그를 쳐다보았다.

"그러고 보니 너무 눈에 띄네."

생각해 봐라. 통통 튀면서 따라오는 하얀색의 타원형 털 뭉치같이 생긴 물체를! 거기다가 펫 시스템이 도입된 지 한 시간도 안 됐는데 벌써 펫을 가지고 다니면 그것만으로도 시선을 끌 것이다

　"음……."

　침음성을 삼키며 쳐다보던 나는 별안간 활짝 웃으면서 스파이더 에그를 들어 올렸다. 눈에 띄지 않게 할 좋은 방법이 생각났기 때문이다.

Part 6

하얀 노플

"착하지? 움직이면 안 돼."

불만스러운 듯이 흔들거렸지만 톡톡 조금 건드려 주니 곧 알아들은 것같이 가만히 있었다. 그 모습에 살짝 미소 짓고는 위에 닳아 해진 망토를 덮어썼다. 내가 스파이더 에그를 숨기는 방법은 간단했다. 타원형인 스파이더 에그에게 타원형의 각각 끝 부분에서 거미줄을 조금 뽑아내라고 한 뒤 그것을 서로 묶은 것이다.

가방 시스템이 도입되었으니 '조금' 특이한 가방을 찼다고 설명하면 문제되지 않을 터이다.

'뭐, 물건을 어떻게 넣는지 보여달라고 하면 좀 난감하겠지만, 그렇게까지 묻고 확인할 인간이 어디 있겠어?

그렇게 스파이더 에그에 이어진 거미줄을 어깨에 멘 뒤 뒤쪽으로 돌리고 닳아 해진 망토를 쓰니 거의 티도 나지 않았다. 생각보다 무게도 별로 나가지 않아 나도 부담감이 없고. 만족한 나는 골목을 빠져나와 어디로 갈지 고민했다.

'고블린을 잡아야 하나?'

하지만 고블린은 한동안 보고 싶지도 않은 것이 솔직한 마음이라 고민됐다. 그렇다고 곰을 잡자니 레벨 업을 하긴 했어도 영······.

머리를 긁적인 나는 현재 소지금을 확인했다. 패치에 대한 말 중에 돈에 관한 내용은 없었으니 전과 똑같겠지? 아니나 다를까, 전과 변함없이 간단한 동전 그림과 숫자로 표시된 창이 눈에 띄었다.

"으음, 11실버 41쿠퍼······."

너무 적다. 이 정도라면 대장간 수리도 아슬아슬한데. 하긴, 고블린을 잡고 난 뒤 돈은 거의 나오지 않고 내가 쓸 아이템만 나왔으니까. 팔 아이템도 없는데······. 당장 수리는 안 해도 되긴 하지만 돈 좀 모아야겠는데? 그렇다면 그냥 거미나 잡으면서 돈이나 모을까? 그렇게 생각할 무렵, 갑자기 망토 끝자락에 작은 힘이 느껴졌다.

'뭐지?'

의아함을 느끼면서 돌아보자 작은 여자 아이가 보였다. 아쉬드르는 15세 이용가로 알고 있는데 말이지. 아무리 봐도 10살도 채 안 돼 보이는데? 슈퍼 동안인 건가? 아직 외모 시스템은 변화가 없는데. 의문 가득한 눈초리로 바라보는데 여자 아이는 그 시선에 움찔하더니 눈을 꼭 감고 가느다랗게 말했다.

"…세요."

"응?"

"도와주세요!"

—여관 아주머니 '베니'의 딸 '카나'의 퀘스트 [나를 도와주세요], 수락하시겠습니까?

Yes/No

아니, 다짜고짜 도와달라고 하면서 퀘스트라니? 조금 황당하잖아? 투덜거리지만 입은 착실히 새로운 퀘스트에 대한 답을 지껄였다.

"무슨 일인데 그러니?"

어차피 할 것도 없는데 도적한테는 무척이나 귀한 퀘스트니 해야지, 뭐. 안 그런가? 내 말에 금갈색 머리카락에 약간 수수한 갈색 옷을 입은 카나는 눈동자를 굴리더니 조심스럽게 말했다.

"여기서는… 얘기하기가 조금 그렇고, 다른 곳에서 얘기할게요. 전 '아름나무 여관'의 카나예요. 절 따라오세요."

아이가 카나라는 것은 퀘스트를 통해 알았는데 아름나무 여관이라……. 남서쪽에 있는 그 여관 아닌가? 초반 유저들한테 이것저것 잡심부름 퀘스트를 많이 준다던데……. 도적인 유저 빼고. 머리를 긁적이면서 따라간 곳은 무척 아늑해 보이면서도 깔끔한 이미지를 주는 작은 여관이었는데, 카나는 한숨을 쉬면서 여관 문을 열고 들어갔다.

지금이야 패치로 여관에서 쉬거나 밥을 먹어야 하지만 그전에는 그럴 필요가 없었기에 여관에는 처음 들어와 본 나다. 다른 유저들은 퀘스트 때문에 들락날락거렸겠지만 안타깝게도 이 몸은 하나도 못 받았거든. 그러고 보면 현재 NPC와의 친밀도가 많이 떨어져서 이런 퀘스트가 힘들 텐데……. 아! 고블린퀘 보상으로 NPC와의 친밀도가 올라간다고 했지?

'그래도 좀 갑작스럽군. 잠깐, NPC가 직접 와서 퀘스트를 줬잖아? 그런 소리는 한 번도 못 들었는데?'

멈칫한 날 보고 뒤를 돌아보며 의아한 시선을 주는 카나에게 어색하게 웃어주자 카나는 고개를 잠깐 갸웃거리다가 여관 1층에 있는 문 하나를 열었다. 그러자 침대에 누워 있던 중년 부인이 힘겹게 눈을 뜨면서 우리를 쳐다보았다.

"누구니, 카나? 어머!"

"아, 엄마."

"카나, 이리 오렴! 도적을 데리고 오다니! 위험해!"

힘없이 말하던 중년 부인의 모습은 어디로 가고 황급히 자신 쪽으로 카나를 잡아당기면서 경계심을 가득 드러냈다.

'…그래, 이게 정상적인 반응이었지. 어린 NPC는 도적인지 전사인지에 관한 개념이 없었던 건가?

알 수 없다는 듯 초록 눈동자를 굴리면서 당황의 눈초리를 내게 보내는 카나는 자신을 꼭 안고 있는 중년 부인에게 말했다.

"엄마, 엄마, 괜찮아. 저 사람, 도와주겠대. 응?"

"도와… 준다고? 하지만 저 사람은 도적이야. 아주 위험한 사람이란다."

확고한 태도로 경계심을 띠는 중년 부인의 태도에 난 한숨을 쉬면서 벽 쪽으로 물러났다. 특별한 의사는 없다는 듯이 빈손을 앞으로 내밀면서. 중년 부인은 내 태도와 계속 괜찮다고 칭얼거리는 카나를 보고 마음이 조금 움직인 듯 다소 경계가 가라앉은 목소리로 물었다.

'아아, 정말 현실적인 NPC. 가끔은 진짜 사람인지 아닌지도 헷갈린다니까.'

"정말… 인가요, 저희를 도와주신다는 것이?"

여전히 의심쩍다는 듯한 시선에 어설프게 웃고는 고개를 끄덕이며 말했다.

"예. 마침 시간도 남고, 무슨 사연이 있어 보여 도와달라는 카나의 말에 온 것입니다만… 사실 정확히 어떻게 도와야 한다는 것은 모릅니다."

솔직한 내 말에 시선을 바로 세우고 중년 부인은 고민하는 듯하더니 말했다.

"좋아요. 당신을 믿어보기로 하죠. 카나가 전사나 궁수를 데려와 줬으면 좋았겠지만… 어차피 더 이상 시간이 없으니 비록 도적이지만… 믿고 말씀드리겠습니다."

여전히 망설이는 듯했지만 결국은 믿고 말하겠다는 그 말에 퀘스트를 이어갈 수 있겠다 싶어 속으로 기쁘게 웃었지만 겉으론 그냥 살며시 미소만 지었다. 카나는 자신이 데려온 사람을 쓰겠다는 것이 좋은 듯 활짝 웃으면서 중년 부인에게 안겼다. 중년 부인은 카나의 머리를 쓰다듬더니 한숨을 한 번 쉬고 이야기를 시작했다.

"어디서부터 말해야 될지 모르겠군요. 저는… 용병의 아내였습니다. 그리 강한 용병은 아니었지만… 그래도 그이는 이름이 알려져 있는 신용있는 용병이라고 들었어요. 용병 일을 할 때는 잘 모르겠지만 저희에겐 자상한 남편이었고, 부드럽고 따뜻한 사람이었죠. 행복했습니다. 비록 용병 일 때문에 집에 자주 들어오지는 못했지만, 가끔 들어온 날이면 정말… 정말 행복했죠."

쓸쓸한 표정으로 말하는 중년 부인의 말을 얌전히 경청했다. 카나는 그냥 자신의 엄마 품에 안긴 채 눈을 감고 있었다. 중년 부인은 잠시 말이 없다가 이어서 말했다.

"그래서일까요? 행복은 너무나 빠르게 사라져 갔습니다. 큰 의뢰를 맡았다면서 이번 일을 마지막으로 이제는 같이 살겠다는 그 말만 남기고… 그는 사라졌습니다. 그 이후 용병 길드를 찾아가 봤지만 아무도 보지 못했다더군요. 그렇게 1년, 2년, 그가 사라지고 7년의 세월이 흘렀습니다. 지푸라기라도 잡겠다는 심정에 정신없이 돌아다녀 봤지만 헛수고였죠. 허탈했습니다. 저는 방황하다가 그의 친구였던 용병의 제안에 따라 이 도시 '일렌'에 정착했죠. 그는 그만 잊고 마음을 안정시켜 보라고 하더군요. 그렇게 계속 다니다가는 몸이 상한다고. 그 말에 전 이제 카나를 돌보면서 조용히 살겠다고 마음먹었습니다. 7년간 점점 지쳐 간 탓도 있지만 더 이상 밤마다 혼자서 울고 있는 카나를 외면할 수 없었던 탓이죠. 그렇게 다 잊고 조용히 살고 싶었건만……."

한숨을 쉰 중년 부인은 나를 보면서 말했다.

"7년간 여자의 몸으로 너무 돌아다닌 탓인지… 정착하고 난 후 지금까지 아무 문제 없다가 갑자기 병이 발병했습니다. 큰 병은 아니지만 특수한 재료가 없으면 약을 만들 수 없다고 하더군요. 지금까지 그 재료를 구하려고 했지만… 힘들더군요. 낯선 도시인 탓도 있고, 제가 움직이기가 불편해 카나가 구해야 되기 때문이기도 하죠. 전 아직 이곳의 사람들과 친하지 않아서 부탁하기도 힘들고… 그래서 수행을 쌓으시는 방랑자 분께 부탁드리려고 하는 겁니다."

"그 재료가 뭐죠?"

계속해서 '그 재료'라고 말하기에 정확한 명칭이 궁금한 나는 숨을 고르는 그녀에게 물었다.

"그것은 '하얀 노플' 입니다. 그 재료를 구해다 줄 수 있나요?"

─여관 아주머니 '베니' 의 딸 '카나' 의 퀘스트 [나를 도와주세요]가 수정되었습니다. 여관 아주머니 '베니' 의 [병을 고치기 위한 재료 부탁]을 수락하시겠습니까?

Yes/No

"물론입니다."

수락을 하자 그녀는 살짝 미소 지었다.

"고맙습니다. 좀 전엔 제가 너무 편협한 시선으로 본 것 같군요."

그녀의 말에 나는 싱긋 웃고는 궁금한 것을 물었다.

"그런데 '하얀 노플' 은 어떻게 구하나요?"

"아, 일반적인 노플이 자라는 곳에서 바위틈을 찾아보시면 찾을 수 있을 거예요."

'일반적인 노플?'

일반적인 노플이라면 그녀가 말한 '하얀 노플' 은 일반적인 것이 아니란 건가? 의문이 생겨 물어보려고 했지만 그녀는 내게서 시선을 돌린 채 침대 바로 옆에 있는 서랍에서 둘둘 만 종이를 꺼내더니 내게 내밀고 있었다. 그 모습에 반사적으로 그 종이를 받아 살펴보았다.

'지도?'

"우연찮게 구한 거죠. 노플이 자라는 곳뿐만 아니라 이 근처 지역이 전부 그려져 있으니 앞으로 상당히 쓸모가 있을 겁니다."

'아싸!'

일렌에서는 지도를 팔지 않는다. 잡화점에서 팔지 않기 때문에 구할 수 없는 아이템이라고 생각했는데 퀘스트로 구하는 거였다니! 기쁜 마음에 얼른 받아 품에 넣었다. 이 근처의 지역 전부가 그려져 있다면 앞으로 무척이나 쓸모가 있을 것이다.

중년 부인은 그런 나를 보며 한 가지 충고를 했다.

"조심하시는 게 좋아요. 하얀 노플 근처에는 위험한 몬스터가 있거든요. 레벨이 40 이상이라면 별 문제될 것은 없지만……."

그녀의 말에 움찔거리면서 어색하게 웃었다. 이거 레벨 40 이상 퀘스트였나? 설마 여기 와서 퀘스트를 취소하지는 않겠지? 그녀는 잠시 고민하더니 다시 서랍에서 무언가를 꺼냈다.

"하얀 노플을 구한 다음에 드리려고 했는데… 어쩔 수 없지요. 그 상태라면 하얀 노플을 지키고 있는 몬스터들로부터 버텨내기 힘들 것 같군요. 당신을 믿고 먼저 드리겠습니다."

그녀가 내게 건넨 것은 언뜻 보면 검은색으로 착각할 만큼 색이 짙은 회색빛이 도는 긴 망토였다. 지금 내가 입는 닳아 해진 망토도 발목까지 오기는 하지만 너덜너덜하고 소나기 단망토는 말 그대로 짧은 망토라서 허리 정도밖에 오지 않는다. 그런데 이것은 긴 망토로 발목에 끌릴 정도였다.

일렌에서는 대부분의 유저들이 닳아 해진 망토나 그와 비슷한 것을 입고 다닌다. 소나기 단망토만 해도 이것만 한 망토가 드물었다. 그런데 신기한 눈초리로 바라보자 그녀는 살짝 웃었다.

"제 남편이 쓰던 물건 중 하나죠. 아, 중요한 건 아니니 그렇게 보지 않아도 돼요. 그냥 여러 벌 있던 망토 중 하나니까요. 발목까지 오지만 거추장스럽지는 않을 겁니다. 꽤나 좋은 방어력을 가지고 있으니 공격을 받아도 어느 정도는 충격을 줄여줄 것이고요."

"고맙습니다."

"뭘요. 어차피 일이 끝나면 주려고 했던 건데, 믿고 드리는 것이니 되도록 빠른 시일 내에 하얀 노플을 가져다주셨으면 합니다. 병이 더 악화되는 것은 아니지만, 아무래도 더 이상 여관을 쉬었다가는 생계에 지장이 있을지도 모르거든요."

"예."

생계의 지장뿐만 아니라 다른 유저들도 여관에서 주는 퀘스트를 받을 수 없겠지. 최대한 빠른 시일 내라…… 고개를 끄덕이며 나가려고 하는데 그녀가 참고하라는 듯이 말했다.

"아, 붉은 열매가 달린 '하얀 노플'을 가져다주시기 바랍니다. 하얀 노플 중에 가장 중요한 것은 그 열매니까요."

─여관 아주머니 '베니'의 [병을 고치기 위한 재료 부탁]
이 수정되었습니다.

[붉은 열매가 달린 하얀 노플 세 송이를 구해라.]

"알았어요. 되도록 빨리 구해오죠."

문을 열고 여관을 나온 나는 천천히 나오던 걸음을 빠르게
바꾼 뒤 여관 뒤쪽의 골목으로 들어갔다.

"망토, 뭘 준 거지?"

이미 감정되어 있기에 스킬을 쓰지 않고 아이템 정보를 보
려던 나는 눈을 크게 떴다.

[질긴 헝겊의 검회색 망토]

방어력:18

내구도:50/50

꽤나 잘 손질된 질기고 감촉 좋은 망토. 검회색으로 때가
타지 않아 오랜 시간 착용하기에 좋다.

제한:베니가 손수 망토를 준 사람

나는 큰 소리로 웃고 싶은 것을 애써 참고는 닳아 해진 망
토를 재빨리 인벤토리 창에 집어넣고─재빨리라고 해도 5초가
지나야 되지만─질긴 검회색 망토를 착용했다.

망토를 착용한 나는 가벼운 마음으로 지도를 펼쳤다. 지도
는 꽤나 많은 것을 알려주고 있었다. 서쪽, 동쪽, 북쪽의 알려

진 몬스터들은 이미 이 지도에 그려져 있었고, 이상하게 남쪽은 '일렌 호수' 란 글씨와 호수 형태의 그림만 간단히 그려져 있다.

'일렌 호수라⋯⋯.'

지금까지 일렌 주위에 호수가 있다는 말은 처음 들어봤다. 하긴, 하얀 노플이 살고 있는 초원이 있다는 것도 처음 들어봤지만. 아, 그전에 노플이 뭔지도 몰랐지? 어쨌든 난 일렌 호수란 글자에 더 흥미가 돌았다. 왜냐하면 남쪽은 유저들에겐 '금지 구역' 인 탓이다.

이상하게 남쪽의 남문을 지나치려고 하면 경비병들이 직업에 상관없이 막아버리는 것이다. 그래서 유저들이 다른 문에서 나온 다음 남쪽으로 가려고 했을 때도 어디서 등장했는지 모를 경비병들이 나서서 벌금을 먹였다.

벌금은 다름 아닌 1골드. 그 일이 있은 이후 간 크게 남쪽으로 가려는 유저는 아무도 없었다. 그냥 막연히 '언젠가는 갈 수 있겠지' 라고 생각할 뿐.

'나중에 한번 퀘스트 끝난 다음에 베니에게 물어봐야겠군.'

그렇게 생각하고 시선을 돌리니 초원이 보였다. 남동쪽 방향에 있는 숲 조금 안쪽에 자리 잡은 메마른 초원. 이름은 '스넬 초원'.

평범해 보이는 초원의 이름에 어깨를 으쓱한 나는 그대로 남동쪽으로 가려다가 제프에게 맡긴 거미줄 그물 침대가 생각났다. 그러나 지금 찾으러 가지 않고 이 퀘스트를 끝내고 가기로 마음먹었다.

혹시 하얀 노플을 구하다가 죽을 수도 있으니까. 그리고 조금 더 늦는다고 돈을 받지도 않을 텐데, 뭐. 아, 퀘스트를 줄 수는 있을지도 모른다. 연체한 기간만큼 잡일을 하라는.

'그래도 넉넉잡아서 한 2주 정도 맡아달라고 했으니까 충분히 기간이 남았는걸.'

이렇게 넉넉잡은 이유는 그때 당시 거미줄 그물 침대는 별 필요가 없어서였다. 지금이야 패치가 되어 좀 달라졌지만. 아무튼 거미줄 그물 침대는 나중에 받기로 마음먹은 뒤 발걸음도 가볍게 남서쪽으로 향했다.

'하얀 노플을 지키고 있는 몬스터가 있다고 했지? 무슨 몬스터일까?

그녀는 지키고 있는 몬스터에 대해 말해주지 않았다. 나는 그녀를 생각하다가 싱긋 웃었다. 그 몬스터가 무엇이든 이번에도 내가 최초로 발견한 것일 테니까.

그렇게 남동쪽으로 어느 정도나 갔을까? 사슴과 토끼들이 간간이 나오는 널찍한 푸른 초원을 지나자 또 조금 **빽빽하다**시피 느껴지던 나무들이 듬성듬성 나타났다.

그리고 작게는 내 허리까지 오는 바위, 크게는 내 키를 훌쩍 넘는 나무만 한 바위들이 나타났고, 발밑의 풀도 지금까지 보았던 부드러운 풀이 아닌 억세고 질긴, 거기다 무릎까지 올라오는 긴 풀이었다.

걷는 데 거추장스럽기는 했지만 그저 그뿐, 특별히 힘들 정도로 거슬리진 않았다. 나는 손으로 발 근처의 풀을 만지작거리다가 몸을 일으켰다.

'분명히 이 근처일 텐데?'

지도라기에는 너무나 간단히 그려진 편이어서 자세한 위치까지 찾을 수는 없었지만 대강 이 근처 같았다. 나는 머리를 긁적이다가 지도를 쳐다보았다. 지도에 나타난 이 장소는 하얀 꽃과 노란 꽃이 그려져 있었는데 이 중 하얀 꽃이 베니가 찾는, 내가 찾아야 되는 '특별한' 꽃이고, 노란 꽃이 일반적인 꽃일 것이다.

'하얀 노플을 지킨다는 몬스터도 보이지 않는 걸 보니… 여기가 아닌가?'

이곳까지 오면서 특별히 몬스터를 만나지 못한 나는 하얀 노플을 지키고 있는 몬스터가 상당히 기대됐다. 하지만 코빼기도 보이지 않으니 조금 실망했다.

'으음, 좀 더 찾아볼까?'

나는 베니의 말을 떠올리며 주변을 살폈다. 나무나 바위틈에 노란색의 작은 꽃이 보일 뿐 하얀색의 꽃은 보이질 않았다. 베니의 말로는 바위틈에 자란다고 했는데 근처의 바위 주변을 살펴봐도 하얀색은 보이지 않았다.

'더 깊이 들어가야 하나?'

고개를 갸웃거린 나는 좀 더 깊이 들어가 보기로 마음먹고 발걸음을 옮겼다.

"도대체 어디 있는 거야?"

어느 정도 더 들어왔다고 생각되어 주변을 열심히 찾아보았건만 이번에도 보이지 않자 결국 불만이 입 밖으로 튀어나왔다. 하긴, 그럴 만도 했다. 장장 한 시간 동안 찾고 있는데 보이지 않으니.

바위들은 좀 더 커지고 풀은 더 억세져서 이젠 조금 불편해지기까지 해 짜증이 상당히 솟은 상태다. 하지만 짜증을 낸다고 해서 받아줄 사람도 없는데 어쩌겠나?

나는 한숨을 푹 쉰 채 뻐근한 몸을 풀 겸 고개를 들었다.

한 시간 동안 아래로 숙여져 있던 목과 허리는 우두둑 소리를 내며 나와 마찬가지로 불만을 토했다. 모처럼 든 고개로 구름 한 점 찾을 수 없는 맑은 하늘을 쳐다보았다. 왠지 메말라 보이는 초원에 하늘까지 저렇게 푸르니 더 황량해 보인다.

그리고 저 하늘, 왠지 느낌이…….

'비웃는 것 같은데……?'

착각일까? 구름도 없는데 괜스레 하늘이 비웃는 것 같다는 생각이 들었다. 찜찜해진 나는 가볍게 몸을 풀 겸 스트레칭을 하다가 허리를 뒤로 젖힌 채 팔을 뻗어 땅에 닿게 했다.

'게임이라서 그런지 확실히 유연하네.'

거꾸로 뒤집혀 보이는 세상을 보며 그렇게 생각했다. 현실에서라면 택도 없겠지? 쓸데없는 잡생각까지 떠오를 무렵 문득 내 시선이 유난히 이 근처에서 가장 큰 바위로 향했다. 거의 내 키의 두 배 정도 되는 커다란 바위였는데 그 꼭대기에는……

"어?"

희미하게 하얀 꽃잎이 살랑살랑 흔들리고 있었다.

'하얀 꽃잎?!'

놀라서 몸을 일으켜 세우고 제대로 바위의 꼭대기를 눈을 가늘게 뜨고 살폈다. 이 근처의 바위가 대개 그러했지만 그 바위 역시 잔뜩 갈라져 있었는데, 그 바위는 유난히 그 갈라진 틈이 컸다. 그리고 맨 위 갈라진 틈 사이에 뿌리를 내린 작은 하얀 꽃이 보였다.

더불어서 그것에 달린 붉은 열매도.

나는 그 모습을 보고 미묘한 표정을 지었다. 이거참, 한 시간 동안 헤매던 것을 발견해서 다행이라고 해야 하나, 왜 저런 곳에 박혀 있냐고 화를 내야 하나. 보통 식물은 저런 곳에선 안 자라지 않나?

일단 식물이니까 땅에 뿌리를 내리고 있을 거라고 생각한 것이 하얀 노플을 찾는 것에 방해가 되었다. 한숨을 내쉰 나는 다시 하얀 꽃, 하얀 노플을 쳐다보았다.

'뭐, 상관없지.'

어찌 됐든 찾았으니까.

그렇게 생각한 나는 이번엔 유심히 그 바위 주변을 살폈다. 분명히 베니가 하얀 노플을 지키고 있는 몬스터가 있다고 했기 때문이다. 하지만 아무리 찾아봐도 몬스터의 모습은 보이지 않았다.

'잘못 알려준 건가?'

퀘스트에 대한 것을 알려주는 NPC가 간혹 잘못된 정보를 줄 때가 있긴 했다. 예를 들어 일부러 골탕 먹이려고 한 NPC라든지, 아니면 치매나 노망에 걸린 늙은 NPC라든지. 하지만 베니는 그런 것 같지는 않던데?

고개를 갸웃하다가 일단 하얀 노플을 손에 넣고 보기로 했다. 일단 이 근처에는 확실히 몬스터의 그림자도 찾을 수 없으니 저 꽃을 넣는 데 아무런 위험도 없을 테니까.

마음을 정한 나는 들뜬 표정으로 바위를 살폈다.

바위틈은 무척이나 커서 내 손가락이 들어가고도 남았다. 이 틈 사이에 손가락을 넣고 기어올라 가면 될 것 같았다. 그리고 내 예상대로 그렇게 움직이니 느리지만 꾸준히 바위의 꼭대기와 가까워져 갔다.

그리고 시간이 좀 흐르자 손만 뻗으면 하얀 노플을 금방 손에 쥘 정도로 가까워졌다. 그런데 손을 뻗만 그것을 쥐기 직전, 갑자기 스산한 느낌이 들었다. 흠칫한 나는 재빨리 주변을 살폈지만 특별히 변한 것은 없었다.

'하지만 방금 조금 이상한 느낌이……'

찜찜한 표정으로 다시 한 번 주변을 둘러본 나는 하얀 노플과 닿기 바로 직전인 내 손이 보이자 베니가 한 말 중 '레벨 40이상' 이란 말이 생각났다. 그렇다면 그 레벨대가 되어야 해결할 정도의 일이라는 것.

그런데 그런 것을 이렇게 쉽게 손에 넣을 수 있을까?

나는 잠시 고민하며 하얀 노플을 쳐다보다가 일단 하얀 노플을 얻고 보자고 생각했다.

'일단 몬스터가 등장할 것 같지는 않으니까……'

그렇게 생각하며 머뭇거리던 손을 다시 한 번 뻗었고, 하얀 노플의 잎사귀에 손가락이 닿았을 때,

쉬이이이이이!

몬스터가 등장했다.

그 소리에 놀란 나는 반사적으로 바위를 박찼고, 공중에서 간신히 균형을 잡아 착지했다. 착지한 후 당혹스러운 눈초리로 다시 바위 위를 올려다보자 방금 전까지 볼 수 없었던 꿈틀거리는 초록색의 존재들을 볼 수 있었다.

그 물체들은 하나같이 길쭉했는데 약 1m20~30㎝ 정도 되었다. 그리고 두께는 주먹보다 약간 더 컸고, 다소 소름 끼치는 노란색의 혀를 날름거리고 있었다.

'뱀?'

난 커진 눈으로 그 존재들, 아니, 뱀들을 쳐다보았다. 갑자기 등장한 것은 뒤로 미루고 처음 보는 몬스터를 봤다는 것도 둘째 치더라도, 가장 놀란 이유는 뱀 '들' 이었기 때문이다.

'그냥 몬스터라며? 한 마리 아니었어? 몬스터 '들' 이잖아?'

확실히 뱀은 모두 네 마리나 되었다. 더불어서 그것들은 무척이나 분노한 것처럼 보였는데, 지키고 있던 것, 그러니까 하얀 노플에 손을 대서 그런 듯싶었다. 난 멍하니 그 모습을 바라보다가 곧 정신을 차리고 황급히 단검집에 넣어두었던 단검을 꺼내 양손에 각각 하나씩 쥐었다.

'싸워야… 되겠지?'

여러 마리란 것이 꺼려지기는 했으나 도망치는 것도 마땅치 않다. 지금 내가 있는 곳이 어딘지 정확히 모르는, 대강 '스넬 초원' 의 깊숙한 곳이라는 것만 아는 상태다. 내가 왔던 방향은 이리저리 노플을 찾으면서 헤매느라 잃어버린 지 오래고.

이 상태에서 잘못 방향을 잡아서 달렸다가는 운이 나쁘면 듣도 보도 못한 곳으로 가서 어떻게 죽었는지도 모르고 죽게 될지도 몰랐다. 뭐, 운이 좋으면 방향을 잘 찾아서 가겠지만 객관적으로든 주관적으로든 내 운은 별로 좋아 보이질 않아서…….

정말이지, 스킬 '추적' 을 믿고 부렸던 강짜였는데, 이 상태

추적을 사용하고 그 방향을 따라서 도망치는 것은 무리겠지?
추적은 다 좋지만 단점 때문에 몬스터가 있는 상태에서는 쓰기가 힘들었다. 추적은 발동시키는 데에만 10초가 걸리고, 추적이 발동 중인 상황에서는 다른 스킬 사용도 불가능했던 것이다.

뭐, 추적이 실패하게 된다면야 다르지만 그렇게 되면 스킬을 사용한 의미가 없으니.

어쨌든 저 뱀들이 10초를 기다려 줄 리가 없으니 뭐, 싸워야 되지 않겠는가?

눈 딱 감고 전력 질주로 도망치는 것도 좋겠지만 별로 내키지 않는다. 도망치는 것은 이제 좀 지긋지긋하니까. 어차피 잡아야 될 상대, 지금 잡아보지, 뭐.

마음 편히 생각한 나는 뱀들을 유심히 살폈다.

뱀들은 유난히 널찍했던 바위틈에서 기어나왔는지 한 마리가 그 사이로 들어갔다 나오는 모습이 눈에 보였다. 바위틈이라…….

'그러니까 내가 암만 주변을 살펴도 눈치를 못 챘지.'

바위틈을 조사할 생각은 하지도 못했던 나는 입맛을 다셨다. 솔직히 그것 말고도 의문점이 있다. 왜 뱀들은 내가 바위를 오를 때 공격하지 않고 노플을 만졌을 때 공격한 것인지. 지키고 있는 존재라고는 하지만 뱀은 육식동물이니까 먼저 선제 공격을 하는 게 정상인데…….

지금까지 아쉬드르는 몬스터 중 초식을 제외하고는 기본적으로 모든 유저들을 적대한다고 알려져 있다. 단순히 유저들이 추측한 거지만 신빙성있는 이야기다. 하긴, 적대하지 않으면 몬스터가 아니지만.

내가 생각을 하고 있을 무렵, 뱀 두 마리는 슬금슬금 밑으로 기어 내려온 듯 보이지 않았고, 두 마리만이 바위에 자리를 틀고 나를 주시하고 있었다. 바위까지는 약 3m.

일단 바위에 있는 뱀들은 나를 공격할 수 없기에 나는 땅으로 내려온 뱀들을 먼저 처리하기로 마음먹고 주변을 살피다가 무척이나 당황했다. 두 마리 뱀의 모습이 눈을 씻고 찾아보아도 보이지 않았던 것이다.

이런 필드가 익숙지 않아서 무의식적으로 평소와 같이 평범한 잔디가 깔린 곳으로 생각해 버린 것이다. 내가 있는 곳은 억센 풀이 무릎까지 자란 곳이건만.

이렇게 무릎까지 올라오는 풀숲에서 초록색이기까지 한 뱀을 찾는 것은 무척이나 힘들고 어려운 일이다.

'이런……'

난 혀를 차면서 일단 뒤에서 공격해 오는 것을 막기 위해 나무에 등을 기대며 주변의 풀을 살폈다. 그러나 불어오는 바람에 항상 이리저리 흔들리고 있는 풀의 움직임으론 위치를 찾기 어려웠다. 그러고 보면 흔들리지 않았다고 해도 찾을 가능성은 희박했다.

뱀은 조용히 움직이는 사냥꾼이니까.

나는 긴장 어린 시선으로 주위를 둘러보았다. 벌써 몇 분 정도가 지나간 것 같았다. 지금까지 바위에 있던 모든 뱀이 내려왔다는 것 외에는 별로 변한 것이 없었다. 어디 있는지도 모르는 상태에서 공격을 할 수 있을 리가 없는 나로서는 주변을 긴장의 눈초리로 보는 것이 전부였다.

그래도 가만히 있을 수는 없어 아까 내려오는 중인 뱀에게 단검 하나를 조심스럽게 날렸는데, 그 공격을 몸을 비트는 것만으로 간단히 피해 버린 뱀이었기에 단검을 날려서 공격하는 것은 관두기로 했다.

그리고 그다음부터 계속 이 상태다.

뱀들은 어찌 된 이유에서인지 먼저 공격하지 않고 있었다.

'왜 그러지?'

이유를 알 수 없어서 궁금증이 치솟았지만 내가 저 뱀이 아닌 이상 그 이유를 알 턱이 없다. 어쨌든 그렇게 시간이 흐를수록 불리해지는 것은 나였다. 집중력이 흐트러지고 긴장이 풀리기 시작한 것이다.

더군다나 가장 큰 문제는 로그아웃 시간이 다가오고 있다는 것이었다.

계속 기다려도 변화가 없자 먼저 움직이기로 마음먹었다.

로그아웃까지 시간이 얼마 남지 않아 초조해진 탓도 있지만 지루한 것도 이유 중 하나다.

게임을 하는 이유가 '재미'를 느끼기 위해선데 지루함을 느낀다면 말이 안 되지.

손에 쥔 단검에 힘을 준 후 살짝 심호흡을 한 다음 조심스레 한 발자국 앞으로 나아갔다.

쉬이이이이!

기다렸다는 듯 발 근처에서 뭔가 바람 빠지는 듯한 소리와 함께 뱀 한 마리가 튀어나왔고, 나는 급히 한쪽 발에 중심을 준 후 회전하듯이 몸을 돌려 피했다. 그러나 거기서 끝이 아닌 듯 다시 발밑에서 뱀이 튀어나와 허벅지를 물었다.

─맹독에 감염되었습니다. 체력이 지속적으로 저하됩니다.

─행동이 느려집니다.

'크으……'

들려오는 소리에 속으로 신음을 삼키고 아직 팔을 문 채로 매달려 있는 뱀에게 단검을 휘둘렀다. 행동이 느려졌기 때문인지 휘두르는 팔이 무척 무겁게 느껴졌지만, 단검은 자신의 할 일을 확실히 해냈다.

뱀의 긴 몸통 중 한곳에 피를 흘리게 만든 것이다. 그에 그치지 않고 무거운 팔을 휘둘렀다. 휘둘린 단검의 날에 의해 뱀의 긴 몸통이 베이는가 싶었지만 뱀은 재빨리 내 팔을 문 채로 긴 몸을 이용해 휘감아 버렸다. 그러자 휘감긴 팔에서 강한 고통이 느껴졌다.

마치 굵은 밧줄을 내 팔에 두르고 양쪽 끝을 반대쪽으로 서로 강하게 잡아당기는 것 같은 느낌에 무척 고통스러웠다. 나는 간신히 팔에 쥐고 있던 단검을 떨어뜨리지 않고 다른 쪽 팔을 이용해 내 팔에 휘감긴 뱀의 몸통을 찍었다.

캬아아아!

고통스러운 듯 물고 있던 주둥이를 벌리며 소름 끼치는 소리를 냈지만 감긴 팔에서 몸을 풀지는 않았다. 나는 다시 있는 힘껏 뱀의 머리를 찍었고, 뱀은 잠시 부르르 몸을 떨더니 힘없이 감고 있던 팔에서 스르르 떨어졌다. 그리고 회색으로 변하기 시작했다.

'…이제 한 마리……'

겨우 한 마리를 죽였을 뿐인 데도 머리가 띵하고 팔이 부들부들 떨릴 정도로 아팠다. 으으, 무지 아파. 눈물이 찔끔 난 채 허리에 비스듬히 맨 가방에 넣어둔 해독제를 꺼냈다.

나는 주변을 경계한 채로 조심스레 해독제를 입에 흘려 넣었고, 그 와중에 아까 들린 안내음의 내용을 생각했다.

'그냥 독도 아니고 맹독이라니……'

거미의 독은 '마비독'과 '체력 저하독', 고블린은 '마비독', 뱀은 체력이 거미들의 독보다 훨씬 더 많이 떨어지며 행동의 제약까지 주는 '맹독'.

확실히 레벨이 높아질수록 독을 쓰는 몬스터들의 독이 강해지고 있었다. 하긴, 그렇지 않는 것이 더 이상한 일인가?

'그런데 거미들의 독은 '체력 저하독' 이라고 하더니 왜 뱀은 '맹독' 이라고 한 거지? 체력을 떨어뜨리는 것은 똑같은데……. 뭐, 행동 제약까지 주긴 하지만.'

레벨에 상대적인 건가, 아니면 그냥 명칭이 다른 건가? 살짝 의문이 생겼지만 그냥 조용히 그 의문을 덮었다. 자세히 알아보고 싶지만 특별히 알아볼 곳도 없었다.

그리고 어차피 잡아야 할 몬스터가 가지고 있는 독일 테니까. 난 포션과 달리 꽤나 쓴 편인 해독제를 입에 마저 털어 넣었다.

―맹독의 기운이 약해졌습니다.

"……!"

약해졌다고? 해독된 것이 아니라?

나는 놀라서 눈이 커졌다. 해독제라고 해서 무조건 다 회복되는 것이 아니란 것은 알고 있었다. 통하는 것도, 억제만 시키는 것도, 혹은 아예 통하지 않는 것도 있는 것 정도는 유저라면 전부 알고 있는 사실이다.

놀란 이유는 벌써 그런 몬스터를 만난 것에 대해서다. 최소한 레벨 50은 넘어서 만날 줄 알았는데! 40대 몬스터가 사용하는 독은 내가 사용하는 '미약한 해독제' 의 해독 능력을 뛰어넘고 있었다.

나는 그 사실에 침을 꿀꺽 삼켰다. 정말이지, 너무한 거 아냐? 겨우 뱀 주제에 그래도 되는 거냐고? 속으로 그렇게 생각했지만 그래봤자 독의 위력이 줄어들 리는 없었다.

'…큰일인데……'

아쉬드르의 독은 계속 지속되지는 않는다. 해독을 하지 않아도 능력에 따라 일정 시간이 지나면 자연 회복되기도 한다. 하지만 그건 가만히 해독을 위해 쉬며 자신의 능력으로 충분히 감당할 수 있는 독일 때의 얘기지, 지금처럼 자신보다 한 단계 강한 몬스터의 독에게는 잘 통하지 않는다.

아, 내가 이런 것을 아는 이유는 도둑으로 전직할 때 기본 지식으로 도둑 전직 후에 독, 함정 같은 설명을 들어서다. 들었던 내용 중에 생각나지 않는 것도 있지만 다행히 독에 관해서는 열중해서 들었기에 어느 정도는 알았다.

어쨌든 독에 대해서 생각하던 나는 고개를 강하게 휘두르는 것으로 그 생각을 날려 버렸다. 지금은 한가롭게 생각만 하고 있을 때가 아닌 것이다.

뱀들은 내가 한 녀석을 죽인 것 때문에 더 경계가 심해진 듯 섣불리 먼저 공격하지 않고 있다. 지나칠 만큼 신중한 몬스터다. 내가 딴생각에 빠져 있을 때 공격했으면 먹혔을 텐데……. 뭐, 다른 이유가 있는지도 모르지만.

나는 다시 손에 쥔 단검을 꾹 잡았다.

이제 정말 도망칠 수도 없게 됐다. 정확히는 도망쳐야 할 이유가 사라져 버렸다.

이 상태로 힘껏 도망치고 운이 좋아 도시로 간다고 해도 해독할 방법이 없으니 도망쳐도 죽을 것이다. 도시에 가서 해독제를 살 돈이 없기 때문이다.

'한마디로 어떻게 하든 죽는다는 거지.'

그렇다면 확실히 싸우다 죽는 것이 더 낫다.

망설이고 어물쩍거리던 마음이 확실하게 선 것이 느껴지면서 표정을 굳혔다.

'어차피 죽는 것, 최대한 많이 죽이고 죽겠어!'

나는 하얀 노플이 뿌리를 내린 바위로 몸을 돌리고 그 방향으로 움직였다.

쉬이이!

발목을 노리고 달려드는 뱀을 재빨리 다리를 들어 피하고 그대로 다른 쪽 다리의 발꿈치로 긴 몸통을 찍었다. 그리고 팔을 향해 튀어 오르는 또 다른 뱀을 있는 힘껏 팔을 움직여 그대로 강하게 쳐 날려 버렸다.

그런 다음 안도의 한숨을 쉬지도 못하고 꼬리를 비틀어 날 넘어뜨리려는 녀석을 피하기 위해 점프하며 뒤로 재빨리 물러나 자세를 낮췄다.

뱀들은 몸 구조상 다리 아래쪽을 많이 노렸고, 그들을 상대하기에는 나 역시 자세를 낮추는 것이 훨씬 싸우기가 쉬웠다. 나는 다리를 굽히고 몸을 낮추면서 최대한 자세를 낮게 했다.

그리고 그 상태로 내 얼굴을 향해 정면으로 짓쳐들어오는 뱀을 보며 재빨리 스킬을 시전하며 단검을 휘둘렀다.

"난도질!"

붉은 기운이 어린 단검은 한층 빨라졌고, 그대로 달려드는 뱀을 사선으로 베었다. 기분 나쁜 자줏빛의 피가 튀었지만 그 것을 닦을 시간이 없었다.

나는 양쪽에서 동시에 짓쳐 오는 뱀들의 모습에 앞쪽으로 한쪽 팔을 뻗어 몸을 공중에서 반쯤 회전시키며 피했다.

꽤나 화려하게 피했지만 순 본능적으로 손을 뻗어 구른 것에 불과했다.

어쨌든 그렇게 피한 나는 쉴 새도 없이 그대로 몸을 왼쪽으로 다시 굴려야 했다. 어느새 방향을 바꾼 뱀이 내 발목을 노리며 빠르게 다가오고 있었기 때문이다. 간신히 피한 나는 들려오는 음성에 몸의 무거움을 한층 더 절실히 느껴야 했다.

―피로도가 70%가 되었습니다.

―몸이 무겁게 느껴지며 기운이 빠집니다.

피로도.

패치 때 새롭게 추가된 수치가 나를 괴롭히고 있었다. 피로도가 이렇게까지 상승한 이유는 내가 이렇게 뱀들을 잡기 전에 쉬지를 않아 쌓인 피로를 풀지 않았다는 것도 있지만, 독에 중독된 상태로 다시 물리지 않기 위해 무척이나 격렬히 움직였던 것에 대한 이유가 더 컸다.

독에 물린 상태로 다시 독에 걸리면 훨씬 더 상태가 악화될 것은 당연지사.

그래서 다시 물리지 않기 위해 무척이나 몸을 많이 움직여야 했다. 그 결과 피로도가 급격하게 상승해 버렸다.

'뱀과 싸우기 전이 45% 정도였나? 정말 빨리 올랐군. 우으.'

독에 걸린 상태에서 아무리 많이 움직였지만 너무 빨리 올랐다. 허기까지 겹쳐서인 걸까?

'아까 허기는 50%… 경고음이 한 번 들렸는데…….'

되는 일이 없다. 나는 저절로 나오려는 한숨을 애써 누른 채 무거운 몸을 움직여서 차갑게 눈을 빛내며 다가오는 뱀을 항해 허벅지의 단검을 빼내어 날렸다. 뱀은 날려진 단검을 부드럽게 몸을 움직여서 피하더니 사라졌다. 무릎까지 올라온 풀 사이로 숨어버린 것이다.

'빌어먹을, 또…….'

이런 식으로 풀 사이로 숨어버리니 먼저 뱀들이 공격할 때를 제외하고는 마땅히 공격할 수가 없었다. 나는 숨어버린 적을 찾으려고 주위를 살폈지만 여전히 뱀의 모습은 보이지 않았다. 조심스럽게 몸을 낮추고 공격에 대비하며 단검의 날을 세웠다.

캭!

"헉!"

나는 갑작스럽게 튀어 오르며 등장한 뱀을 보며 놀라며 반사적으로 단검을 휘둘렀다. 그러자 뱀은 그 상태로 몸을 비틀며 피했을 뿐 내 얼굴을 향한 속도에는 큰 변화가 없었다. 난 기겁하며 머리를 재빨리 옆으로 젖혔고, 뱀이 머리카락을 스치는 것이 느껴졌다.

오싹!

나는 소름이 돋는 것을 느끼며 황급히 몸을 돌렸다. 서늘한 바람이 이마에 달린 땀을 식혀주는 동시에 머리카락을 흔들고 있다는 것을 이제야 알아차렸다.

쓰고 있던 망토의 모자가 구르는 도중 벗겨져 버린 것이다. 하지만 그러거나 말거나 나는 신경 쓸 틈도 없이 눈앞의 나무를 휘감은 뱀만 쳐다볼 뿐이었다.

나를 물어뜯는 데 실패한 뱀은 그대로 내 바로 뒤에 있는 조금은 가냘파 보이는 나무를 휘감아 오르고 있었다.

'어쩔 생각이지?'

왠지 좋지 않은 느낌에 나는 인상을 쓰며 그 나무와 떨어지려고 했다. 하지만 그 순간 갑자기 한 마리 뱀이 옆구리로 파고들려는 통에 깜짝 놀라서 그곳에 신경이 집중되어 버렸다.

나는 순간적으로 나무를 타며 오르고 있던 뱀을 망각한 채 옆구리를 노리는 뱀을 향해 단검을 횡으로 재빨리 움직였고, 단검은 뱀의 왼쪽 눈에 닿은 채 그대로 그어졌다.

쉬이이이잇!

고통스러운 듯 몸을 꼬던 뱀은 부르르 떨다가 회색으로 변했다. 그 모습에 안도하며 약간 긴장이 풀린 그때, 위쪽에서 강한 울음 소리가 들려왔다.

캬아아앗!

정말 내가 어떻게 그런 움직임이 가능했나 의문이 들 정도로 단검 두 자루를 교차시키며 흐릿하게 보일 정도로 빠르게 날아오는 뱀의 주둥아리를 정면으로 막았다. 하지만 그렇게 기적적으로 막았음에도 뱀의 힘이 어찌나 강하던지, 그 상태 그대로 뒤쪽으로 쓰러졌다.

"크으으……."

뱀의 날카로운 독니를 바로 눈앞에서 구경하는 것은 별로 좋은 일이 되지 못한다는 것을 절실히 깨달으며 나는 이를 악물었다. 교차된 단검 사이로 보이는 독니는 무척이나 징그럽고 혐오스러웠다.

하지만 이 상태를 바꾸고 싶어도 그럴 수가 없었다. 이 뱀은 유난히 다른 뱀보다 힘이 강해서 떨쳐 낼 수가 없었던 것이다.

설상가상으로 그 뱀은 자신의 긴 몸을 이용해서 내 오른팔을 휘감으려 하고 있었다. 크, 이 상태로는…….

나는 점점 밀려 가까워지는 독니를 보며 이판사판으로 스킬을 시전했다.

"난도질—!"

단검에 붉은 기운이 어리자 아주 잠깐 뱀의 몸이 살짝 굳어졌고, 나는 젖 먹던 힘까지 짜내어 교차시키며 막은 단검을 세워 그대로 베어버렸다. 뱀과 닿아 있던 주둥이의 양쪽 끝이 그대로 피를 뿜는 것이 보이면서 뱀이 축 늘어졌다가 회색으로 변했다.

—레벨 업을 하셨습니다.

'…나이스 타이밍.'

나는 그렇게 속으로 중얼거리며 가는 빛줄기가 몸을 서로 교차시키며 도는 것을 보았다.

간신히 레벨 업과 동시에 체력이 회복되었다. 피로도와 허기는 레벨 업을 한 덕인지 50%로 변해 있었다. 레벨 업을 해도 체력과 마나만 회복될 뿐인가? 쳇, 아쉬운 마음에 입맛을 다셨지만 이 정도로 만족하기로 했다. 애초에 죽을 것을 예감하고 한 전투에서 이 정도라면 수지 맞고도 남은 거지.

나는 싱긋 웃고는 주변의 아이템들을 챙기기 시작했다. 뱀 가죽, 뱀 고기, 뱀의 독니…… 상점으로 직행할 아이템뿐이었지만 그럭저럭 지금의 빈곤 상태는 면할 수 있을 것 같았기에 꽤나 기분이 좋았다.

뱀을 잡고 나서 얻은 아이템을 다 주워 차곡차곡 인벤토리에 집어넣은 뒤 몸을 쭉 일으키면서 바위 위의 하얀 노플을 바라보았다.

'이제 저것만 챙기면 되겠군.'

물론 완전히 끝이 아니라 앞으로 두 개 더 구해야 하지만.

나는 바위에 다가가서 뱀이 아직도 숨어 있나 바위틈을 주의 깊게 봤지만 아까 그 네 마리의 뱀이 전부인 것 같았다. 안심한 난 마음 놓고 바위틈에 손가락을 넣어 가뿐히 바위 위로 기어올라 가 하얀 노플이 뿌리를 박은 그 좁은 장소에 자리를 잡았다.

혹시 뿌리까지 필요할지 몰라서 자리를 잡은 후 손을 이용해 최대한 조심하며 바위에서 꺼내왔다. 바위에 아예 붙어버린 듯한 잔뿌리는 어쩔 수 없었지만, 아예 바위에 뿌리를 박은 게 아닌 바위 위에 쌓인 한 줌의 흙에 중심 뿌리를 박은 것이어서 쉽게 뽑을 수 있었다. 하얀 노플을 손에 쥔 나는 감정을 시전했다.

"감정."

[하얀 노플]

약초로 쓰이는 꽃으로써 꽃잎은 해열 작용을 하고 열매에도 탁월한 효과가 있기에 인기있는 약초 중 하나.

이 꽃이 있는 곳에는 백사가 존재하여 '백사꽃'이라고도 불린다.

"백사?"

'백사는 보지 못했는데?

백사가 아닌 초록색의 뱀을 보았을 뿐, 흰색이라곤 이 꽃 하나밖에 보지 못했다. 잠시 고개를 갸웃거리다가 인벤토리에 하얀 노플을 넣었다.

'뭐, 없을 수도 있고 있을 수도 있는 거지.'

마음 편하게 그렇게 생각한 나는 바위 위에서 뛰어내려 사뿐히 땅에 착지했다.

"후우, 아무튼 이제 도시로 가야겠군. 좀 더 준비하고 다시 와야 되겠어."

애매한 기준인 '최대한 빠른 시간 내에' 란 말이 좀 걸렸지만, 다시 사냥하다가 피로도와 허기 때문에 고생하는 것은 사양이다.

'음… 해독제는 뭐, 돈이 없으니까 미약한 걸로만 조금 사고, 허기를 채울 것도 사고… 아! 이번에는 그물 침대를 가져와야겠다.'

다시 돌아오며 준비할 것들을 생각하던 나는 그물 침대에 생각이 미쳤다.

지금 가서 넉넉하게 허기를 채울 야영 음식과 해독제를 사면 앞으로 도시로 가는 것은 피로도를 낮추러 가는 것일 테니 그물 침대를 가져와서 사용하는 것이 좋았다.

혹시 죽어서 떨어뜨리면 정말 골치 아파지기는 하지만 으음, 아이템은 쓰라고 있는 거니까.

그물 침대를 사용하면 앞으로 피로도 때문에 고생할 일은 사라질 것이다.

그렇게 생각한 나는 기분 좋게 웃으면서 스킬을 시전했다.

"추적."

나는 내가 지금까지 걸어온 발걸음을 이용해 도시를 향해 걸어갔다.

"네에?"

나는 놀란 눈초리로 제프를 쳐다보았다.

'그러니까, 그러니까… 뭐라고?'

놀라서 눈만 깜빡거리는 내게 제프는 피식 웃더니 다시 한 번 말해주었다.

"모두 87실버 90쿠퍼로 쳐주겠다고 했네."

"8, 87실버……."

내가 제프에게 넘겨준 것은 뱀 고기 세 개, 뱀 가죽 네 장, 뱀 독니 한 개가 다였다. 근데 겨우 그 정도가 87실버하고도 90쿠퍼란 말이야? 의문과 기쁨이 섞인 눈빛을 눈치 챘는지 제프는 빙그레 웃더니 설명해 주었다.

"너는 잘 모르겠지만, 일단 뱀 가죽 자체가 좀 희귀한 물건이지. 특히 뱀 독니는 너 같은 도적들에게 유용하고. 그래서 꽤나 비싸게 구입해 준 거다."

"오오옷!"

설명이 잘 귀에 들려오지는 않았지만, 뱀에 관련된 아이템들이 확실히 돈이 된다는 것은 알았다. 갑자기 그 징그럽고 소름 끼쳤던 뱀 녀석들이 예뻐… 보일 정도는 아니지만, 어쨌든 보고 싶은 기분이 들었다.

뱀 네 마리에 87실버라면 해볼 만한 장사가 아닌가? 뭐, 원래 이 정도의 아이템이 나오는 것이 아니라 내가 이번만 '특별히' 운이 좋아서 이런 아이템들이 많이 나온 것일지도 모르지만.

나는 주먹을 불끈 쥐며 다짐했다.

'좋았어, 뱀 녀석들. 내 퀘스트와 돈의 제물이 되게 해주겠어.'

각 3실버 하는 최하급 마비독 세 병, 각 8실버 하는 미약한 해독제 다섯 병, 각 12실버 하는 희석된 소형 체력 포션 두 개, 거기에 각 2실버 50쿠퍼 하는 육포 두 장. 각 20쿠퍼씩 하는 냄새 주머니 다섯 개. 총 79실버.

'…슬프다.'

순식간에 몇 실버밖에 남지 않는 내 소지금을 보던 나는 속으로 눈물을 흘렸다. 젠장, 왜 이렇게 비싼 거냐고!

유저들의 피를 말리는 가격에 우중충한 하늘을 올려다보았다. 아이템들을 사고 제프에게 그물 침대를 되찾은 뒤—연체료로 20쿠퍼를 내야 했다—단검을 수리하느라 남은 돈은 원래 있던 11실버 40쿠퍼와 합쳐서 달랑 8실버. 쿠퍼 하나 안 남기고 달랑 8실버.

"후우우우우."

바닥이 드러난 돈이 안타깝기는 해도 이 정도는 준비하는 것이 좋은 선택이겠지? 뭐, 남으면 나중에라도 쓸 수 있으니까.

그런 생각들을 하다가 어느새 내가 처음 하얀 노플을 구하고 뱀과 싸운 곳에 도착했다. 역시나 그 바위 위에 하얀 노플은 자라 있지 않았다.

'같은 장소에 다시 나타나지는 않는구나. 쳇.'

시간이 더 지나면 나타나는 시스템일지는 모르지만, 기다릴 시간도 없으니 다른 곳을 찾아보기로 했다. 설마 여기에만 있는 것은 아닐 테니까.

아니나 다를까, 그 근처에서 약 10분 정도 한 방향을 향해 걸음을 옮기자 마찬가지로 큰 바위가 보였다. 그것도 내가 보았던 하얀 노플이 뿌리를 내린 바위보다 두 배 이상 큰.

그 크기에 할 말을 잃은 나는 그 바위만 쳐다보았다. 저렇게 크다니……. 그렇다면 몇 마리의 뱀이 숨어 있는 거야, 저 틈에?

질린 눈초리로 바라보며 주변을 살폈다.

역시나 주변에서 몬스터가 나타날 낌새가 보이질 않는 것을 보니 숨어 있는 것이 확실한 것 같다.

"…다른 거 찾아볼까? 적어도 저 바위보다는 좀 작은 놈으로……."

그렇게 중얼거려 봤지만 다른 것을 찾을 수 있을지 없을지 모르는 상황에서는 별로 좋은 방법이 아니다. 결국 나는 눈물을 머금고 냄새 주머니 하나를 가방에서 꺼낸 후 하얀 노플을 바라보다가 스킬을 시전했다.

"혼란."

그러고선 하얀 노플을 향해 정확히 던졌다.

툭.

붉은빛의 작은 주머니와 하얀 노플이 가볍게 부딪쳤다.

직접 올라가는 것이 위험하다고 판단해 혼란이 가미된 냄새 주머니를 던질 생각을 한 것이다. 직접 올라가서 또 당황하며 피할 마음 따위는 없으니까. 그냥 돌을 던져도 되지만 이왕이면 혼란을 쓰는 것이 더 낫겠다는 판단에서 냄새 주머니를 샀다.

아쉬드르 몬스터들을 보니 그냥 돌 따위로는 속지 않을 것 같아서. 뭐, 그래도 고블린을 놀래킨 혼란 정도라면 뱀들도 속겠지.

나는 긴장되어 가라앉은 눈빛으로 하얀 노플을 쳐다보며 생각했다.

"……?"

뱀이 나오지 않아?

의아한 눈초리로 바위를 쳐다보는 바로 그때, 뭔가 큰 것이 움직이는 소리가 들려왔다.

구그그그긍!

"뭐, 뭐지?"

땅을 울리는 듯한 소리에 당황해서 주변을 살펴보니 바위 밑의 땅이 점차 갈라지고 있었다. 그 모습을 확인하자마자 난 재빨리 몸을 뒤로 빼 뒤쪽의 나무에 바짝 붙었다.

'뭔가 좋지 않은 예감이…….'

살짝 미간을 찡그리며 바라보았다. 그로부터 약 10초쯤 지났을까? 그 소리가 멎으며 정적이 주변을 감쌌다. 그리고,

쉬이이이이이이이이잇!

거대한 하얀 뱀이 그 모습을 드러냈다.

약 3m는 되어 보이는 길이, 양팔로 끌어안아도 안길까 말까 한 두꺼운 몸통, 하얀색의 꿈틀거리는 비늘과 손바닥만 한 노란빛의 눈동자, 시린 독니.

나는 침을 꼴깍 삼키고 그 거대한 백사가 날 노려보는 것을 올려다보았다.

'백사… 백사는 맞는데…이 정도의 크기라고는…….'

백사라고는 해도 초록색의 뱀에서 색만 바뀌는 줄 알았다. 저거, 뱀이라기보다는 괴물에 가까운데… 아니, 몬스터니까 그렇겠지만서도.

'저놈… 상대나 될지…….'

이럴 때는 튀는 것이 상책이겠지만, 이 근처를 이미 그 긴 꼬리로 반쯤 감아버렸기에 도망치기에는 별로 마땅치 않아

보였다. 어째서 난 항상 도망치기 힘든 상황만 걸리는 건지.

난 조심스레 양손에 단검을 쥐며 천천히 팔을 들어 올렸다. 백사는 날카로운 눈초리로 가만히 날 내려다보고 있었다.

그리고,

캬아악!

"크윽!"

순식간에 나를 향해 매섭게 쏘아져 오는 백사의 벌려진 주둥이를 있는 힘껏 옆으로 몸을 굴려 피했다. 강하게 땅이 파이면서 자욱하게 흙먼지가 일어났다. 덧붙여서 나 대신 백사의 주둥이에 물린 뒤쪽의 나무는 완전히 짓이겨 뜯겨졌다.

"……."

이거 정말 너무한데?

등으로 식은땀이 축축이 배어 나오는 것이 느껴졌다. 저 정도라면 스쳐도 죽고 물려도 죽을 것 같잖아!

쉬이이이이.

천천히 내 쪽으로 돌려지는 백사의 머리를 보며 잡은 단검을 세게 쥐었다.

'미치겠네…….'

날카로운 백사의 주둥이가 다시금 날 노리며 흐릿하게 보일 정도로 빠르게 쏘아졌다. 그 모습에 일단 무턱대고 몸부터 굴려 피하고 봤다. 저 공격을 막을 생각은 눈곱만큼도 없고, 막을 능력도 없으니 피하는 것이 최선이다.

굴린 몸을 벌떡 일으킨 나는 백사를 향해 내달렸다. 가까이 접근하는 내 모습에 백사는 소름 돋는 소리를 내며 꼬리로 쳐내려는 듯 낮게 휘둘렀다.

그것을 보며 난 내가 할 수 있는 최대한의 높이로 높이 뛰어 피해낸 뒤 공중에 뜬 상태에서 단검을 백사의 머리를 향해 날렸다.

휘익!

바람을 가르며 날아가는 단검을 모습에 조금 기대를 가져봤지만 뱀은 머리를 강하게 뒤흔드는 것으로 단검을 모두 쳐내 버렸다. 그리고선 오히려 입을 벌리며 날 물어뜯을 듯이 오는 백사의 모습에 이를 악물고 다시 단검을 날렸다.

아직 공중에 있는 상태이기에 몸을 움직일 수 없던 나로서는 최선의 방법이었다.

날아간 단검을 보지 못했거나, 피할 가치도 못 느끼는 듯 멈추지 않고 다가오는 녀석에게 자신이 무기라는 것을 보여주는 듯 단검은 벌려진 주둥이의 입천장에 정확히 꽂혔다.

캬아아아아아악!

상당히 고통스러운 듯 지르는 괴성에 귀를 막고 싶었다.

고통 때문에 녀석이 멈춘 사이 사뿐히 착지를 해낸 난 살짝 입꼬리를 올렸다.

'쌤통이다. 단검을 얕보더니.'

그렇다고 해도 솔직히 단검이 꽂힌 정도에 움직임을 멈춘 것은 좀 의외였지만 뭐, 어쨌든 잘된 일이다. 그렇게 생각할 때, 나는 갑작스럽게 뒤에서 들린 바람 소리에 반사적으로 고개를 뒤로 돌렸다.

후우웅!

"……!"

두꺼운 꼬리가 날 향해 야구 배트처럼 휘둘러지고 있었다. 반사적으로 허리를 굽히며 풀에 바싹 엎드린 나는 머리 위로 머리카락을 나풀거리게 하며 지나가는 묵직한 바람을 느낄 수 있었다.

이마에 땀이 맺히는 것을 느끼며 그대로 몸을 오른쪽으로 굴렀다. 다시 한 번 우웅거리는 바람 소리를 들었기 때문이다. 다행히 내 선택이 틀리지 않았고, 내가 있었던 곳에 꼬리가 스치고 지나갔다.

그렇게 공격을 피한 나는 옷에 묻은 풀잎에 신경 쓰지 않고 신중한 표정으로 나를 노란 눈으로 바라보고 있는 백사를 보았다.

'이렇게 피하기만 해서는…….'

나는 시선을 노란 눈에 떼지 않은 채로 버릇처럼 한숨을 살짝 내쉬었다. 아까 단검을 날린 공격이 그 녀석 탓에 우연히 성공했을 뿐 그것을 제외하고는 성과가 없다. 어떻게 하면 저 괴물을 피해서 하얀 노플을 얻을 수 있을까?

죽이는 것 따위는 기대도 하지 않는다.

단지 저 괴물을 피해서 저 꽃을 얻어 안전하게 빠져나갈 수 있기만 바랄 뿐. 뭐, 잡는다면야 아이템도 경험치도 무척 짭짤하겠지만 내 능력으로는 절대 힘들지.

캬악!

수직으로 내려쳐지는 꼬리에 나는 다리에 힘을 주어 옆으로 피했다. 피한 것을 눈치 챈 뱀이 곧바로 꼬리의 방향을 바꿔 내가 피한 장소로 찌르듯 쇄도했다. 그에 움찔한 난 순간적으로 가장 안전하다고 생각되는 곳으로 몸을 물렸다.

바로 백사가 지키는 하얀 노플이 뿌리내린 바위 근처로.

쉬이이이이익!

내가 꽃으로 다가가자 흥분한 듯 거친 소리를 냈지만 함부로 주둥이나 꼬리를 날리지는 않았다. 그런 공격을 했다가는 뒤의 바위가 부숴져 내려 '지키고 있는' 하얀 노플이 상처 입거나 짓이겨질 수도 있기 때문이리라.

반쯤 도박으로 생각하고 피한 것이건만 꽤나 좋은 선택을 한 것 같았다.

'일단 지금 당장은 말이지.'

뱀은 내가 하얀 노플 근처로 피한 것에 무척이나 분노한 듯 노란 눈의 세로로 된 동공이 거의 풀리고 있었다. 이성을 잃기 직전 정도 되려나? 그 모습이 꽤나 끔찍하고 징그러웠기에 나는 다리에 힘이 살짝 풀릴 뻔했다.

난 좋지 않은 안색으로 백사의 눈치를 살피다가 슬금슬금 바위를 타며 기어 올라갔다. 내 행동에 더 분노한 듯 백사가 꼬리를 휘두르며 그 근처의 나무들을 박살 내는 것이 보였다.

차라리 작은 뱀이라면 하얀 노플에 피해를 주지 않고 공격할 수 있기에 마음 놓고 공격이라도 하련만, 그 크기 때문에 불가능했기에 더 분노한 것 같아 보였다.

하얀 노플에 가까이 다가가는 것을 보면서도 상처 입을까 공격하지 못하는 것을 보면 하얀 노플이 그 뱀에게 무척 중요한 존재인 듯싶었다.

'그럼 요놈을 써먹을 수도 있다는 말인데…….'

나는 하얀 노플이 손을 뻗으면 닿을 만한 위치로 올라가며 속으로 중얼거렸다.

백사는 내가 하얀 노플에 손을 대면 그대로 찍어누를 작정인 듯 꼬리를 흔들며 불타오르는 시선으로 노려보고 있었다.

고개는 뱀을 향한 채로 하얀 노플을 눈동자를 밑으로 하여 내려다보았다.

'…뱀이 지키는 꽃… 백사꽃…….'

이유야 알 수 없지만 백사―라고 하기엔 조금 무식하게 큰― 의 보호를 받고 있는 신비한 꽃. 난 조심스레 조금 더 하얀 노플에 접근했다. 이제 손을 뻗으면 닿을 위치가 아니라 조금만 움직여도 닿을 위치로 변했다.

캬아아악!

경고하는 듯한 백사의 소리가 들렸지만 한 귀로 흘려들으며 신중한 눈빛으로 하얀 노플을 살폈다. 그러나 특별히 눈에 띄지 않는, 평범한 꽃에 불과해 보였다. 분명히 뭔가 쓸 만한 것이 있을 텐데…….

난 인상을 찡그리며 조금 더 자세히 들여다보았다. 없으면 무척 곤란해지기 때문이다. 임시방편으로 꽃을 방패화시키기는 했지만 분명히 한계는 있다. 몸을 부르르 떠는 저 뱀을 보니 이 이상 시간이 지나면 꽃에 피해가 가는 것을 감수해서라도 한 대 칠 것 같은 예감이 들었다.

쉬이이이이이이.

점차 낮아지는 백사의 소리에 스산한 느낌이 돋던 와중 드디어 하얀 노플에게서 특이한 것을 발견했다. 아주 흐릿하긴 하지만 꽃에 달린 작은 열매에 하얀빛이 살짝 머금어져 있다는 것을.

그에 눈을 반짝였지만 곧 실망하고 말았다. 그걸 발견해 보았자 상황이 나아진 것이 없었기 때문이다.

"하아, 뭔가 도움이 될 줄 알았는데……."

한숨을 쉬며 흘깃 백사를 보았다. 아주 조금씩이긴 하지만 점차 내게로 다가오고 있었다. 젠장, 결국은 이렇게 되는 거였나?

나는 입술을 깨물며 생각했다.

'좋아, 죽을 거라면 최소한 저 하얀 노플을 가방에 넣고 죽

어야겠군. 인벤토리가 죽어서 떨어뜨릴 확률이 더 낮을 것 같지만 5초를 기다려야 하니까… 어쩔 수 없지.'

생각을 정리하며 빠르게 몸을 움직였다. 일단 하얀 노플을 얻을 가능성을 목표로 하여 그대로 하얀 노플을 잡아당겨 뽑아버린 것이다.

그리고 뽑자마자 대충 가방에 쑤셔 넣으며 황급히 뒤로 뛰었다. 하얀 노플을 뽑자마자 백사가 달려들었기 때문이다.

캬아아아악!

쾅!

나는 몸을 떨었다. 내가 재빨리 뛰어 뒤에 있던 바위에 착지했기에 체력의 손실은 입지 않았다. 하지만 눈앞의 장면 때문인지 간담이 서늘했다. 백사가 부딪친, 하얀 노플이 자라고 있던 바위가 산산이 금이 간 채 먼지를 일으키고 있었던 것이다.

바위와 박치기를 해서 바위를 이기다니, 도대체 머리가 어떤 강도를 가진 거지? 속으로 혀를 차며 나는 슬며시 단검을 손에 쥐었다. 백사는 약간 머리가 아픈 듯 머리를 휙휙 저었다가 다시 날 바라보며 시선을 고정시켰다.

서로 마주친 눈. 백사의 눈동자는 거의 돌아가 있었다.

'…오싹하군.'

그 생각과 동시에 백사의 두터운 꼬리가 나를 찍어누르려는 듯 내 위에서 후웅~ 하는 바람 소리를 내며 내려쳐졌다. 바위를 발로 박차고 이번에는 땅에 착지했다. 이번에도 바위에 금이 쩌적 가며 반쯤 부서졌다.

너무 세게 후려쳤는지 부딪친 뱀의 비늘 부위가 너덜너덜 해지고 피도 약간 흐르고 있었다. 그 모습에 나는 고개를 갸웃거렸다.

'…피가 흐른다고?'

다시금 미친 듯이 꼬리를 내려치며 나를 잡으려고 하는 백사의 꼬리를 있는 힘껏 구르고 뛰며 피하면서, 나를 때리려던 꼬리 혹은 머리가 바위에 부딪치는 모습을 관찰했다.

무식하게 바위를 내려친 덕분에 비늘은 뭉개져 있었고, 바위 조각이 박혀 있기까지 했다.

"…이게 방법이었나?"

조금 어이가 없었지만 어찌 되었든 방법을 찾았다.

바로 하얀 노플이 없어져 이성이 사라진 백사. 그 백사 스스로의 힘과 공격을 이용해 스스로를 상처 입혀 죽이는 것.

하얀 노플을 가져갔다고 해서 저렇게 앞뒤 가리지 않고 공격하는 것을 보면 내가 생각하는 방법이 공략법인 것 같았다. 하긴, 퀘스트에서 안전선이라고 한 레벨 40인 유저들도 저 뱀이랑 일 대 일로는 절대 못 이기고 파티로도 힘드니까 이런 방법을 이용해 잡으라는 거겠지.

생각보다 찾기 쉬운 공략법이었다. 나처럼 아이템이라도 얻고 죽을 생각을 하는 유저들도 꽤나 많을 테니까. 뭐, 죽어서 떨어질 수도 있지만 어쨌든. 나는 스스로 납득한 뒤 무턱대고 달려들고 보는 백사의 주둥이를 보며 있는 힘껏 바위 근처로 굴렀다.

그러자 쏘아져 오는 머리가 방향을 돌려 바위 옆에 있는 내 쪽으로 방향을 바꿨다. 그 모습에 나는 본능적으로 바로 피하려던 몸을 애써 막았다. 바로 피해 버렸다간 방향을 바꿀 테니까. 나는 백사가 방향을 바꾸기 힘든 위치로 올 때까지 기다린 다음, 백사가 풀을 가르며 다가오자 높이 뛰었다.

나는 곧 뒤의 바위에 착지했고, 자세를 안정되게 잡으려고 할 때 그 바위에 엄청난 진동이 느껴졌다.

콰앙!

"으윽!"

순간 내가 착지했던 바위에 금이, 하필이면 내 오른쪽 발밑에 금이 가 몸을 휘청거리면서 바위에서 미끄러졌다. 제대로 자세를 잡을 수 있었다면 모를까 아직 자세를 잡기 전이라서 균형 전체가 무너진 것이다.

내가 계산했던 속도보다 더 빨리 뱀이 바위를 치는 바람에 자세를 잡지 못한 것이다. 휘청거리면서 미끄러지는 몸에 당황하며 손을 바위로 뻗었지만 사분지 일이 무너져 내린 바위는 내 손이 닿은 곳에 존재하지 않았다.

그렇게 바위에서 미끄러져 반사적으로 착지할 곳을 찾았다. 그러자 느릿하게 들리는 하얀색의 비늘로 꿈틀거리는 백사의 널찍한 머리가 보였고, 무의식적으로 가장 가까운 그곳에 착지했다.

"아?"

급한 대로 일단 보이는 곳에 착지한 나는 내가 착지한 장소가 무엇인지 인식한 것은 순간이었다. 나는 껄끄러운 느낌의 하얀 비늘을 밟고 당혹감에 다른 방법을 생각해 내지 못한 채로 머뭇거렸다.

내 계획은 일단 바위가 있는 곳으로 유인해 부딪치게 만들어 뱀 스스로 체력을 깎아먹게 하는 거였는데, 이렇게 되리라곤 생각지도 못했다.

당황한 나는 일단 백사의 머리에서 내려오기 위해 몸을 낮추며 무릎을 굽혔다. 문제는 그렇게 굽힌 상태에서 갑자기 거칠게 백사가 머리를 흔든 것이다.

"우, 우왓!"

비늘에서 미끄러지려는 몸을 재빨리 찰싹 달라붙어 떨어지지 않을 수 있었다. 나는 거칠게 이리저리 흔들리는 몸을 떨어지지 않으려고 비늘을 붙잡았다.

내려가고 싶기는 해도 사뿐히 착지하는 것을 원하지, 결코 내동댕이쳐지는 것을 원하지는 않는다. 백사는 내가 자신의 머리에 달라붙은 것에 미친 듯이 머리를 흔들고 있었다.

카악! 캬아아악!

급기야 이리저리 몸까지 꼬는 백사의 행동에 나는 필사적으로 버텨내려고 했지만 점점 미끄러지는 손을 멈출 수는 없었다.

"조, 좀 작작 흔들… 큭!"

하마터면 혀를 깨물 뻔한 나는 이를 악물었다. 이 상태로는 내동댕이쳐짐과 동시에 그대로 백사가 깔아뭉개 로그아웃되어 버릴 것 같았다. 그것뿐만이라면 상관없겠는데, 내동댕이쳐질 때 비스듬히 매어진 가방에 넣어진 하얀 노플이 짓이겨질 것 같았다.

가방에 넣어진 물건이 쉽게 손상되지는 않겠지만 혹시라도 모르는 일. 이렇게까지 했는데 헛고생을 하고 싶은 마음은 조금도 없다.

'이렇게 된 이상 직접 공격한다!'

나는 굳게 마음먹고 비늘을 잡고 있던 한 손을 놓으며 단검 하나를 꺼내 스킬을 시전하며 힘껏 비늘에 박았다.

"절개!"

쉬이이이!

캬아아!

고통스런 뱀의 비명 소리가 귀를 울리며 백사의 몸이 뒤틀렸다. 하지만 스킬까지 시전해서 박은 단검에 몸의 체중을 실으면서 버티는 나를 떨어뜨리기에는 쉽지 않은 듯했다. 그러자 백사는 흔들거나 비트는 것으론 나를 떨어뜨릴 수 없다고 생각했는지 약간 부서진 바위로 스르륵 다가갔다.

나는 등 뒤로 식은땀이 흐르는 것을 느끼며 언제든지 떨어질 수 있도록 몸을 굽혔다. 뱀은 바위 가까이로 가자마자 몸을 돌리더니 그대로 앞뒤로 흔들기를 반복했다. 그 흔들리는 강도가 점점 세어지며 속도도 빨라졌다.

그것을 느낀 나는 있는 힘껏 비늘을 밀치며 백사의 몸에서 떨어져 나갔고, 잔뜩 젖혀진 채 바위에 부딪칠 준비를 하던 백사의 머리에 매달린 위험한 상황에서 벗어날 수 있었다. 하지만 백사는 아니었다.

백사는 내가 떨어졌음에도 불구하고 속력이 붙은 자신의 머리를 그대로 바위에 찍을 수밖에 없었다.

콰아아아아아앙!

정말 땅이 흔들리는 것 같은 어마어마한 소리와 함께 바위가 완전히 박살나며 먼지가 모락모락 피어났다.

박살난 바위를 보며 난 고개를 저었다. 아무리 이성을 잃어도 그렇지, 저렇게 무식하게 행동할 수가……. 아, 그야말로 이성을 잃어서 그런 걸지도. 나는 먼지가 가라앉는 모습을 보며 조심스럽게 약간 거리를 벌렸다. 하지만 도망은 치지 않았다.

이 틈을 타서 도망칠 수도 있지만, 이런 식으로라면 잡을 수 있을지도 모른다는 생각과 저 백사가 죽어서 나올 아이템에 욕심이 생겨 버렸다. 살짝 기대감이 서린 눈으로 백사의 경련을 일으키는 몸을 바라보았다. 머리는 아직 바위 더미에 덮여져 있어 보이지 않았다.

그리고 그 아래에 조금씩 흘러내리는 붉은 피.

"죽었나?"

흘러내리는 양이 점차 많아지는 것을 보니 장난이 아니다. 저 정도라면 죽었을지도. 그럼 자신이 죽을 정도로 스스로를 내려친 건가? 조금 질린 얼굴로 고민하다가 허벅지의 단검을 꺼냈다.

그러고 보니 단검이 세 개밖에 안 남았다. 나중에 던진 것들을 다 주워야겠군. 빈곤한 생각을 하며 손에 들린 단검을 뒤집힌 백사의 몸에 빠르게 던졌다.

휙!

가벼운 바람 소리를 낸 단검은 무리없이 백사의 몸에 도달했고, 박히진 않았지만 생채기를 내며 떨어졌다. 단검이 생채기를 냈음에도 불구하고 움직임이 없는 것을 보며 고개를 갸웃거렸다.

회색으로 변하지 않은 것을 보면 죽은 것은 아니다. 그러면 10% 미만의 기절 상태? 조금 신빙성이 있는 생각이지만 나는 그래도 쉽사리 다가가지 못했다. 이 지긋지긋한 인공지능을 가지고 있는 아쉬드르의 몬스터가 혹시나 기절한 척을 하고 있을지도 몰라서다.

'뭐, 저렇게 변하기 전에 반쯤 미쳐서 날뛴 것을 보면 그것도 아닌 것 같지만……'

그런 생각을 할 때, 백사가 갑자기 꿈틀거렸다. 꿈틀거렸다기보다는 경련을 일으킨 것 같았다. 그에 황급히 몸을 살짝 틀고 백사를 바라보며 언제든지 피할 태세를 갖췄다. 역시 죽은 것은 아니었군. 하지만 기절 상태도 아니었다. 그럼 속이려고 했던 건가? 고개를 갸웃거렸다.

나중에야 안 사실이지만, 아쉬드르의 모든 생명체, 즉 NPC, 유저, 몬스터 등을 포함한 존재들은 한 번의 공격에 체력의 50% 이상 떨어지면 일시적인 충격 상태에 빠져 움직일 수가 없다. 한마디로, 현재 백사는 체력의 50%가 떨어지는 데미지에 큰 충격을 받고 충격 상태에 빠져 움직이지 못했던 거고.

어쨌든 뭔가 불안하게 스르륵 일어서는 백사의 모습에 나는 긴장하며 손에 힘을 주었다. 백사의 머리에서 어찌나 많은 피가 흘러내리는지, 머리 부분은 적사(赤蛇)와 다름없이 되어 버렸다.

아까 스스로 부딪친 것에 죽는 것이 이상하게 여겨졌지만, 지금 저 모습을 보니 안 죽은 것이 오히려 이상하게 보였다. 그야말로 호러에나 나올 법한 모습에 나도 모르게 뒷걸음치다가 곧 백사의 머리에서 이상한 점을 발견했다.

'없어?'

내가 박아 넣은 단검이 없었다. 후두부에 분명히 강하게 박아 넣어서 어지간해선 떨어지지 않을 텐데……. 바위에 강하게 박았을 때 떨어진 건가? 떨어지는 모습은 보지 못했는데?

의문에 빠진 날 보며 백사는 눈을 가늘게 떴다. 그 모습에 나는 다시 한 가지 사실을 더 깨달을 수 있었다. 이번에는 눈이 뒤집힌 것뿐만 아니라 핏발이 서 있었다. 째진 사백 안에 보이는 핏발은 정말… 으음.

하지만 그에 오히려 안심했다. 이성이 돌아온 거였으면 아예 이길 승산이 없었으니까 더 미치는 것도 나쁘지 않다. 체력도 많이 떨어져 보이니까.

이길 가능성이 점차 상승되는 것 같다는 생각이 든 나는 기쁜 마음으로 몸을 옆으로 굴렸다.

캬아아!

정말 완전히 돌아버린 듯 몸이 뒤틀린 채로 쏘아져 오는 백사 때문이다. 이번에는 휘두르거나 내리찍는다든지 그런 것조차 없었다. 무조건 몸을 비틀면서 자신이 있는 위치로 달려들었다.

그야말로 난폭한 돌진. 그러나 그것이 공격인지조차 의심스러운 것은 그 무식한 돌진 때문에 오히려 스스로가 피해만 입고 있었기 때문이다. 아까처럼 유인해서 바위에 부딪치게 하는 것과는 무언가 달랐다.

뭐라고 해야 할까. 일부러 자기 스스로를 상처 입힌다는 느낌이다. 분명히 내게 돌격해 오는 것일 텐데도 그런 생각이 들었다.

'왜……?'

알 수 없었다. 설마 몬스터가 자살이라도 하려는 건가? 만에 하나 그런 거라면, 어째서?

의문이 가득 달린 눈으로 다시 뒤로 재빨리 물러났다. 어김없이 굵은 백사의 꼬리가 내리꽂혔다. 자욱한 먼지가 일어났지만, 동시에 꼬리에 달린 비늘 몇 개가 툭툭 떨어졌다. 단검으로도 생채기만 나던 비늘이 저리 쉽게 떨어지고 있었다.

캬아아아아아아!

여전히 귀를 괴롭히는 날카로운 소리건만, 왠지 분노해서 지르는 소리라기보다는 슬퍼서 울부짖는 소리 같았다. 왠지 나쁜 짓을 한 것 같은 기분에 찜찜한 표정을 지었다.

백사는 그 커다랗고 소름 끼치는 노란 눈으로 울고 있었던 것이다. 어째서 저 몬스터가 갑자기 저러는 건지……. 이제는 돌진도 않고 스스로 몸을 바위에 부딪치면서 상처를 내고 있었다.

나는 조금 떨어진 자리에서 그 모습을 조용히 지켜보았다.

백사는 그렇게 바위에 머리를 박아대더니 결국은 움직임을 멈추고 회색빛으로 변해갔다. 그 모습을 보다가 슬그머니 다가갔다. 스스로 죽은 탓인지 레벨 업은 되지 않았다. 뭔가 허무하기도 하고 씁쓸한 느낌에 나는 살짝 인상을 찡그렸다.

도대체가 왜 그런 행동을 한 건지 이해가 가지 않았다.

나는 살짝 구겨진 인상으로 바닥에 떨어진 단검 두 자루를 들었다. 한 자루는 백사의 머리에 박혀 있었던 단검이 떨어진 것이었고, 다른 한 자루는 백사가 죽으면서 나온 아이템이었다.

"감정."

[백사 송곳니 단검]
공격력:24—28
내구도:45/45
추가 능력:10%의 확률로 적을 미약한 마비독에 걸리게 할 수 있다.
백사의 송곳니를 가공하여 만든 단검이며, 백사의 슬픔이 어려 있어서 왠지 안타까운 느낌이 드는 단검이다.

내가 가진 가장 강한 단검. 어둠의 사냥꾼 나이프보다 더 좋은 아이템이다. 하지만 어쩐지 그리 기쁘지 않았다.

그리고 그 백사가 어째서 그런 행동을 했는지 조금이나마 그 이유를 알게 된 것은 아쉬드르의 한 동화책에서이다.

옛날 햇살처럼 따사롭고 눈부신 한 여인이 있었습니다. 그 여인은 작은 약재상을 하고 있었는데, 어느 날 상처를 입은 뱀 한 마리를 발견했습니다. 그 여인은 비록 뱀이지만 그 모습이 불쌍하여 약초로 치료를 해주었습니다. 그리고 한 달 뒤, 여인이 살고 있는 마을에 도적이 나타났습니다.

도적들은 마을을 파괴했고, 여인은 도망치려고 했지만 그녀를 끈질기게 쫓아온 한 도적에게 잡히고 말았습니다. 그때, 여인의 앞에 한 마리 뱀이 나타나 도적을 물었고, 도적은 뱀을 베었지만 뱀의 독이 퍼져 죽었습니다.

뱀 또한 큰 상처를 입고 죽어갔고, 그 모습에 여인은 눈물을 흘렸습니다. 그 눈물은 뱀의 상처에 들어갔고, 그러자 뱀의 몸이 하얗게 변하면서 치료되었습니다. 뱀이 여인을 보았을 때, 여인은 꽃이 되었습니다.

그녀의 하얀 머리카락을 닮은 하얀 꽃잎과 그녀의 눈동자와 닮은 붉은 열매를 가진 한 송이의 꽃. 그 후부터 그 뱀은 항상 그 꽃의 주위를 맴돌며 꽃을 위협하는 존재들로부터 그 꽃을 지켰습니다…….

그 뒤로 전해지는 얘기는 정확하지 않았다. 그리고는 마지막까지 그 꽃을 지키다가 죽었다고 하고, 그 꽃을 지키다가 꽃의 열매를 먹었다든지, 나중에 도적들에게 마저 복수를 하러 갔다든지 하는 정도의 얘기들이 뒤이어 전해져 올 뿐…….

『네임미스』 2권에 계속…

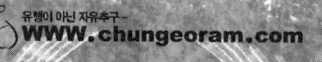
ORC wizard

ORC 마법사

정민철 판타지 장편 소설
FANTASY FRONTIER SPIRIT

사상 최강의 오크마법사가 되어라!

과거의 영광이 깃든 오크학파의 마법사,
그들을 일컬어 오크마법사라 칭한다!

기사의 재능도 마법사의 재능도 없었던 아론
그에게 20년 만에 찾아든 마나로 인해
서른 살 늦은 나이에 드레이얼 마법 아카데미에 입학하다!
그리고 그곳에서 네크로맨서 계열 오크학파의 계승자가 되고 마는데…

위대하고 영광된 오크마법사의 위명을 되살리기 위한
그만의 독특한 학파 살리기 프로젝트는 시작되었다!!

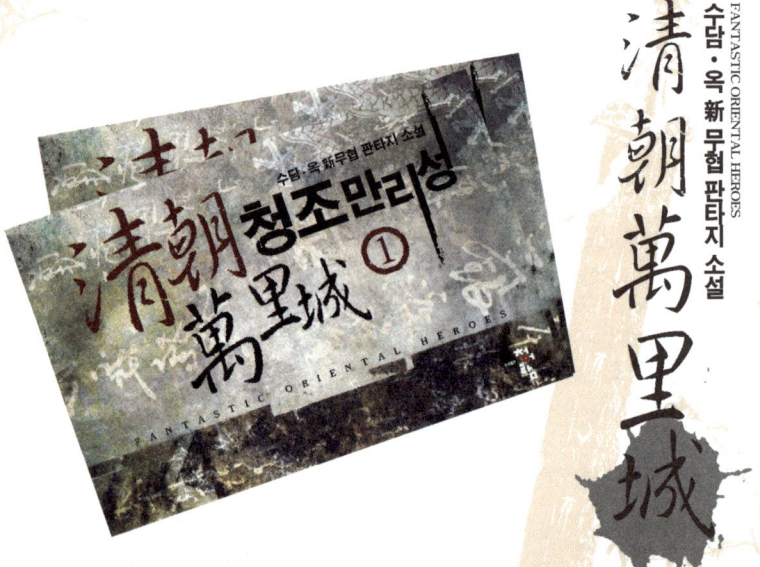

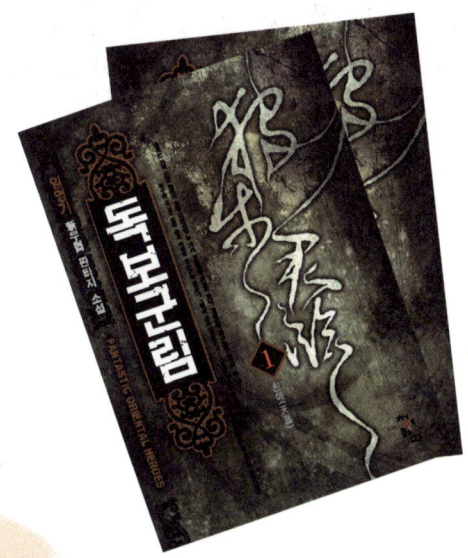